KB262410

가면의 기사

김형신 퓨전 판타지 소설
FUSION FANTASTIC STORY

The Knight of Mask

가면의 기사 3

김형신 퓨전 판타지 소설

초판 1쇄 찍은 날 § 2007년 8월 28일
초판 1쇄 펴낸 날 § 2007년 9월 8일

지은이 § 김형신
펴낸이 § 서경석

편집장 § 문혜영
편집책임 § 최하나
편집 § 문정흠 · 김동화

펴낸곳 § 도서출판 청어람
등록번호 § 제1081-1-89호
등록일자 § 1999. 5. 31
어람번호 § 제1-0875호

주소 § 경기도 부천시 원미구 심곡1동 350-1 남성B/D 3F (우) 420-011
전화 § 032-656-4452 팩스 § 032-656-4453
http://www.chungeoram.com
E-mail § eoram99@chollian.net

ISBN 978-89-251-0878-0 04810
ISBN 978-89-251-0826-1 (세트)

가면의 기사

김형신
퓨전 판타지 소설

FUSION FANTASTIC STORY

[고대의 산]

3

도서출판 청어람

Contents

Part 1
환수의 눈물

The Knight of Mask

여전히 초라한 집이었다. 곧 쓰러지지 않을까 걱정이 될 정도로.

눈류는 기대를 가득 품고 낡은 문을 열었다. 빌어먹을 놈의 성형 퀘스트를 끝내기 위해 얼마나 노력했던가.

드디어 얼굴을 바꿀 수 있다!

"오오! 자네, 왔는기?"

눈류가 들어서자 크샨은 아주 반갑게 맞이해 주었다. 그로서도 얼마나 성형을 하고 싶었던가.

"오, 정말 해냈군!"

크샨이 눈류의 손을 와락 잡았다.

—성형 퀘스트를 완수하셨습니다.

"대단하네! 대단해! 흐윽, 흐윽."

'큭, 왜 울고 지랄이야?'

정작 울고 싶은 것은 자신인데 오히려 크샨이 눈물을 보이자 눈류는 당황했다. 크샨의 속마음을 모르기에 당연한 일.

스윽스윽.

눈물을 닦으며 크샨이 맑은 표정으로 말한다.

"이거, 늙어서 주책을 부렸구먼. 그럼 어떻게 해줄까? 말만하게! 얼굴, 몸, 머리카락, 피부까지 모두 바꿔줄 수 있으니!"

"잠시 생각할 시간을 주시겠습니까?"

"알겠네!"

눈류는 삐거덕거리는 의자에 앉아 고민하였다. 그러고 보니 성형을 한다고 생각만 했을 뿐, 어떻게 바꿀지는 떠올려 본 적이 없었다.

그렇게 눈류는 잠시 생각에 생각을 거듭하다 결국 크샨을 향해 말문을 열었다.

스파아아앗!!

환한 빛이 얼굴을 비롯해 전신을 뒤덮었다.

"자, 끝났네. 거울을 보게."

눈류는 긴장되는 마음으로 눈을 천천히 떴다. 그러자 거울 속에 자신의 달라진 모습이 보였다.

가장 먼저 머리색이 변화되었다. 피보다 진한 붉은색. 그리고 얼굴선이 조금 더 갸름해졌으며, 피부색은 살짝 밝아졌다.

눈썹은 강인해졌으며, 눈동자의 색도 붉었다. 그리고 온몸의 근육이 더욱 견고해짐과 동시에 골격을 키웠다. 그 외에도 이곳저곳을 살짝살짝 손본 상태.

전체적으로 남자다움을 더욱 부각시킨 모습이었다. 외형을 바꿀 수 있다고 해서 여성스러운 모습으로는 되고 싶지 않았기에 선택한 것이다.

그렇다고 전체적으로 우락부락한 것도 아닌 현재의 모습이 딱 마음에 드는 눈류다.

친하다면 이전의 모습을 찾을 수 있겠지만 현실의 자신과는 분명히 달랐고, 진은이 알아차린다 해도 자신이 아니라고 우기면 그만이었다.

가장 중요한 것은 이제는 더 이상 맨 얼굴로 다녀도 유저들이 알아보기 힘들다는 것이었다.

'크윽, 멋진 놈!!'

변하든 안 변하든 자신이 멋지다고 생각하는 철판 눈류였다.

"그럼 저는 이만 가보겠습니다."

성형수술을 더 미친 눈류가 자변이 맘을 꺼내자 크샤이 머뭇거리더니 힘겹게 말문을 연다.

"저기……."

"네?"

의아한 표정으로 돌아보는 눈류.

"내가 부탁이 있는데……."

"무슨 부탁이신지?"

"들리는 말로는 메이란 여자가 그렇게 아름답다고 하던데, 그 여자 분의 모습을 이 마법 영상기에 담아줄 수 있겠나? 내가 그곳까지 갈 수가 없어서 그렇다네."

[크샨의 비밀 퀘스트]
성형을 해주기 위해서는 수많은 사람들의 얼굴과 육체를 파악해야 한다.
크샨을 위해 발렌티에 있는 몸 파는 여자, 메이를 찍어 갖다 주자. 단, 알몸이어야 한다.
제한 : 크샨의 성형 퀘스트를 통과한 자. 마나를 깨달은 자.
혜택 : 전체 스텟 +10

'비밀 퀘스트!'
쉽게 찾을 수 없는 비밀 퀘스트가 발동되었다. 보상도 나쁘지 않았다. 전체 스텟 +10! 나쁘지 않은 정도가 아닌 탐나는 수준이다.
하지만 문제는…….
'아, 알몸.'
눈류는 가자미눈이 되어 크샨을 물끄러미 쳐다보며 말한다.
"왜 굳이 알몸이어야 합니까?"
"내 직업이 육체를 변형시키는 일이네. 그래서 옷을 입지 않은 상태를 봐야 하지. 메이란 여자의 얼굴과 누드를 볼 수 있다면 나는 더욱 완벽한 시술을 할 수 있을 것이네."

"…사심이 있으신 것은 아니죠?"

"크, 크흠, 나를 뭘로 보고 그러는가!"

급격히 당황하는 크샨.

'사심이 있군.'

눈류는 확신하며 한숨을 내쉬었다. 몸을 파는 여자라면 알몸을 찍는 일이 그렇게 어렵진 않을 것이다.

하지만 내심 찝찝한 것도 사실이었다.

'퀘스트는 쉽다. 알몸만 찍으면 되니. 그리고 보상도 좋아. 하지만… 아, 어떻게 하나.'

머리까지 흔들며 고민하던 눈류는 곧 결심과 함께 크샨의 제의를 수락하였다.

―퀘스트를 수락하셨습니다.

"오! 정말 고맙네!"

―마법 영상기를 습득하셨습니다.

"마법 영상기를 사용하는 방법은 마나를 불어넣으면 되네. 그럼 자동적으로 눈앞에 있는 장면을 저장하게 되어 있네."

눈류는 손에 들린 자그마한 흰 구슬을 쳐다봤다. 구슬이 한가운데에는 동그란 구멍이 있었다.

'마나로 촬영하는 것이라… 그래서 제한에 마나를 깨달은 자가 있었던 것이군.'

어차피 퀘스트를 수락한 이상 빨리 끝내는 것이 낫다고 판단한 눈류는 서둘러 크샨에게 인사를 한 뒤, 도시 발렌티를 향해 움직였다.

발렌티! 크로티아에서 그다지 멀지 않은 곳에 있는 데다 마법진 이용료도 그리 비싸지 않았다.

상업이 발단한 도시로, 유흥 주점과 몸을 파는 여성들이 유독 많은 곳이었다. 물론, 몸을 파는 여성들은 NPC였다.

그중 메이는 가장 인기있는 여성이었고, 예약을 하지 않으면 만나는 것조차 힘들었다.

"이곳인가?"

가면을 벗고 상점에서 값싼 천을 구입해 눈 밑을 가린 눈류는 커다란 주점 입구를 보며 중얼거렸다.

메이가 워낙 유명했기에 가게를 찾는 일은 어렵지 않았다.

'하아, 이제는 이런 일까지 하게 되는군.'

한숨과 함께 고개를 도리도리 젓던 눈류는 체념하며 안으로 들어갔다. 그러자 시끌벅적한 남자들의 음성이 귀를 파고들었다.

일부는 자신의 얼굴을 드러내고 있었지만, 대다수는 눈류처럼 얼굴을 조금씩 가린 상태였다. 아무래도 이런 곳을 다닌다는 것이 알려지면 불편해지기 때문이다.

각 도시나 마을마다 이런 술집이 존재했는데, 게임 내에서 유일하게 여자와 하룻밤을 보낼 수 있는 제도였다.

라스트 월드에서는 유저끼리의 성관계를 금지하고 있다. 아무리 서로가 좋다 해도 어쩔 수 없는 일이었다. 만약 그런 일이 가능하다면 성범죄가 기하급수적으로 늘어날 것이기 때문이다.

하지만 남녀 유저가 접촉은 할 수 있기 때문에 성추행은 가능했는데, 그럴 경우 엄하게 처벌했다.

이곳은 라스트 월드 세상. 현실과 달랐다.

무슨 짓을 하든 관계자들이 원하면 그 시간, 그 장소의 영상을 볼 수 있었고, 적발될 시 캐릭터 삭제라는 처벌을 받게 되며, 현실 시간으로 석 달간 계정을 생성할 수 없게 된다.

그리고 여자들 역시 거짓말로 남자를 모함할 수 없다. 위와 마찬가지의 이유로 인해서이다. 모든 상황을 다 볼 수 있기 때문에 꽃뱀 역시 없었으며, 만약 그런 짓을 하다 걸릴 경우 똑같은 처벌을 받았다.

'돈을 쓰게 만드는 거지.'

어떤 게임이든 유저들이 돈을 쓰도록 만드는데, 그것은 라스트 월드도 마찬가지였다. 더군다나 가상 현실 게임이기에 거부하기 힘든 유혹들이 많았다.

특히 남자 고객이 대부분인 이곳 역시 2시간 동안 비싼 금액을 치러야 함에도 불구하고 상당히 많은 손님들이 있었다.

"어서 오세요! 누구를 찾으시나요?"

들어서자마자 매끈하게 생긴 한 여자 NPC가 달려오더니 눈류를 반겼다.

'지명을 해야 하나.'

눈류는 그 여자의 귀에 대고 작은 목소리로 말했다.

"메이를 원합니다만……."

"아! 메이 씨요! 메이 씨는 이미 며칠간 예약이 다 차 있는데, 괜찮으시다면 예약을 해주세요. 가만 보자. 그러면 3일 뒤에는 만나실 수 있어요."

아주 큰 소리로 말하는 여자 NPC. 일부러 작게 속삭인 눈류의 노력을 헛되게 만들었고, 눈류는 쪽팔림에 서둘러 예약 명단을 작성한 뒤 가게를 빠져나왔다.

그 후 3일 동안 열심히 사냥을 하며 레벨을 올린 눈류는 예약 시간에 맞춰 다시 가게를 찾았다.

"음, 성함이 어떻게 되시죠?"

가게에 들어가서 예약을 했다고 말하자 여자 NPC가 명단을 쳐다보며 물었고, 눈류는 작게 속삭였다.

"눈류요……."

"아이, 손님 귀 가려워요. 저한테 작업 거시면 안 돼요."

'이 계집애가……'

어이가 뒤통수를 쳤지만 눈류는 초인적인 참을성을 발휘하며 여자의 대답을 기다렸다.

"아, 여기 있네요. 생각보다 시간이 길어져서 한 시간 뒤에 만나실 수 있습니다. 그리고 요금은 100만 라르크예요."

"뭐라고요?"

귀를 의심하며 되묻는 눈류. 세상에, 100만 라르크라니! 현금으로 치면 20만 원이었다. 물론 현실에서 메이 정도 되는 여자와 시간을 보내려면 더 큰 돈이 들겠지만… 그래도 눈류의 입장에서는 입이 벌어졌다.

"손님, 100만 라르크입니다."

"아, 알겠습니다."

눈류는 얼떨결에 대답하며 테이블에 앉아 간단한 술을 시켰다. 100만 라르크! 퀘스트를 포기하고 싶게 만드는 액수였다.

'하지만 전체 스텟 상승을 포기할 수는…….'

진퇴양난! 그때 음성 채팅 신청이 들어왔다.

"어, 선배?"

바로 에시였다.

"네가 접속해 있어서 말 걸었지. 어디야? 그동안 게임에서 한 번도 못 봤잖아."

"저 지금 발렌티에 있어요."

"발렌티? 거기는 왜?"

"그, 그게… 메이를 좀 만나려고."

"메이? 너, 그런 취미가 있었냐?"

의미심장한 목소리 톤으로 묻는 에시.

"설명하자면 길이요. 히여튼 이리로 오세요."

"알겠다."

음성 채팅이 끝나자 눈류의 미소가 사악하게 변했다. 에시랑 대화를 하며 떠오른 생각이 있었기 때문.

잠시 후 에시가 도착하자 눈류는 일부러 괴로운 척 연기했다.

"어, 너, 술을 왜 이리 많이 마셨어?"

"그냥 은진이도 못 잊겠고… 힘들어서 마셨어요."

"그래……."

진지하고 우울한 포스를 풀풀 풍기는 눈류의 모습에 에시 역시 장난기가 사라졌다.

"은진이가 제 첫 여자잖아요. 그래서 혹시 다른 여자와 관계를 가지면 잊을 수 있지 않을까 해서 찾아와 봤어요……."

눈류가 조심스럽게 말하자 에시는 고개를 끄덕인다.

여자들만 첫 남자를 못 잊는 것이 아니다. 남자들 역시 첫 여자를 잊기 힘들다. 그래서 헤어지고 나서도 오랜 기간 동안 못 잊게 되면, 혹시 관계를 했기 때문인가? 하며 생각하는 이들도 간혹 있었다.

에시는 눈류 역시 지금 그런 상황일 것이라 생각했다.

"그런데 메이란 여자가 은진이랑 닮았다고 하더라고요. 그래서 왔는데 너무 비싸네요… 전 돈이 없는데……."

눈류의 눈물 연기 작렬!

에시는 가슴이 저려왔다. 눈류가 은진과 헤어지고 나서 많이 힘들어한다는 사실을 길드에 가입한 후 알게 되었다. 그런데 돈이 없어서 그것도 못하다니!

일명 밤일을 즐기는 에시로선 너무나 슬픈 현실이었다.

"그런데 너, 그 선예란 애 좋아한다 했잖아?"

순간적으로 흠칫했지만 눈류는 정색하며 대답한다.

"좋아하려고 노력하는 거죠… 그렇게라도 하면 잊혀질까 해서… 그런데 쉽지 않아서 결국 이런 결정을 내렸어요. 한번 해보기라도 하려고요. 도저히 잊기가 힘드니……."

"그, 그랬구나."

단 한 번도 자신에게는 거짓말을 한 적이 없던 눈류였기에 에시는 진심이라 믿으며 큰 결심을 하였다.

후배가 돈이 없다는데 그 정도도 못해줄 자신이 아니었다.

"얼만데? 내가 내줄게."

"조금 비싼데……."

"괜찮아. 형이 너한테 그 정도는 해줄 수 있다!"

"100만 라르크……."

"100만 라르크 정도야 껌… 커억! 뭐, 뭐라고?"

에시는 개방적인 성격이었고 이런 곳을 몇 번 드나들며 메이라는 이름도 알고 있었지만, 예상을 뛰어넘는 가격에 잠시 말문이 닫혔다.

"역시 안 되겠죠? 저 같은 놈이 무슨… 훗."

눈류의 서글픈 미소와 우울한 포스가 빛나자 에시는 마음을 애써 붙잡았다.

'도, 동생이 저렇게 힘들어하는데 나란 놈은 고작 100만 라르크가 아까워서!!'

에시는 심호흡을 길게 하였다. 100만 라르크, 100만 라르크, 100만 라르크!

하지만 상대는 절친한 눈류였다. 그것도 실연의 상처를 치유해 보고자 저러는 것이다. 비록, 저 방법이 효과가 있는 것은 아니지만, 아예 없는 것도 아니었다.

정말로 관계를 맺은 다음에 사랑이 생기는 남자들도 있기 때문이다.

결국 에시는 굳은 결심과 함께 벌벌 떨리는 손으로 눈류에게 거래 신청을 하였고, 눈류는 100만 라르크를 받자마자 감동한 표정으로 고마움을 표시했다.

물론 속으로는 이미 짐승 모드 발동이었다.

"선배, 이 은혜 잊지 않겠습니다. 그리고 선예랑 잘되면 아주 예쁜 애로 새끼 쳐 드리겠습니다."

"뭐, 이 정도 가지고… 하하, 그 약속 잊지 마라."

웃다가 진지해지는 에시를 쳐다보며 눈류는 고개를 끄덕였다.

유독 여자를 좋아하고, 여자와 관련된 일은 성심껏 도와주는 에시의 성격을 잘 알고 있던 눈류.

적을 알면 백전백승이라는 명언을 머릿속에 꼭꼭 심으며 잠시 후 메이와 대면하게 되었다.

아름답다. 딱 그 말밖에 떠오르지 않는다. 만약 현실이었다면 사람을 홀리는 여우나 선녀라고 생각할 정도였다.

라스트 월드 유저들이 워낙 연예인 같은 외모와 몸매를 많이 하고 다니지만 메이는 그 차원을 넘어섰다.

한 번 보면 시선을 돌릴 수 없었고, 정말 장인이 조각한다 할지라도 만들어낼 수 없을 것 같은 외모였다.

달빛보다 밝으며, 별보다 반짝였고, 푸른 호수보다 더욱 시원함을 주는 여자. 그게 바로 메이였다.

'레이첼보다 더 예쁜 것 같잖아.'

눈류는 진심으로 개발자들의 실력에 감탄하며 애써 주변을 두리번거렸다. 메이만 쳐다보다가는 자신도 모르게 얼굴이 붉어질 것 같아서였다.

'좋군.'

비싼 값을 치른 만큼 방은 화려했다. 이 시대에서는 보기 힘든 침대 같은 것도 존재했다. 물론 현실보다는 좀 딱딱한 편이었지만.

그리고 방은 열 명 정도가 들어올 수 있을 만큼 넓은 편이었고, 꽃과 그림들로 예쁘게 꾸며져 있었다.

"안녕하세요."

"네, 안녕하세요."

낭랑한 메이의 목소리가 들리자 눈류 역시 인사를 하며 그녀를 바라봤다. 환한 미소를 짓고 있는 메이.

'시간은 두 시간이라 했어. 그 안에 찍자!'

스르르륵.

다행스럽게 눈류가 말하기도 전에 메이는 익숙한 듯 옷을 벗기 시작했다.

비단같이 부드러워 보이는 겉옷을 벗자 우윳빛 속살이 드러났다. 그러자 눈류는 차마 메이를 바라보지 못하고 시선을 돌렸다.

아직까지 은진을 제외하고는 다른 여자의 나체를 본 적이 없는 눈류였다.

"부끄러움을 많이 타시네요."

메이의 손길이 턱에 닿았다.

눈류는 두근거리는 가슴을 진정시키며 메이의 눈동자에 시선을 고정시킨다. 빨려 들어갈 것 같다.

"시간이 많지 않아요."

메이의 숨결이 거칠어졌고, 눈류는 힘겹게 자리에서 일어섰다. 곁에 있다가는 정말 유혹에 넘어갈 것 같았다.

자신은 이러기 위해 온 것이 아니다. 마치 마약과도 같은 외모의 여자이고 NPC이지만 차마 할 수는 없다.

"부탁이 있습니다."

"뭐죠?"

메이가 웃음을 지우지 않은 채 의아한 표정으로 되물었다.

처음이었다. 자신의 손길을 거부한 남자는.

"잠시 서주시겠습니까?"

눈류의 말에 메이는 아무런 거부 반응도 보이지 않으며 일어섰다. 두 시간 동안 손님이 원하는 것은 모두 해줘야 하기에.

"잠시만 그대로 계셔주세요."

말을 마친 눈류는 마나를 움직이기 시작했다.

위이이잉.

마나가 구슬에 닿는 순간 마법 영상기의 가운데에 있는 작은 구멍이 빛을 냈으며, 눈류는 메이의 아름다운 얼굴과 육체를 빛에 담았다.

그런 눈류의 행동이 메이는 이해되지 않았지만 여전히 웃음을 머금은 채 가만히 서 있었다.

"하아, 다 됐습니다."

"그래요? 그럼 이리로……."

메이가 침대에 앉아 나긋나긋한 목소리로 손짓했다.

"아뇨. 죄송하지만 저는 이만 가겠습니다."

"네?"

메이는 진정 깜짝 놀랐다. 100만 라르크란 거금을 치러놓고 자신을 거부하다니! 아니, 돈이 아니더라도 자신이 유혹하면 그 누구도 벗어날 수 없었다.

그 정도로 모두가 반할 만한 외모의 메이였다.

"죄송합니다. 저는 그럴 마음으로 온 것이 아니라서……."

눈류는 미안함에 말과 함께 문을 열려 하였다. 빨리 나가고 싶은 마음 때문이었는데, 굳게 닫힌 문은 열리지 않았다.

—1시간 40분이 남았습니다. 그 후에 나갈 수 있습니다.

'젠장.'

일그러지는 눈류의 얼굴. 생각하지 못한 부분이었다.

'후우, 어쩔 수 없지.'

결국 눈류는 힐끔 눈치를 보며 바닥에 앉았다. 청순함이 가득하면서도 보기만 하면 유혹을 할 것 같은 여자다.

"이리로 오세요."

그러자 메이가 다시 나긋한 어조로 손짓을 한다. 하지만 고개를 젓는 눈류.

"그냥 남은 시간 동안 대화나 해요. 메이 씨의 얘기가 듣고 싶은데요?"

"진심… 이신가요?"

"그럼요."

어차피 할 일은 없고 가까이 다가가면 위험했다. 마치 세뇌라도 당하는 듯 의식이 흐릿해졌다. 그렇다면 대화를 나누며 시간을 때우는 것이 최선이었고, 굳이 자신의 얘기를 하고 싶진 않았기에 메이의 얘기를 듣고 싶다고 한 눈류.

"처음이에요."

"네?"

"이때까지 모든 남자들은 저를 가지기 위해 노력했는데… 당신 같은 분은 처음이에요."

"뭐, 살다 보면 저 같은 놈도 있겠죠."

메이의 발언에 눈류는 심히 공감했다.

그리 여자를 밝히지 않는 데다 아직 은진을 잊지 못한 자신이 흔들릴 정도인데, 다른 남자들은 오죽하겠는가.

"제 얘기라… 단 한 번도 이런 적이 없어서 무슨 말을 해야 할지……."

메이는 정말 난감한 듯 어색하게 웃었다.

"저는 말이에요……."

10분 정도가 지나서야 메이의 말문이 열리며 얘기가 시작되었다.

메이는 크로아 왕국의 작은 마을에서 태어났다. 하지만 어릴 때부터 눈에 띄는 외모를 소유하고 있어 마을의 영주가 호시탐탐 유혹했다.

자신의 첩으로 들어오면 돈을 주겠다는 등 부모님이 고생을 안 하게 하겠다는 등…….

순진한 메이는 그 말을 듣자 고생하시는 부모님이 생각났고, 결국 부모님에게 모든 사실을 말하며 영주의 첩으로 가겠다고 했다.

첩이 무엇을 의미하는지도 모르면서 말이다.

메이의 부모님들은 그 얘기에 완강히 거부했다. 비록 상대가 영주이기에 화를 낼 수는 없었지만 자신들의 소중한 딸을 그렇게 보낼 수는 없었고, 며칠 뒤 메이의 부모님들은 의문의 죽음을 맞게 되었다.

그 누구도 보지 못했지만 모두는 알고 있었다. 영주가 시킨 짓이라고.

그 후 메이는 어쩔 수 없이 영주의 성에서 첩으로 지냈고, 말 그대로 성 노리개가 되었다. 하지만 그 더러운 곳에서도 빛은 존재했으니 바로 아로라였다.

아로라는 그곳에서 하녀로 있었는데, 그녀는 메이를 유독 잘 챙겨주었다.

그녀도 영주에게 희롱을 당한 데다 어린 메이가 안쓰러웠기 때문이다. 그리고 메이를 바라보면 자신의 여동생이 떠올랐다.

그렇게 메이는 친언니 같은 아로라에게 의지하며 하루하루를 버틸 수 있었다.

그러던 어느 날이었다.

영주의 성에서 반란이 일어났다. 그로 인해 아로라는 물론 메이 역시 영주에게서 빠져나올 수 있었다. 그날 이후 둘은 이곳저곳을 돌아다녔는데, 하늘은 그들에게 또다시 시련을 주었다.

바로 아로라가 원인을 알 수 없는 병에 걸린 것이었다.

결국 메이는 몸을 팔기 시작했다. 자신이 할 수 있는 일 중 가장 큰 돈을 벌 수 있는 방법인 데다 이대로 아로라를 죽게 할 수 없었기 때문이다.

자신을 사랑해 주는, 자신이 사랑하는 친언니 같은 사람.

이 세상에 단 하나밖에 없는 의지할 사람이었다.

그렇게 메이가 일을 시작하자 워낙 타고난 외모로 이름이 알려졌고, 많은 돈을 벌게 되었다. 하나 아로라의 병은 치료할 수 없었다.

유명하다는 신관은 물론, 마법사들까지… 번 돈을 모두 사용하며 치료를 시도했지만, 아로라는 낫지 않았고 더욱 증세가 심해져 이제는 음식도 넘기기 힘든 상태라고 했다.

"그러다가 환수의 눈물에 대해 듣게 되었어요."

"환수의 눈물?"

눈류는 잠시 기억을 헤집었지만 한 번도 들어본 적이 없는 말이었다.

"한때 이 대륙에는 드래곤이 아닌, 환수들이 힘의 균형을 맞췄다고 알려져 있어요. 그들은 여러 가지 신비한 능력을 발휘했다고 전해지며… 어느 날 갑자기 없어졌다고 해요. 아무도 그들이 사라진 이유를 몰랐고, 시간이 지나면서 사람들의 기억 속에서 사라진 존재가 되어버렸죠"

라스트 월드 스토리 중 하나라고 생각하는 눈류. 하지만 한 번도 들어보지 못했다는 점이 의아했다.

"그런데 환수가 존재하던 시절, 눈물을 남겼다고 해요. 환수의 눈물은 워낙 신비로운 물건이라 찾기도 힘들지만 구하기는 더욱더 어렵다고 알려져 있는데, 어떤 병이든지 치유할 수 있다고 해요."

눈류는 마음속으로 실소를 흘렸다.

유저들에게는 필요가 없는 아이템이다. 포션과 치료 마법이면 모든 상태가 회복되었고, 정 안 되면 한 번 죽었다가 살아나면 그만 아닌가.

결국 라스트 월드의 비밀 스토리 중 하나라 생각했다.

비밀 스토리란, 아직까지 공개되지 않았거나 유저들이 찾지 못한 것들을 말하는데 보통 그런 경우, 비밀 퀘스트도 함께 포함되어 있다.

'자, 잠깐, 비밀 퀘스트!'

비밀 스토리라 생각하던 눈류의 눈동자가 빈찍였다. 비밀 퀘스트가 뒤늦게 떠오른 것이다.

그러고 보니 조건도 어려웠다. 그 행위를 하려고 온 놈이 누가 얘기만 하려고 하겠는가? 그것도 가장 비싸고, 아름답다는 여자와.

설령 크샨의 퀘스트로 오게 되었다고 할지라도 참는 사람은 거의 없을 것이다.

"그래서 돈을 모으며 환수의 눈물에 대해 수소문 중인데 아는 사람이 없네요… 저에게 알려준 마법사 분 역시 모른다 하시고……."

눈류는 긴장으로 인해 침을 꿀꺽 삼켰다. 자신의 예상이 맞다면?

"제가 한번 찾아볼까요?"

"네? 저, 정말요!"

눈류의 말에 메이의 눈동자가 급격히 커졌다. 이렇게 얘기를 하라고 한 것도 놀라운데… 처음 보는 자신을 위해 환수의 눈물을 찾아주겠다니!

'만약, 비밀 퀘스트가 아니면 그냥 사냥이나 하자.'

퀘스트를 주지 않는다면 찾아준다고 말은 했지만 그럴 마음이 전혀 없는 눈류였다. 어차피 NPC의 스토리에서 중요한 것은 퀘스트의 존재 여부였고, 눈류는 두근거리는 가슴으로 메이를 쳐다봤다.

"여, 염치없는 부탁이지만 그래 주신다면 정말 감사해요."

[메이의 비밀 퀘스트]
겉은 물론, 마음조차 아름다운 메이가 슬픔에 젖어 있다.
메이에게 진정한 웃음을 찾아주기 위해서는 환수의 눈물이 필요하다.
환수의 눈물은 하늘과 맞닿은 곳에 있다고 한다.

제한 : 성별 남자, 메이와 육체관계를 맺지 않은 자. 메이의 과거를 들은 자. 메이에게 먼저 도움의 손을 내민 자.

혜택 : 3,000만 라르크, 명성 100 상승, 전체 스텟 +30

'헉! 3, 3,000만 라르크!'

눈류는 혜택을 보면서 자신의 눈을 의심했다. 정말 대박 중에서도 대박 보상이다.

물론 그만큼 비밀 퀘스트를 발동하는 조건이 너무 까다로웠다. 자신은 퀘스트 때문에 온 데다 은진과 선예가 생각나 힘겹게 참을 수 있었지만, 관계나 퀘스트를 목적으로 거금을 치른 남자들에게는 거의 불가능한 제한이었다. 또한 과거를 들어야 했고, 먼저 도움을 주겠다고 나서야 했다. 그리고 여자 유저는 애초에 할 수도 없지 않은가?

'3,000만 라르크는 메이가 환수의 눈물을 사기 위해 모은 돈인가?'

입을 비집고 나오려는 웃음을 애써 참으며 눈류는 메이에게 답했다.

"당연하죠. 제기 도이드리겠습니다."

그러자 진심으로 환하게 웃는 메이.

'NPC이지만 정말 아름답군.'

잠시 후, 시간이 다 됨과 동시에 눈류는 밖으로 나왔고, 메이는 눈류의 모습이 보이지 않을 때까지 고개를 숙이며 마음속으로 기도했다.

메이와 헤어지자마자 로그아웃을 한 진하는 라스트 월드 홈피에 들어가 검색을 시도했다. 퀘스트 자체가 처음이기 때문에 정보가 있진 않겠지만, 혹시나 환수에 관한 얘기가 있지 않을까 하는 생각 때문이었다.

하지만 아무것도 찾을 수 없었다.

'환수라… 어떤 스토리 라인이지?'

진하는 한숨을 내쉰 뒤, 이번에는 하늘과 맞닿은 곳을 검색했다. 어딘지를 알아야 찾아갈 수 있지 않겠는가.

"흐아."

진하의 입이 딱 벌어졌다. 수많은 게시물들이 나타났기 때문이다. 하나하나 클릭하기가 두려울 정도로 어마어마한 양!

검색을 하면 최근 등록 순서로 똑같은 제목이나 혹은 검색어가 내용에 포함된 게시물들이 뜨게 되어 있었고, 그 수만 해도 10,000이 넘었다.

'이걸 언제 다 클릭해 본담.'

분명 이 안에 자신이 원하는 내용이 있겠지만 몇 개를 클릭하다 말고 자리에서 일어서는 진하. 차라리 은하에게 묻는 것이 빠르겠다는 판단이 들었기 때문이다.

"타합! 더 빨리!"

방에 은하가 없자 진하는 도장으로 올라갔다. 그러자 도복을 입은 은하가 수련생들에게 열심히 운동을 가르치고 있었고, 진하는 그 옆으로 다가섰다.

"혹시 하늘과 맞닿은 곳이 어딘지 알아?"

옆에서 함께 뛰면서 대답을 기다리는 진하의 모습에 은하는 실소를 흘리며 말문을 열었다.

"들어본 적이 있는 것 같은데, 아마 고대의 산일걸?"

"고대의 산?"

"잠만. 자! 모두! 조금만 쉬었다 해요."

은하가 뛰는 것을 멈추며 미안하다는 표정으로 말하자 수련생들은 모두 환한 얼굴로 고개를 끄덕였고, 곧 각자의 방식으로 몸을 풀거나 휴식을 취했다.

그러자 진하를 돌아보며 재차 설명하는 은하.

"어, 고대의 산이라고 있는데… 거기가 라스트 월드에서 하늘과 가장 가까운 곳이야. 그런데 거기는 왜?"

"아, 퀘스트 때문에."

"퀘스트? 거기엔 아무것도 없을 텐데?"

"에?"

눈류는 당혹스러웠다. 아무것도 존재하지 않는다니?

"고대의 산은 마법진이 없어서 무조건 걸어서 가야 해. 그런데 그 높이가 장난이 아니기 때문에 올라가기도 힘들고, 보통 20일에서 한 달 가까이 걸렸다는 유저도 있어."

"커헉! 그, 그렇게 오래 걸려?"

"어. 더군다나 갔다 온 유저들이 몬스터나 NPC는 고사하고 그냥 산밖에 없다는 글들을 남겼고, 일부 유저들은 그럴 리가 없다며, 분명 좋은 곳인데 일부러 거짓말을 한다는 생각에 자신들도 올라갔지만 정말 아무것도 없다는 사실만을 알게 됐지. 그 후로부터는 거기를 찾는 사람도 거의 없는데. 시간은 시간대로 낭비에다가 얻는 것도 없으니.”

인상을 찌푸리는 진하. 생각보다 가는 데 시간이 너무 오래 걸렸고, 아무것도 존재하지 않는다면 레벨 업도 느려진다.

“음, 거기가 확실해? 하늘과 가장 가까운 곳이?”

“어, 그건 확실해. 홈피에 들어가서 고대의 산으로 검색해 봐.”

“알았어. 고마워.”

일단 검색을 해보자고 생각한 진하는 황급히 말을 남긴 뒤 집으로 돌아가 고대의 산을 찾았다.

그러자 여러 가지 정보들이 나왔는데, 대부분이 은아의 말처럼 아무것도 없다는 등 도대체 왜 이런 곳을 만들었냐고 따지는 글이었다.

‘하아, 괴롭군.’

보상이 워낙 뛰어나기에 분명 힘들 것이라 생각했지만 이건 아예 막막한 수준이었다.

‘그래도 별수없지. 3,000만 라르크란 보상은 거의 존재하지 않으니.’

포기하려면 포기할 수도 있지만 보상이 너무 아까웠다. 결국 진하는 결심을 굳히며 라스트 월드에 접속했다.

"오오! 자네가 정말로 해냈군!"

눈류는 가장 먼저 크샨을 찾아가서 구슬을 내밀었다. 그러자 크샨은 내용물을 확인하더니 정말 고맙다는 표정을 지으며 외쳤다.

그런데 눈빛이 점점 야릇해지며 코에는 코피가 맺힌다.

'이, 이 사람이 정말!'

사심이 없다는 말이 거짓인 것은 알았다. 그런데 대놓고 좋아하다니! 눈류는 어이가 없었지만 티를 내진 않았다.

"정말 고맙네!"

뒤늦게 코피를 닦고 정색하며 손을 내미는 크샨의 모습에 눈류는 실소를 흘리며 손을 마주 잡았다.

―크샨의 비밀 퀘스트를 완수하셨습니다.

―전체 스텟이 10 상승하셨습니다.

―마법 영상기가 사라졌습니다.

"정보."

생명:15,600 마나:14,550

이름:눈류 레벨:160 성향:어둠 길드:레전드

칭호:없음 명성:705 직업:가면의 기사

근력:1,673(+729) 체력:257(+478) 민첩:305(+478) 지식:14(+470)

　재치:27(+473)　정신:520(+477)　예술:10(+473)　상술:14(+475)

　검폭:151(+470)　신속:210(+470)　투혼:265(+420)　가호:147(+420)

　심안:120(+390)　마나:131(+390)　가면:143(+390)　암흑:65 (+140)

　저항:64(+140)

　공격력:7,206(+351) 방어력:1,470(+520)

　마공력:1,452(+270) 마방력:1,994(+360)

　스텟 포인트:0 스킬 포인트:0 전투 숙련치:19.01%

　전체 스텟이 10 상승한 것을 확인한 눈류는 만족하며 가장 가까운 마을로 마법진을 타고 이동했다. 고대의 산을 올라가기 위해서는 꽤 많은 시간이 소비된다. 그렇기에 빵과 물 등을 최대한 많이 챙겼고, 마을을 나서기 전에 기사의 건틀렛을 착용했다.

　비록 몬스터와 싸우지는 않겠지만 이동 속도를 늘리기 위함이었다.

　전체 능력치를 상승시켜 주는 가면의 능력을 10%나 올려주니.

　"일단 바라트 마을로 가야 하나?"

　고대의 산은 각 왕국에 이동 마법진이 설치되어 있는데, 대류 중앙 근처에 자리 잡고 있었으며 고대의 산과 가장 가까운 곳이 바로 바라트 마을이었다.

지이이잉—

바라트 마을에 도착한 눈류는 황당한 표정으로 주변을 둘러보았다. 아무리 고대의 산이 버림받은 곳이고 대륙 중앙에는 몬스터의 수가 적다 할지라도, 이렇게 유저가 없는 곳은 처음 본 것이다.

"뭐, 나야 편하지."

유저가 거의 없는 것을 확인한 눈류는 가면까지 착용한 뒤, 고대의 산 입구를 찾아 걸음을 옮겼다.

다른 유저들은 오래 걸렸다 할지라도 자신이라면 조금 더 빠른 시간 안에 도착하지 않을까 하는 기대를 품은 채.

"후우."

돌을 매단 듯 무겁고 지친 다리를 두드리다 눈류는 결국 빵과 물을 꺼냈다. 벌써 고대의 산을 오른 지 5일이 지났다.

정말 고대의 산에는 그 어떤 것도 존재하지 않았다. 주변에 나무와 풀들이 무성히기는 했지만 흔한 벌레 소리도 들리지 않았고, 새나 다른 동물조차도 존재하지 않았다.

말 그대로 산만 있는 죽음의 숲과 같은 곳.

더군다나 올라가면 올라갈수록 산소가 부족해졌기에 더욱 힘들었다.

하지만 이대로 포기할 수도 없었고 눈류는 빵과 물로 배고

품과 피로도를 회복하면서 걷고 또 걸었다.

지금까지 단 한 번도 쉬지 않았다. 정 힘들면 배고프지 않아도 빵을 섭취했고, 먹으면서도 움직였다.

인간의 쉬고 싶은 욕망 따위는 수많은 고난을 이겨낸 눈류에게 존재하지 않았다. 이런 마인드가 지금까지 눈류를 성장하게 만든 것이고, 자신과의 싸움을 하며 힘차게 발걸음을 움직일 수 있게 해주었다.

Part 2
고대의 산

The knight of mask

“하아, 하아.”

눈류는 이를 악물고 끝이 보이지 않는 고대의 산을 오르고 있었다. 어느덧 걷고 뛰기 시작한 지 13일째. 길고도 긴 고통의 시간이었지만, 외로움 역시 적지 않았다.

그나마 다행인 것은 퀘스트의 영향인지 랜덤으로 스텟이 오른나는 것이있고, 음성, 길드 체팅이 가능했기에 수다를 떨 수도 있다는 것이다.

“음냐, 음냐. 도대체 언제까지 걸어야 해.”

입 안 가득 빵을 오물거리며 한숨을 길게 내쉬는 눈류. 너무 높은 곳에 올라와서인지 현기증과 통증이 머릿속을 파고들었다. 주변을 두리번거리자 새하얀 구름이 보였다.

13일! 그것도 전체 스텟이 레벨에 비해 월등히 높은 눈류가 이동한 시간이었다. 더불어 마나가 가득 찰 때마다 다크 쉐도우를 틈틈이 발휘했다.

보통 거대한 산맥이나 산을 넘기 위해서는 이보다 훨씬 더 긴 시간이 걸리기도 하지만 그것은 높아서가 아닌, 길고 멀기 때문이었다.

하나, 고대의 산은 말 그대로 하염없이 높은 산!

현재 눈류가 있는 위치는 하늘이라 해도 과장이 아니었다.

"저게 뭐지?"

가득 찬 마나로 인해 다크 쉐도우를 쉬지 않고 발휘하던 눈류의 눈동자에 이채가 서렸다. 드디어 무엇인가가 눈에 들어왔다.

"마법진!!"

고대의 산 정상에는 마법진이 있었다. 넓고 넓은 허허벌판 한가운데에 자리 잡고 있는 붉은 마법진. 눈류는 황급히 샤인에게 음성 채팅을 신청했다.

"샤인아."

"어? 왜?"

"혹시 고대의 산 정상에 마법진이 있다는 말 들어봤어?"

"아니. 거기는 아무것도 없다고 알려져 있어. 다녀온 사람들의 말로는 공터밖에 존재하지 않는다고 하던데."

"그래?"

눈류의 입가에 서리는 미소. 확신한 것이다.

다른 이들에게는 보이지 않는 마법진, 그것은 환수의 눈물 퀘스트를 받은 자신에게만 허용된다는 뜻.

"알았다. 수고해."

눈류는 그 말과 함께 음성 채팅을 닫았고, 인벤토리를 확인하였다. 안 그래도 빵과 물이 얼마 남지 않아서 불안불안한 상태였다. 비록 많이 챙겨오기는 했지만 배고픔뿐 아니라 피로도가 가득 찼을 때도 쉬지 않기 위해 계속 섭취했기에 이제 얼마 남지 않은 것이다. 그런데 때마침 정상에 도착하였으니 천만다행이었다.

"하아, 좋구나."

마법진을 찾아 긴장이 한순간에 녹아버린 눈류는 그제야 주변을 제대로 둘러보며 감탄사를 내뱉었다. 주위엔 온통 구름이 자욱하게 깔려 있었다. 자신의 몸 위로, 몸 주위로, 몸 아래로!

점프를 하면 닿을 듯 하늘이 가깝게 느껴졌고, 아래로는 수많은 산과 안개, 구름들이 한 폭의 그림을 연출하고 있었다.

"어지러움 때문에 싸울이 나는군."

높은 곳에 올라가면 산소가 부족해진다. 그것은 단련되지 않으면 극복하기 힘든 일이다. 하나 그나마 라스트 월드이기에 이 정도로만 느끼는 것이다.

만약 현실에서 이 정도 위치까지 올라왔다면 육체가 견디지 못했을것이다.

“이제 슬슬 들어가 볼까?”

조금 더 이 아름다운 풍경을 바라보며 느끼고 싶었지만 더 이상 시간을 지체할 수 없었고, 눈류는 두근거리는 가슴을 진정시키며 마법진 위에 올라섰다.

지금까지 누구도 받지 못했던 환수의 눈물 퀘스트가 시작되는 것이다.

지이이이잉—

“에에에?”

눈류는 황당한 시선으로 주변을 두리번거렸다.

분명 마법진 위에 올라서서 공간 이동을 하는 느낌을 받았다. 그런데 왜 똑같은 곳에 있는 것인가?

‘뭐지?’

당황스러웠다. 아무리 쳐다봐도 고대의 산 정상과 다른 점을 찾기 힘들었다.

‘집이다.’

그때 시야가 겨우 닿을 정도의 거리에 안개로 인해 희미하게 가려진 무엇인가가 눈에 들어왔다. 자신의 시력이 아니었다면 찾기도 힘들 정도.

눈류는 다른 생각을 할 필요도 없이 그 집을 향해 뛰었다.

쾅쾅!

넓은 초가집의 형태를 갖추고 있는 집 앞에 도착한 눈류는 가면을 벗은 뒤 낡은 문을 두드렸다.

“계세요?”

분명 누군가가 있을 것이다. 그렇지 않고서는 퀘스트 진행이 되지 않을 테니 말이다.

끼이이익.

눈류의 예상처럼 썩어 들어가는 나무 문이 거친 소리와 함께 열렸고, 한 아리따운 여자가 모습을 드러냈다.

이제 갓 20살이나 되었을까? 푸른 머리카락을 한쪽 어깨로 넘겨 청순함과 아름다움을 갖춘 여인은 천으로 짠 듯한 소복 같은 옷을 입고 있었다.

"누구시죠?"

여인은 놀람을 얼굴 가득 드러내며 물었다. 그러자 눈류는 환하게 웃으며 대답했다.

"부탁이 있어서 찾아뵙게 되었습니다."

"부탁이요?"

고개를 갸웃하는 여인. 처음 보는 사람이 부탁할 것이 있다고 하니 어쩌면 당연한 반응이었다. 하지만 그렇다고 퀘스트 진행 때문이라고 말할 수도 없었다. NPC들은 라스트 월드가 게임이라는 것을 모르니 말이다.

"크흠, 나니아, 누가 있느냐?"

나니아의 물음에 눈류가 재차 말을 하려던 그때, 걸걸한 노인의 음성이 들렸다.

"할아버지."

키는 170㎝밖에 되지 않지만 온몸이 근육으로 이루어진 노인이 나타났다. 바위도 부술 것 같은 거대한 근육에는 힘줄이

용솟음쳤고, 인상 역시 위협적이었으며, 흰 머리카락과 가슴에 닿을 것 같은 수염은 그가 살아온 세월을 보여주는 듯했다.

'둘인가?'

눈류는 노인의 등장과 함께 잠시 혼란스러웠다. 당연히 나니아라 불린 여자가 환수의 눈물 NPC일 것이라 생각했다. 그런데 노인 NPC도 있다니!

'어쨌든 둘 중 한 명이겠군.'

눈류는 미소를 유지하며 노인을 향해 허리를 숙였다. 3,000만 라르크와 명성 100, 전체 스텟 30 상승이 걸린 퀘스트의 NPC다. 절대 공손과 아부! 그것만이 살길이었다.

"처음 뵙겠습니다. 염치없지만 부탁이 있어서 이렇게 찾아오게 되었습니다."

"부탁이라? 이 먼 곳까지 말이냐? 고생이 심했을 텐데……."

노인은 호기심이 동하는지 턱수염을 매만지며 물었다.

"아닙니다. 부탁을 하는 입장에서 고생이라니요? 저는 괜찮습니다."

"그래? 흐음."

눈류는 말을 마치며 샤방샤방한 눈빛으로 노인을 응시했다. 인생의 때가 묻지 않은 듯한 순수하고 맑은 눈동자! 필요할 때 발휘되는 눈류의 전매특허 중 하나였다.

"허허, 어찌 됐든 오랜만에 보는 사람이로군. 일단 들어오게."

‘됐다.’

비록 명성은 오르지 않았지만 안으로 들어가는 것 자체가 눈류에게는 기쁨이었고, 곧 나니아와 노인을 따라 초가집 안으로 들어갔다.

“내 이름은 울트라고 하네.”

“아, 그러시군요. 소개가 늦어서 죄송합니다. 저는 눈류라고 합니다.”

집 안으로 들어간 눈류는 평상에 앉아 공손함을 잃지 않으며 대답했고, 그사이 나니아가 부엌에서 차 두 잔을 가지고 나타났다.

모락모락 김이 피어오르는 차는 붉은 빛깔에 그윽한 향기가 풍겼다.

후르르륵.

자신의 손녀딸이 타준 차의 맛이 좋은지 밝은 표정으로 한 모금 마신 울트는 긴 턱수염을 매만지며 말문을 열었다.

“그런데 부탁이 무엇인가?”

“환수의 눈물을 얻기 위해서 왔습니다.”

“환수의 눈물?!”

울트는 놀란 표정으로 눈류를 쳐다봤다.

이곳까지 찾아온 것도 경이로운 일이었다. 자신의 결계로 인해 사람들은 이곳에 올 수 없었기에. 그런데 인간들의 기억에서 사라진 환수까지 거론하다니?

‘인연이란 말인가……’

울트는 차를 한 모금 더 후르륵 마시더니 하늘을 쳐다봤다. 누군가의 말이 떠올랐다. 흐르고 흐르는 인연은 그 어떤 힘으로도 막을 수 없다고.

"허허, 내가 묻고 싶은 것이 있네."

"무엇이든지 대답하겠습니다."

"이곳을 어떻게 찾아왔고, 환수의 눈물에 대해서는 누구한테 들었는가?"

"네?"

순간적으로 말문이 막혀 버린 눈류. 어떻게 찾아왔냐니? 그냥 올라왔을 뿐이다. 그렇다고 퀘스트로 인해 온 것이라 말할 수도 없었다. 눈류는 빠르게 머리를 회전시켰다. 적절한 답, 그것이 필요했다.

"어느 날 한 마법사와 어울린 적이 있습니다. 그런데 그 마법사가 말하기를, 환수의 눈물이란 것이 존재한다고 했습니다. 자신도 고서에서 본 것이라 확실하지는 않지만 환수의 눈물은 모든 병을 치료해 준다고 했고, 고대의 산 어딘가에 있다고 하더군요. 그래서 저는 고대의 산 정상까지 이곳저곳을 찾아보며 올라왔습니다. 그런데 희미하게 무엇인가가 보이더군요. 그래서 확신했습니다. 분명 저곳에 단서가 있을 것이라고! 그래서 찾아오게 되었습니다."

대답을 마치며 속으로 안도의 한숨을 내쉬는 눈류. 급하게 지어냈기에 혹시나 의심하지 않을까 걱정했지만 다행히 울트는 고개를 끄덕였다.

수백 년이나 결계를 통해 세속의 모든 것과의 관계를 끊었던 자신이었다. 그런데 그런 결계가 발동하지 않았다는 것은 드디어 인연이 찾아왔다는 뜻이다. 결계를 설치할 때 인연이 닿는 자만이 들어올 수 있게 하였으니.

"알겠네. 그런데 말일세……."

하지만 인연은 인연이고, 거래는 거래였다.

"오랜만에 토끼 고기가 먹고 싶다네."

"토, 토끼요?"

배를 쓰윽 만지며 침을 꼴깍 삼키는 울트의 모습에 눈류는 미소를 유지했지만 당혹스러웠다. 고대의 산에는 숲이 존재했지만 생명체는 눈을 씻고 봐도 없었기 때문이다.

"그렇다네. 밑으로 조금만 내려가면 큰 토끼 놈이 있을 것이야. 그놈의 육질이 참 부드럽고, 건강에도 좋다네. 내가 가서 잡고 싶지만 너무 늙은 몸이 되어서… 쿨럭, 쿨럭."

"할아버지!!"

너무나 어색한 울트의 기침이 작렬하자 나니아가 슬픈 표정으로 그를 부둥켜안더니 중얼거렸다.

"토끼 고기만 먹을 수 있다면 할아버지의 건강도 좋아지실 텐데… 흑."

'이, 이런 사기꾼들 같으니!'

눈류는 수법이 뻔히 보였지만 겉으로 티를 내지 않으며 자리에서 일어섰다. 어차피 환수의 눈물을 쉽게 얻을 수 있을 것이라고는 생각하지 않았다. 그런데 토끼 한 마리 잡는 일을 마다하겠는가.

"제가 잡아오겠습니다."

"허허, 그놈은 강하니 조심하게."

"근처만 가도 우울해지니 조심하셔야 해요."

"걱정 마세요."

자신들이 시켜놓고 걱정해 주는 모습에 실소가 흘러나왔지만, 애써 참은 눈류는 문을 열고 밖으로 나와 걸음을 재촉했다.

NPC가 거짓말을 할 일은 없기 때문에 분명 몬스터가 있을 것이라 믿었고, 인벤에 넣어뒀던 가면과 검을 착용한 뒤 내려가면서 주변을 살폈다.

'뭔가가 다르다.'

놀랍게도 눈류는 기척을 느낄 수 있었다. 마법진을 타기 전 죽음의 숲이라고 느낀 공간이 아니었다.

'설마 또 다른 고대의 산이란 말인가?'

공간은 다를 것이라 생각했다. 하지만 정상만 그런 줄 알았지, 산 전체가 그럴 줄은 예상하지 못했다.

숲 속에서는 여러 기척이 느껴졌다. 동물들과 새들의 움직임, 곤충들의 소리… 마법진을 타기 전의 고대의 산에서는 느낄 수 없던 부분들이었다.

"뭐지?"

그때였다. 빠르게 뛰기 시작한 지 10분 정도가 지났을까? 숲 안쪽에 거대한 무엇인가가 눈에 들어왔다.

저벅, 저벅.

눈류는 긴장을 유지하며 그것에게 가까이 접근했다.

분명 약한 몬스터는 아닐 것이다. 환수의 눈물! 보상이 엄청 난 퀘스트였기에 그와 비례하는 어려움이 존재할 것이다.

"크윽."

살금살금 근처에 다가간 눈류는 비틀거리며 뒤로 한 걸음 물러섰다.

몬스터는 대단히 큰 몸집을 소유하고 있었는데, 크기는 2m 정도에 온몸이 부드러워 보이는 하얀 털로 뒤덮인 상태였다.

말 그대로 거대 토끼!

다른 점이 있다면 붉은 눈이 아닌, 먹물로 그린 듯한 일자 눈이 아래로 축 처져 있고, 귀 역시 쫑긋이 세운 게 아닌 떨군 상태였으며, 한숨을 내쉬고 있었다.

정말 보기만 해도 온몸에 기운이 빠질 것 같은 모습!

'우, 우울하다.'

눈류는 비틀거리며 이를 악물었다. 알 수 없는 무기력증이 전신을 휘감았다.

─우울증에 걸리셨습니다. 모든 행동이 귀찮아지며 쉬고 싶 어집니다.

'젠장.'

나니아의 우울해진다는 말을 간과한 것이 실수였다. 다가가 기만 해도 우울해질 줄은 미처 생각도 못했다.

만약 이럴 줄 알았더라면 접근하지 않고 다크 소울로 상대했을 것이다.

하지만 이미 우울증에 걸려 버린 눈류는 다리에 힘이 풀리는 것을 느끼며 바닥에 주저앉았다.

'세상에! 마방이 높은 내가 이 정도라니…….'

눈류는 애써 정신을 차리려고 노력했다. 이대로 있다가는 당할 수밖에 없다.

슬금슬금.

'저, 저놈이.'

거대 토끼가 아주 조금씩 움직였다. 하지만 눈류가 쳐다보자 언제 그랬냐는 듯 깊은 한숨을 내쉬며 고개를 젓는다.

히유우우.

"허억."

한숨을 내쉴 때마다 전신을 억압하는 우울증!

슬금슬금.

어느덧 눈류와 1m 거리까지 다가온 거대 토끼.

"으아아악!!"

그때 눈류가 입술에서 피를 흘리며 벌떡 일어섰다. 정신을 차리기 위해 입술을 강하게 깨물었기 때문이고, 토끼는 그 모습에 흠칫하며 재차 한숨을 내쉬었다.

히유우우우우!

"커억."

카아아악!!

또다시 강력한 우울증에 눈류가 휘청거리는 그 순간, 거대 토끼가 믿기지 않는 빠른 속도로 달려들었다. 그와 동시에 부릅떠지는 눈과 발딱 서는 귀!

퍼어어억!

"으윽!"

—우울증이 해제되었습니다.

거대 토끼의 앞발이 가슴에 적중하자 눈류는 비틀거리며 뒤로 물러섰다. 생각 이상의 데미지! 단 한 번의 공격에 생명력이 3,500이나 줄어버렸다.

'도, 도대체 레벨이 몇이야?'

현재 기사의 가면과 문신, 건틀렛까지 모두 착용한 자신에게 이 정도의 데미지를 입힌 몬스터는 없었다.

눈류는 마나를 끌어올렸다. 예상외로 강한 몬스터. 찰나의 순간에 모든 것이 결정된다. 방심한다면 죽음이다.

'우울증에 또다시 걸리기 전에 공격한다!'

공격을 당해서인지 현재 눈류는 우울증에서 벗어난 상태였고, 검에서는 어둠의 마나가 일렁거렸다.

"다크 소울!!"

파아아앗!!

빠른 속도로 거대 토끼의 목을 노리며 달려드는 반월 형태의 다크 소울! 그와 함께 눈류는 다크 쉐도우를 사용해 거리를 벌렸다. 가까이에 있으면 우울해지기 때문이었다.

파지지지직!!

키아악!!

다크 소울의 위력을 느껴서인지 거대 토끼는 맞상대하지 않고 서둘러 바닥을 굴러 피했다. 하지만 눈류의 공격은 한 번으로 끝나지 않았다.

"다크 소울!"

연이어 발휘되는 다크 소울. 그와 함께 검에는 재차 준비된 다크 소드로 인해 검은 마나가 맺혔다.

'잠시만 버티자!'

결심과 함께 다크 쉐도우를 사용해 빠르게 접근하는 눈류. 그때 거대 토끼는 다크 소울을 피해 재차 한 바퀴 구른 상태였다.

스파아앗!!

거대 토끼는 위급함을 느끼며 다시금 우울증을 뿜어냈지만 이미 한발 늦은 상태였다.

토끼가 피함과 동시에 다크 쉐도우를 사용한 눈류의 신형은 어느새 지척에 도착한 상황이었고, 우울증을 느끼자마자 다크 소드가 움직였다.

파아아앗!! 차차차착!!

일격에 목이 갈라지면서 피를 허공에 흩뿌리는 거대 토끼.

"에?"

눈류는 어이가 없었다. 자신이 이긴 것도 스킬의 위력 때문이었기에 분명 상당한 경험치와 아이템을 기대했다. 그런데 경험치는 물론 라르크조차 들어오지 않았다.

"이런 거지 같은."

어느새 처음처럼 우울한 모습으로 변한 시체 토끼를 바라보
며 눈류는 짜증난 목소리로 말했다.

"하아, 착한 내가 참자. 그런데 이걸 어떻게 들고 가지?"

퀘스트 몬스터라 그런지 거대 토끼의 시체는 시간이 지나도
사라지지 않았다. 보통의 몬스터는 죽임을 당할 경우, 일정 시
간이 지나면 사라지게 되어 있는데 말이다.

"일단 인벤토리에 넣자."

한숨을 내쉬며 거대 토끼의 몸을 인벤토리에 집어 넣는 눈
류. 다행히 토끼는 모두 들어갔고, 곧 나니아와 울트가 있는 곳
으로 돌아가기 시작했다.

"후우, 제발 이대로 끝나면 좋을 텐데."

"허허허, 정말 잡아왔구먼."

눈류가 거대 토끼의 시체를 꺼내자 울트가 만족한 표정으로
웃었고, 나니아 역시 반가움을 감추지 않았다.

'고기도 못 먹고 살았나.'

너무나 좋아하는 둘을 바라보며 속으로 실소를 흘리는 눈
류.

"나니아, 오랜만에 이놈을 먹게 생겼구나. 준비하여라."

"네, 할아버지."

청순함이 가득한 나니아가 웃음을 머금고 부엌으로 향하자
울트가 눈류에게 말했다.

"그런데 어디에서 꺼냈는가? 마법사인가?"

"아, 마법 도구입니다."

"그렇군."

인벤토리를 모르는 울트이기에 눈류는 이해하기 쉽게 말하였고, 그때 나니아가 밖으로 나왔다. 양손에 식칼을 하나씩 든 채.

'매치가 안 되는군.'

청순한 여자가 양손에 식칼을 들고 거대 토끼의 시체를 노려본다!

'하지만 여기는 라스트 월드.'

판타지가 배경인 이 시대에서는 흔한 광경일 것이라 생각하며 눈류는 나니아를 주시했다.

창창창!

나니아가 천천히 식칼을 부딪치며 몸을 이리저리 움직였다.

창창창창!!

점점 그 속도가 빨라지기 시작했다.

'내가 생각지 못한 능력이 있다는 말인가?'

나니아가 스킬을 준비하는 것이라 생각한 눈류는 관심있게 그 모습을 지켜봤다. 식칼이 부딪치는 속도는 더욱 빨라졌고, 어느새 눈으로 따라잡기도 힘들어진 그때! 나니아의 움직임이 멈춰졌다!

"할아버지, 칼 다 갈았어요."

"……."

"자네, 왜 그러나?"

이마에 맺힌 식은땀을 닦으며 말하는 나니아로 인해 기대가 산산조각난 눈류의 신형이 휘청거렸고, 그러자 울트가 의아한 듯 물었다.

"아, 아무것도 아닙니다. 다리에 힘이 좀 풀려서."

"허허, 토끼 놈을 잡는다고 고생했구먼. 걱정 말게. 저놈 고기를 먹으면 기력이 회복될 것일세."

애써 미소를 유지하는 눈류는 나니아의 목소리에 고개를 돌려 대답했다.

"눈류님, 저 좀 도와주시겠어요?"

"물론입니다."

"그럼 맛있는 음식을 기대하겠네."

울트는 그런 둘을 쳐다보며 말한 뒤 밖으로 나가 버렸고, 눈류와 나니아는 거대 토끼를 부엌으로 옮겼다.

타앙! 타앙!!

"눈류님, 그것 좀 주세요."

"네, 네."

토끼의 잘린 앞발을 건네는 눈류.

"고마워요."

'커헉, 앞발을 잡고 그렇게 웃지 말란 말이야.'

청순한 모습과는 어울리지 않게 얼굴에 온통 피를 묻혀가며 해맑게 웃는 나니아.

잠시 후 거대 토끼 구이와 탕이 완성되었고, 부엌 밖에 있는 평상에 음식을 차리자 울트가 막 집 안으로 들어왔다.

“할아버지, 웬 곰이에요?”

어깨에 자신의 키보다 더 큰 곰을 메고 온 울트. 특이한 점은 곰의 등에 박쥐 날개가 있다는 것이었다.

“허허, 오는 길에 덤비더구나. 그래서 몸도 풀 겸 잡아왔다.”

그러자 가자미눈으로 돌변하는 눈류.

‘기력이 없어 토끼도 못 잡는다는 노인네가!!’

그때 울트 역시 눈류의 시선을 확인하며 헛기침과 함께 말을 바꿨다.

“크흐음, 너무 힘겹게 잡아서인지 피곤하구나.”

“할아버지, 일단 식사 먼저 하세요.”

“그래, 그래. 자네도 어서 먹지 그러나?”

순식간에 평상에 앉아 거대한 토끼 다리를 뜯는 울트의 모습에 눈류는 허탈하게 웃으며 자리에 앉았다.

“이거 드세요.”

막상 자리에는 앉았지만, 아무것도 먹지 않는 눈류의 모습에 나니아가 큰 다리 토막을 건넸다. 그러나 눈류는 그다지 내키지 않았다.

만약 음식만 봤다면 맛있게 먹었을 것이다. 그런데 자신이 직접 잡은 데다 요리하는 과정도 모두 지켜봤다. 그렇기에 먹고 싶지 않은 것이었다.

현실에서 닭 요리를 잘 먹어도, 눈앞에서 닭 잡는 모습을 본다면 며칠은 먹기 싫어지는 것과 같은 현상이었다.

"저는 속이 안 좋아서……."

결국 눈류는 정중하게 거절하였고, 몇 번 더 권하던 나니아도 결국 체념하였다. 그러자 옆에서 열심히 토끼 다리를 이빨로 뜯던 울트가 미안한 기색으로 말한다.

"쩝쩝, 자네가 먹지를 않으면 우리가 불편하지 않은가? 쩝쩝."

"아니요. 전 정말 속이 불편해서 그럽니다."

"그런가? 쩝쩝, 그러면 말이네……."

"네?"

어느새 미안함은 사라지고 무엇인가를 간절히 바라는 눈빛이 된 울트가 평상 옆에 있는 검은색 나무를 힐끔 쳐다봤다.

"우리만 먹자니 미안해서 그러네. 다 먹을 동안 저기 가서 나무나 자르는 것이 어떤가?"

'이 영감탱이가!'

한마디로 신경 쓰이니 가서 일이나 하라는 것이었다.

눈류는 속에서 무엇인가가 부글부글 끓어올랐지만 애써 참으며 자리에서 일어섰다.

"허헐, 정말 미안하네."

'전혀 미안해하지 않으면서!!'

어느새 재차 고기를 먹는 데 열중하고 있는 울트와 나니아를 쳐다보며 한숨을 내쉰 눈류는 곧 나무를 향해 다가갔다.

울트가 자르라고 한 나무는 숲속의 일반 나무와 다를 것이 없었다. 길이는 3m 정도에 두께는 70cm로 추정되었다. 특이한 점은 온통 검은색이라는 것이며, 얼마나 색이 짙은지 오히려 깨끗하게 느껴질 정도로 흑색이었다.

'도끼가 있군.'

검을 꺼내려던 눈류는 나무 옆에 금색으로 이루어진 도끼를 발견하고 손에 쥐었다.

"울트님, 이 도끼를 사용해도 되는 건가요?"

"허허, 얼마든지 사용하게나. 그리고 나무는 네 토막으로 잘라주게."

"알겠습니다."

입가에 토끼 고기를 덕지덕지 묻히고 외치는 울트의 모습에 눈류는 고개를 돌리며 여유로운 웃음을 머금었다.

'별로 어렵지는 않겠군.'

가면까지 착용할 필요는 없다고 생각한 눈류는 도끼를 쥔 손에 힘을 주었다. 자신의 근력은 상상을 초월한다. 그러니 나무 하나 패지 못할 까닭이 없었다.

후우웁!

눈류가 심호흡을 깊게 하는 순간, 도끼는 허공으로 치솟았다. 그러자 햇빛으로 인해 황금색 도끼가 번쩍거렸고, 곧 빠르게 나무를 내려쳤다.

콰아아앙!!

"크윽!"

눈류는 자신의 손을 부여잡으며 믿을 수 없다는 눈빛으로 나무와 울트를 번갈아 쳐다봤다. 어떻게 도끼와 나무가 부딪치는데 쇳소리가 난단 말인가? 그리고 손을 통해 느껴지는 통증.

"허허, 그놈은 만년나무라 불리는 놈이네. 그렇기에 쉽게 자르기 힘들어."

'이… 영감, 분명히 일부러 말하지 않은 것이군!'

얄미웠다. 얄밉다 못해 쌓이고 있는 토끼 뼈로 구타를 하고 싶을 정도였다. 하지만 그렇게 할 경우 손해는 무조건 자신.

눈류는 웃고 있지만 이를 바득바득 갈며 돌아섰다.

'이 빌어먹을 할배!! 좋아, 두고 보자고.'

눈류는 도끼를 내려놨다. 검과 가면을 착용해서 최대한의 공격력을 끌어올리기 위해서였다. 하지만……

'뭐, 뭐야?'

―퀘스트로 인해 소환이 불가능합니다.

당황스러운 알림말! 퀘스트 제한창이 뜨지 않았기에 다른 제한이 있을 것이라고는 생각 못했다. 그런데 가면과 검을 사용할 수 없다니.

'결국 이 도끼로 부숴야 한다는 말인가?'

정말 짜증이 터지기 일보 직전인 눈류는 고개를 들어 하늘을 쳐다봤다.

주르륵.

열기로 인해 땀이 이마에서 물처럼 흘러내렸다.

퀘스트 공간으로 이동되면서 더 이상 어지러움증이나 메스꺼움은 없어졌다. 하지만 문제는 바로 이 더위였다. 이곳이 얼마나 높은지 태양이 멀지 않다고 느껴질 정도였고, 열기는 말로 표현하기 힘들었다.

'저들은 단련이 된 것인가?'

힐끔 울트와 나니아를 쳐다보던 눈류는 기가 질렸다. 그들은 이 더위 속에서도 땀 한 방울 흘리지 않고 있다.

더군다나 그들이 먹고 있는 것은 뜨거운 토끼탕과 구이!

'빨리 끝내자.'

못 견딜 정도는 아니지만 괴로웠기에 눈류는 도끼를 쥐어들고는 마나를 끌어올렸다. 다행스럽게도 마나 사용은 제한에 없는지 도끼에 검은 마나가 일렁거렸다.

"다크 소드!"

눈류의 힘이 담긴 외침에 울트의 눈썹이 꿈틀거렸다.

파아아앗!!

휘청.

눈류는 멍한 얼굴로 나무를 쳐다봤다. 너무나 믿기지 않는 사태에 잠시 넋이 나간 것이다.

'다, 다크 소드가 먹히지 않아?'

자신의 스킬 중 가장 강력한 위력을 보유하고 있는 다크 소드로도 자르지 못했다. 단지 약간의 흠집만 냈을 뿐!

지금까지 그 어떤 몬스터도 견디지 못했으며, 고레벨인 진은 역시도 감히 맞부딪치지는 못했는데, 그런 다크 소드로도 약간의 흠집밖에 낼 수 없는 단단함이라니!

'젠장, 이거 어렵게 됐는데?'

피식.

너무나 당황스럽고 쉽게 넘기기 힘든 상황이 눈앞에 닥치니 오히려 웃음이 나오는 눈류.

재차 도끼에 힘을 쥐며 이를 악물었다.

'한 번으로 안 되면, 두 번, 두 번도 안 되면 세 번! 될 때까지 벤다!'

재차 다크 소드가 검은빛을 사방에 뿌렸다.

"하아, 하아."

어느덧 날이 저물었고 주변에는 어둠만이 자리를 지키고 있었다.

울트는 한참 전에 부탁한다는 말과 함께 방으로 자리 들어갔으며 나니아만이 걱정스런 표정으로 평상에 앉아 눈류를 지켜보고 있었다.

파앙! 파아앙!

"크윽!!"

내려칠 때마다 손과 팔이 저렸다. 낮부터 쉬지 않고 반복했지만 아직 3분지 1도 채 자르지 못한 상태였다. 그것도 마나가 가득 찰 때마다 다크 소드를 쉬지 않고 발휘한 결과물이었다.

그나마 눈류에게 힘이 되는 점은, 밤이 되면서 더 이상 더위가 느껴지지 않고 그나마 약간 시원해졌다는 것이다.

파앙!! 파아앙!

"잘려라, 좀! 다크 소드!"

퍼억!

우물우물.

눈류는 이를 악물며 빵을 씹었다. 맛도 없는 데다 배가 고픈
것도 아니었다. 솔직히 말하면 먹기 싫었다. 여태 지겹게 먹어
온 빵이 아닌가? 하지만 피로도를 쌓을 수는 없었다. 이 상태
에서 피로까지 느낀다면 절대 빠른 시간 안에 해결할 수 없기
때문이다.

그렇기에 눈류는 피로가 느껴지면 쉬지 않고 빵을 씹었다.
그러자 평상에 앉아 있던 나니아가 걱정스런 눈길로 말문을
열었다.

"저기, 눈류님."

"하아, 네?"

"배가 고프시면 제가 음식을 준비……."

"아닙니다. 배가 고파서 먹는 것이 아니니 걱정 마세요."

눈류가 웃으며 대답했지만 나니아는 쉽게 염려를 지울 수
없었다. 하루 종일 빵만 먹으며 쉬지도 않은 채 만년나무를 내
려치고 있었다.

할아버지의 결정이기에 자신이 나설 수도 없는 일. 하지만
너무나 안타까운 것도 사실이었다.

자신이 알기로는 할아버지와 동료 분들을 제외하고는 그 누
구도 만년나무를 자르지 못했기 때문이다.

비록 눈류가 반이나 잘랐다고는 하지만 그것은 하루 종일
해서 얻은 결과였다. 그리고 그렇게 두 토막을 낸다 하더라도,

결국엔 총 네 토막을 내야 한다.

저렇게 하다가는 몸이 견디지 못할 것이라 생각하는 나니아였다.

'안 되겠어. 그거라도 만들어야지.'

결국 나니아는 결심과 함께 주방으로 향했고, 눈류는 여전히 쉬지 않고 도끼로 반복해서 나무를 내려쳤다.

"눈류님, 이거 드셔보세요."

막 다크 소드를 발휘한 눈류는 나니아의 목소리에 고개를 돌렸다. 그러자 김이 모락모락 나는 죽과 같은 음식이 시야에 들어왔고, 나니아는 평상에 죽을 내려놓은 채 눈류에게 손짓을 했다.

"토끼 고기는 싫어하시는 것 같아서 약초로만 만든 거예요. 눈류님은 음식을 잘 드시지 않으니 이거라도 먹어두세요. 오랜 시간 배고픔을 느끼지 않게 해주거든요."

"그래요?"

나니아의 말에 흥미가 동하는 눈류.

분명 보기에도 토끼 놈은 들어가지 않았고, 야채들이 가득했으며, 그윽한 향기가 코를 자극했다.

무엇보다도 오랜 시간 배고프지 않을 것이라는 점이 구미를 당겼고, 결국 눈류는 자리에 앉아 죽을 맛봤다.

'맛있네?'

약간 쌉쌀한 맛이 없잖아 있었지만 전체적으로는 훌륭했기에 눈류는 허겁지겁 음식을 해치워 갔다. 빵과는 비교가 안 되는 맛!

"으흐흐흐."

감격스러워서일까, 아니면 너무나 맛있어서일까? 눈류는 어느새 짐승 모드가 되어 죽을 입에 퍼 넣기 시작했고, 그 모습을 쳐다보던 나니아는 흠칫하며 평상에서 일어섰다. 알 수 없는 두려움!

'하, 할아버지 같아!'

울트와 눈류, 서로가 들으면 기분 나쁠 수 있는 생각을 하며 나니아는 슬금슬금 방으로 도망쳤고, 그 사실도 모른 채 눈류는 죽을 먹기에 바빴다.

"꺼어어억!"

잠시 후, 큰 그릇에 있던 죽을 다 비운 눈류는 배를 퉁퉁, 치며 주변을 쳐다봤다. 나니아가 보이지 않았다.

"언제 들어간 거지?"

어차피 있든, 없든 상관없었기에 다시 나무를 향해 이동하는 눈류.

"자, 시작해 볼까."

달빛만이 눈류를 비쳐 주며 함께하였다.

"호오~ 이거 놀라운데?"

눈류는 배고픔과 피로도를 확인하며 기쁨 어린 표정이 되었다. 날이 밝음과 동시에 드디어 두 토막을 내게 되었다. 그런데 그때까지도 피로도가 떨어지지 않았다. 그것은 배고픔도 마찬가지였다.

　나니아가 오랜 시간 배고픔이 없을 것이라 했지만 100% 믿지는 않았는데, 그 효력을 확신하게 되자 왠지 힘이 솟구치는 것 같은 눈류였다.

　"아직까지 졸리지는 않으니 마저 끝내고 자자."

　만년나무는 처음엔 대단히 단단하지만, 내려칠 때마다 내구력이 줄어들기에 생각보다 일찍 두 토막을 냈다.

　그렇기에 지금부터 하루 정도만 더 바짝 하면 끝낼 수 있을 것이라 눈류는 판단했고, 만년나무 퀘스트를 마친 다음에 로그아웃을 할 생각이었다.

　"간다!!"

　파앙! 파앙!!

　시간은 쉬지 않고 흘렀다. 그와 함께 눈류 역시 멈추지 않고 만년나무를 내려쳤다. 그 모습을 보며 나니아는 감탄을 했고, 울트는 호기심이 가득 생겼다.

　마나를 사용한다는 것조차 놀라운데, 믿을 수 없는 체력과 포기하지 않는 집념!

　'흰수의 눈물이 꼭 필요한가 보군.'

　울트의 입가에 흐뭇한 미소가 어렸다. 오랜만에 마음에 드는 인간을 발견했기 때문이다.

　파앙! 파앙!

　"하압!!"

　그날 저녁이 되어서야 눈류는 세 토막을 낼 수 있었고, 재차 도끼를 들었다. 이제 남은 것은 하나. 물론 퀘스트가 더 있을 수도 있겠지만 하나라도 끝난다는 것이 눈류의 마음을 들뜨게 하였다.

그리고 다음날 오전. 힘겹게 퀘스트를 마친 눈류는 울트와 나니아에게 잠을 자겠다고 말한 뒤 작은 방으로 들어가 로그아웃을 하였고, 현실에서 6시간을 잔 다음 다시 접속을 했다.

지이이잉.

잠에서 깨자마자 게임에 접속한 눈류는 가볍게 몸을 푼 뒤, 주변을 쳐다봤다.

현재 눈류가 있는 곳은 나니아가 안내해 준 곳으로, 성인 남자 둘이 겨우 잘 수 있을 정도의 크기에 가구 등은 그 어떤 것도 없는 방이었다.

'그사이에 들어왔을까?

로그아웃을 할 경우 게임 속에서 사라지게 되어 있었고, 현실에서 6시간밖에 자지 않았지만 게임 시간으로는 18시간이 흐른 상태이기에 울트와 나니아가 충분히 들어올 수도 있는 시간이었다.

하나 며칠 잠을 자지 않고 사냥을 했기에 어쩌면 확인하지 않을 수도 있었다.

'뭐, 나가보면 알겠지.'

끼이이익.

눈류가 다 낡은 문을 열고 나서자 밥을 먹고 있는 울트와 나니아가 보였다.

"이제 깼는가? 어서 와서 곰 좀 먹어보게."

'곰!'

현실에서는 보기도 힘든 요리. 당연히 한 번도 먹어본 적이 없었다. 거대 토끼는 자신이 잡은 데다 해체 작업 역시 도왔기에 먹기 힘들었지만 곰은 달랐다.

비록 나니아가 만들어준 죽으로 인해 배가 고프지는 않았지만 그래도 식욕은 존재했기에 눈류는 고개를 끄덕이며 평상으로 걸음을 옮겼다.

평상 한가운데에는 크고 둔탁해 보이는 접시가 있었는데, 그 속에는 보기만 해도 먹음직스러운 고기가 담겨 있었다.

"오래 주무셨네요. 깨울까 했는데 할아버지가 피곤할 테니 놔두라고 해서… 많이 드세요."

나니아가 웃음을 머금으며 작은 접시에 곰 고기와 국물을 담아 내밀자, 눈류는 먼저 냄새를 음미했다. 곰을 한 번도 먹어보지 않았기에 확인을 위해서였다.

아무리 몸에 좋고 귀한 음식이라 할지라도 입맛에 맞지 않으면 먹기 힘든 법이니.

'괜찮네.'

이곳 세상의 약초 때문인지 요리에서는 향긋한 향만이 존재했고, 눈류는 침을 꿀꺽 삼키며 곰 고기 한 조각을 입에 넣었다.

그러자 스르르르 녹는 감촉.

"마, 맛있군요."

눈류는 진정 감탄하며 자신도 모르게 말을 내뱉었다.

맛있었다. 현실에서 이보다 더 맛있는 요리를 먹어본 적이 없을 정도로 갖가지 약초와 나니아의 요리 솜씨, 질 좋은 재료가 합쳐지자 환상의 맛을 자아냈다.

"크하하, 우리 손녀가 요리 하나는 잘한다네."

눈류의 칭찬에 울트는 좋아진 기분을 숨기지 않으며 드러냈고, 눈류는 고개를 끄덕였다. 비록 판타지 세상의 설정된 NPC이지만 대단한 실력이었고, 눈류는 체면 차리지 않고 자신의 몫을 다 비웠다.

"놀랍군. 이렇게 빨리 나무를 자를 줄은 몰랐다네."

나니아가 설거지를 하러 간 사이 울트가 잘린 만년나무를 보며 나지막하게 말문을 열었다.

"마나를 깨달았더군."

눈류는 고개를 끄덕였다. 이미 그 사실을 봤고 알아차린 상대에게 숨겨봐야 피할 수 없다. 그리고 어차피 퀘스트 NPC. 비밀을 유지할 필요도 없었다.

"자네의 스승이 대단한가 보네. 어린 자네를 이 정도로 성장시키다니. 그런 의미로 말일세."

울트의 눈빛이 순간적으로 진지해졌다.

"남은 것 좀 마저 잘라주게."

"……."

"허허, 나는 늙어서 힘이 없다네."

'이 영감탱이! 도대체 어디가 힘이 없어!!'

눈류는 자신도 모르게 가자미눈이 된 눈동자를 정상으로 돌렸다.

울트의 말을 믿을 수는 없다. 오우거와 몸짱 시합을 붙어도 대상을 차지할 정도의 튼튼한 근육! 곰을 가볍게 잡아서 메고 오는 능력! 그런 사람이 힘이 없다니! 하지만 꼬와도 참아야 되는 것이 유저였고, 아쉬운 것은 자신이었다.

속으로는 온갖 욕을 다 내뱉고 있었지만, 겉으로는 천사의 환한 웃음을 유지하며 고개를 끄덕인다.

"제가 다 하겠습니다."

"허허, 고맙다네. 그럼 난 심심하니 몬스터나 때려잡으러 가야겠네."

"아니, 방금 전 힘이 없으시다고……."

"나무 벨 힘만 없네."

"……."

잠시 후, 설거지를 마치고 돌아온 나니아는 볼 수 있었다. 분노한 표정으로 만년나무를 이빨로 물어뜯다 이가 나가 버려 고통스러워하는 눈류의 모습을.

만년나무는 단단했다.

"다 했습니다!!"

울트가 새롭게 건네준 만년나무 세 그루를 6일이 지나서야 모두 네 토막씩으로 만든 눈류가 새침한 표정으로 말했다.

그때 울트는 스파링을 하겠다며 보기만 해도 무시무시한 몬스터와 몸을 풀고… 아니, 일방적인 구타를 하고 있었다.

'아주 몬스터 잡을 땐 힘이 풀풀 나시는군요.'

바드드득.

자신도 모르게 이가 갈린 눈류지만 울트가 쳐다보자 언제 그랬냐는 듯 천진난만한 미소를 짓는다. 현실에 적응된 비참한 인간의 모습!

'젠장, 내가 어쩌다 이런 꼴이 된 것인지.'

라스트 월드를 하기 전에는 그 누구에게도 자존심을 굽힌 적이 없었고, 비위를 맞추려 한 적도 없었다.

어쩌면 당연했다. 돈, 싸움 실력… 그 어떤 것도 부족한 것이 없었기에 자신의 성질대로만 살아왔다.

하나 이곳 세상은 달랐다. 모든 것이 부족했다. 능력도 부족했으며, 돈도 부족했고, 목표도 존재했다. 그렇기에 필요하다면 최대한 비위를 맞추고 살아가야 했고 속이 뒤틀리는 것은 어쩔 수 없이 참아야 했다.

결국 눈류는 도끼를 내려놓고 울트에게 성큼성큼 다가갔다. 언제까지 여기서 같이 살 수는 없었다.

"허허, 수고했네."

"네, 그런데 울트님."

"왜 그러는가?"

"저기 환수……."

"아, 그렇지. 아직 만년나무가 더 있네."

"……."

"하하, 걱정하지 말게나. 이번에는 내가 잘라볼 테니."

"아니, 그것보다 환수의 눈……."

"날이 어두워지기 전에 서둘러야겠군."

후다닥 부엌 옆의 창고 같은 곳으로 달려가더니 만년나무를 가볍게 꺼내오는 울트. 눈류는 뭐라 얘기를 하고 싶었지만 체념하며 평상에 앉았다.

울트가 말 돌리기에는 선수라는 것을 그동안의 경험으로 깨달았기 때문이며, 이 역시 퀘스트의 하나일 것이기에.

"잘 보게나. 무조건 힘으로 한다고 되는 것이 아니라네."

그때 울트가 흰 턱수염을 한 번 매만지더니 도끼를 집어 들었고, 눈류는 집중해서 쳐다봤다. 분명 평범한 NPC는 아닐 것이다. 자신은 상대하기 힘든 몬스터들을 쉽게 잡는 것만 봐도 알 수 있었다.

사아악!!

눈류가 생각에 잠긴 사이 울트의 금빛 도끼가 허공을 향해 높이 치솟았다!!

정말 치솟았다.

타아악!!

"허억, 허억."

"허허, 내가 모르고 깜빡 놓쳤구먼."

'일부러 그러신 것 아닙니까……?

눈류는 따지고 싶었지만 애써 분을 참았고, 울트는 정말 가

벼운 실수를 한 듯 허허! 웃으며 아무렇지 않게 도끼를 뽑아 들었다.

눈류의 양 허벅지 사이로 평상에 꽂힌 도끼를 말이다.

"이번에는 진짜일세."

울트가 재차 폼을 잡으며 말했고, 눈류는 만약을 대비해 위급하면 다크 실드를 시전할 생각까지 하며 쳐다봤다.

곧 울트의 도끼가 만년나무를 내려쳤다.

파아아악!

'박혔다.'

두 눈이 부릅떠지는 눈류.

분명 마나를 사용하지 않았다. 단지 내려친 것뿐이다. 그런데 한 번에 박혀 버렸다.

"이제 시작이니 벌써부터 놀라지 말게나. 하하."

지이이이잉.

"뭐, 뭐지?"

금빛 도끼가 박힌 만년나무 틈새에서 푸른빛이 뿜어져 나오며 사방을 밝혔다. 너무나 밝고 강렬한 빛! 하지만 눈류는 그 이상을 느끼고 있었다.

두근, 두근, 두근.

'마, 마나의 힘이 나와는 비교할 수가… 크윽.'

차차차차착!!

빛이 순간적으로 폭발한다고 느껴지는 순간, 만년나무는 정말 종이처럼 힘없이 찢겨지며 주위에 떨어졌고, 눈류는 멍한 표정으로 울트를 쳐다봤다.

평범하지 않은 강한 존재라고 예상은 했지만 이 정도일 줄이야.

"인간, 몬스터, 사물… 그 어떤 존재에게든 교차선이 있다네."

"교차선이요?"

울트가 찢겨진 만년나무들을 주우며 말한다.

"흐름이라고나 할까? 어차피 지금 자네에게는 설명해 줘도 이해할 수 없는 부분이야. 하지만 분명 경계선이 존재하지. 그리고 그 경계선에는 교차선이 있다네. 그곳을 공격한다면 능력 이상의 파괴력을 발휘하게 되는 법이지."

'경계선, 교차선?

눈류가 아무런 말이 없자 오랜만에 너그러운 웃음을 짓는 울트.

"그냥 이런 것도 있다고 알려준 것뿐이네. 어차피 자네는 배울 수 없으니 기대감을 갖지 말게."

"그, 그렇습니까?"

눈류는 입맛을 다셨다. 말대로라면 대단히 강력한 스킬인 것이다. 그런데 배울 수 없다니, 탐이 난 만큼 아쉬움도 컸다.

"어차피 제대로 배우기 위해서는 최소 백 년이란 시간이 필요하네. 그런데 자네는 평범한 인간이지 않은가? 비록 마나를 깨달았다 할지라도 인간의 틀에서 벗어날 수는 없지."

'그 말은 영감과 나니아는 평범하지 않다는 뜻이군.'

마음속으로 질문을 하며 바라보는 눈류.

"언제나 세상이 그렇다네. 노력한 만큼 얻게 되는 것이지. 만약 노력 이상을 얻으려고 한다면 화를 부르는 법이야."

눈류는 고개를 끄덕인다. 평소에는 그렇게 얄미웠고 자신을 괴롭혔지만 틀린 말이 아니었다. 자신 역시 그랬지 않은가?

레전드 직업. 남들은 다 부럽다고 하겠지만 얻게 되는 능력 이상의 노력을 해야 하고 포기를 해선 안 된다.

노력한 만큼 얻는다! 이는 변하지 않는 진리였다.

"할 일도 다했으니 나랑 낚시나 하러 가지 않겠는가?"

울트가 찢겨진 만년나무를 다 정리한 뒤 말했다.

"낚시 말입니까?"

"그렇다네. 이 근처에 아주 좋은 강이 있지. 그곳엔 물고기가 많이 산다네."

"알겠습니다."

눈류는 생각할 필요도 없이 자리에서 일어섰다. 안 그래도 더위로 인해 물이 그리운 상태였고, 울트의 비위를 건들 생각도 없었다.

더군다나 강이 있다니 눈류에게도 나쁘지 않은 제안이었다. 평소 낚시를 좋아했기에.

"지금 가면 몇 시간은 할 수 있겠군."

눈류가 승낙하자 울트는 하늘을 쳐다보더니 중얼거렸다. 해가 쨍쨍하게 내리쬐고 있어 아직 날이 저물려면 한참이나 걸릴 것이다.

‘역시 이놈의 영감, 말을 돌린 것이었어.’

한창인 해를 보자 조금 전에 한 울트의 말이 떠오른 눈류는 고개를 저었다. 만년나무 역시 자신이 쉽게 쪼갤 수 있음에도 일부러 시킨 것이다.

‘하긴 NPC들이 무슨 죄냐. 그렇게 설정되어 있을 뿐일 텐데. 후우.’

“이만 가지.”

속으로 개발자들을 원망하던 눈류는 울트의 말과 함께 집 밖으로 이동하였다.

“네?”

밖으로 나온 눈류는 울트의 말에 너무나 당황해서 자신도 모르게 반문했다.

후비적후비적.

귀까지 후벼 파는 눈류.

“지금 뭐라고 하셨습니까?”

“이 줄을 잡고 내려가자는 말이네.”

눈류는 울트가 말한 투명한 줄을 쳐다봤다. 막대과자 정도의 두께인 얇은 줄은 집 앞 절벽 위에 존재하는 바위에 돌돌 말린 상태였고, 길이를 측정할 수 없을 정도로 길었다.

터벅, 터벅.

눈류는 몇 발자국 더 걷고는 절벽 밑을 쳐다봤다.

“…….”

끝이 보이지 않는다. 아니, 구름이 떠 있다! 이곳은 고대의 산 정상. 한마디로 이 높은 곳에서 얇은 줄 하나만 잡고 떨어지라는 말이었다.

"호수로 가는 방법이 이것밖에 없습니까?"

"지금 기억에는 이 방법뿐이네."

"……."

그 말은 다른 길도 있지만, 지금은 기억이 안 난다는 뜻.

눈류는 아무리 NPC라 할지라도 울트만은 너무나 얄밉다고 확신하며 한숨을 내쉬었다.

비록 자신이 놀이 기구는 못 탄다 할지라도 고소공포증은 없었고, 이곳은 현실이 아닌 게임 세상이다. 죽어도 다시 살아날 수 있다.

만약 현실이라면 죽어도 못할 짓이겠지만, 라스트 월드이기에 결국 눈류는 체념과 함께 줄을 손에 감았다.

특수한 능력이 있는지 세게 당겨봐도 아프지 않고 오히려 부드러운 촉감이 느껴졌다.

"허허, 조심해서 내려오게. 잘못하다가는 골로 갈 수 있으니."

'아니, 그럼 다른 길을 생각하면 되잖아요!!'

분통이 터졌지만 울트는 이미 절벽 밑으로 사라진 상태였고, 곧 눈류 역시 나무로 만든 낚싯대를 인벤토리에 넣은 뒤 절벽을 내려가기 시작했다.

아니, 떨어졌다.

울트 역시 뛰어내렸기에 자신도 어쩔 수 없이 한 것이다.

“으아아악!!”

눈류의 몸이 구름을 관통하며 추락했다. 하염없이, 끝없이!

얼마나 높은지 한참이나 지났는 데도 지면이 보이지 않았다.

만약 현실이었다면 육체가 속도를 이겨내지 못하고 찢어지거나 터졌을지도 모른다.

“보, 보인다!!”

스텟으로 인해 시력과 감각이 탁월한 눈류는 지면이 보이자마자 줄을 꽈악 잡았다! 그러자 땅에 부딪치기 1m 전에 허공에서 우뚝 멈춰 섰다.

“거기서 뭐 하는가? 어차피 딱 그 위치에서 멈추게 설정되어 있다네.”

‘처음부터 말을 하시던가요!!’

자신의 탁월한 감각이라 자뻑하던 눈류는 어이없는 표정으로 울트를 한 번 쳐다봤다가 손에 감긴 줄을 풀었다.

그리고 울트의 곁으로 가 맞은편에 있는 강을 바라봤고, 입이 자연적으로 벌어졌다.

이름다웠다. 천상계가 있다면 이런 모습일지도 모른다고 생각이 들 만큼 아름다웠다.

졸졸졸졸.

하염없이 움직이는 강물 소리가 귀를 간지럽혔고, 주변에는 크고 작은 바위들이 자리를 잡고 있었다. 그리고 이곳만의 특성인지 강 위에는 구름들이 둥실둥실 떠다녔으며 무지개가 하늘거리는 비단옷처럼 강을 덮고 있었다.

강물은 투명하게 빛났고, 물속이 훤히 비칠 만큼 맑고 깨끗했다.

"어떤가? 아름답지 않은가?"

"그러네요."

여전히 감탄한 표정으로 대답하며 자리에 앉는 눈류. 그 모습을 지켜보던 울트가 따스한 미소를 지으며 말한다.

"이곳은 지켜져야 되는 곳이네. 인간의 손이 닿으면 안 되지."

"그럼 저는 어떻게……."

"그걸 내가 아는가? 인연이 흘러 버렸으니 내가 막을 수 없지 않은가."

휘이잉. 퐁.

울트의 낚싯줄이 강 속을 침범했다.

"그래서 나 역시 동의를 했던 것인지도 모르지."

"네?"

"허헐, 아니네."

뜻을 알 수 없는 울트의 말에 고개를 갸웃거리던 눈류는 곧 어깨를 으쓱하며 자신도 낚싯줄을 멀리 던졌다.

휘이잉. 퐁.

"자연과 살아 있는 숨결, 보이지 않는 기운들, 그리고 이 물속에 기거하는 물고기들까지. 이들이 있기에 나는 그 고통을 감수했네."

눈류는 자연적으로 고개가 돌아갔다. 그리고 보았다.

아버지 같은 울트의 표정. 그래, 그렇게밖에 설명할 수 없었다. 현재 울트가 바라보는 시선은 부모가 사랑하는 자식을 바라볼 때의 모습이었다.

하지만 그 눈빛이 순간적으로 변해 버렸다.

"왔구나!!"

빠르게 낚싯대를 들어 올리는 울트. 그러자 1m 크기의 거대한 물고기가 허공으로 솟구쳤다.

"크크큭, 오랜만에 보는구나. 네놈들! 맛있게 먹어주마."

마치 짐승이 먹이를 눈앞에 둔 표정! 눈류는 기가 찬 표정으로 물었다.

"아니, 이곳에 존재하는 모든 것들이 지켜져야 된다면서요."

"먹을 때는 예외란다."

'그, 그런 억지가!!'

"어차피 새끼를 낳지 않느냐. 으하하, 또 걸렸다!!"

왠지 이곳에 사는 몬스터들과 생명체들이 가엾게 느껴지는 눈류였다.

"크하하. 자, 이제 돌아가자."

"그, 그러죠."

마법 주머니인 듯 물고기를 잡자마자 나타난 거대한 항아리. 그것을 가득 채운 울트가 만족스러운 표정으로 눈류에게 말한 다음 곧 안타까운 시선으로 물고기들을 쳐다보았다.

"미안하구나. 내가 먹고살기 위한 것이니 용서해 다오."

너무나 애절하면서도 연민이 가득한 눈빛! 하지만… 입에서는 침이 질질 흐르고 목구멍으로는 군침을 꿀꺽꿀꺽 삼키고 있었다.

"녀석들도 이해해 준다는구나!"

'도대체 물고기들이 언제 그런 말을!!'

해맑게 웃으며 엄지손가락까지 치켜세우는 울트의 모습에 눈류는 자신 이상의 짐승을 발견한 듯 한 걸음 물러섰고, 물고기들은 체념했는지 고개를 설레설레 젓다가 스스로 목숨을 끊었다.

'저 물고기들은 지능이 있는 것인가?

눈류가 지느러미로 자결하는 물고기들의 모습에 경악하고 있는 그때, 울트는 어느새 절벽을 오르고 있었다.

"뭐 하느냐? 빨리 올라오너라."

그 모습에 눈류 역시 점프를 하여 투명한 실을 부여잡고는 한 팔, 한 팔 내밀며 위로 전진했다. 나니아의 죽으로 인해 아직도 배고픔이나 체력 저하를 느끼지 못했기에 절벽이 아무리 높을지라도 무리는 없었고, 이미 사라진 울트가 있었던 곳을 쳐다보며 눈류 역시 속도를 올렸다.

"흐압!!"

몇 시간이나 걸렸는지는 알 수 없다. 하지만 어느덧 날이 저물어 주변이 어두워졌고, 그제야 눈류의 눈에 절벽 끝이 들어왔다.

"하아, 이제 다 왔구나."

"하하, 이 할애비를 잡아보거라."

"할아버지, 거기 서요!"

절벽에 가까워지자 울트와 나니아의 떠드는 목소리가 들렸고, 눈류는 실소를 흘리며 절벽 끝에 손을 걸쳤다.

"으랍차!"

손에 힘을 주며 이번에는 배를 절벽에 걸쳤고, 이제 막 다리를 올리려는 순간이었다.

"으하하하, 나 여기 있다!"

"아이 참!!"

투욱!

"에, 뭐지?"

"……."

울트의 무심한 발언. 그와 함께 넋 나간 표정으로 멍하니 울트를 쳐다보는 눈류.

"지금 저를 치셨잖아요."

"그런가? 하하하, 다시 올라오게나."

그 말을 들으며 눈류의 신형은 하염없이 추락했다.

쿠우웅!

"으사사아!! 이 영간탱이!!"

들리지 않을 것이란 생각에 지면에 착지한 후 온갖 큰 소리로 욕을 하는 눈류.

'분명히 일부러 그랬어! 그래! 일부러야. 그게 아니면 어떻게 정확히 나를 밀쳐!!'

다행히 줄 때문에 지면과 부딪치지도, 죽지도 않았지만 또 몇 시간을 올라갈 생각을 하니 짜증이 치솟았다.

"올라가기만 해봐!!"

하염없이 인상을 찌푸리며 다시 절벽을 기어오르는 눈류. 그렇게 몇 시간이 지나자 재차 울트와 나니아의 목소리가 들렸다.

"저, 지금 올라갑니다!!"

"눈류님, 어서 오세요."

"허허, 빨리 오게나. 우리는 수련하고 있다네."

채앵, 채앵!!

무기들이 부딪치는 소리가 귀에 들렸고, 미리 경고까지 한 눈류는 안심하고 절벽 끝을 쳐다보며 빠르게 줄을 탔다.

그런데 그 순간이었다.

휘이이잉! 지익!!

"치이, 할아버지 치사하게 마나를 사용하고 그러세요!"

"허허, 미안하구나. 그냥 심심해서 써본 것이란다."

"그런데 눈류님은 왜 안 오죠?"

"글쎄다. 혹시 내 마나에 줄이 잘려 떨어진 것인가? 으하하."

"설마요. 헤헤."

눈류. 결국 사망하다.

Part 3
위험한 만남

어느덧 눈류가 울트와 나니아를 만난 지 30일이 흘렀다.

새벽 4:00.

"타하아압!!"

눈류의 거친 기합 소리가 한적한 고대의 산에 울려 퍼졌다.

쩌어어억!!

도끼가 한 번 움직일 때마다 장작은 두부처럼 쉽게 잘렸다.

만년나무가 아닌, 음식을 할 때 필요한 일반 나무였기 때문에.

눈류는 쉬지 않고 눈앞에 놓인 나무들을 쪼개기 시작했다.

새벽 5:00.

"젠장, 거기 서! 다크 소울!!"

만년나무를 자를 때를 제외하곤 검을 사용할 수 있었으며,

어둠의 마나가 광속 같은 속도로 몬스터의 한 팔을 베었다.

"잘리고도 도망치네?"

이마에 뿔이 솟아 있고 두 발로 다니는 큰 쥐의 형상을 한 몬스터가 피를 철철 흘리면서도 도망을 치자 눈류는 다크 쉐도우를 사용하여 접근했다.

"내가 왜 이 짓을 해야 하나. 하아……."

경험치가 별로 오르지 않기에 굳이 할 필요는 없었다. 물론 비밀 퀘스트의 영향으로 랜덤 스텟은 상승되었지만 하고 싶지는 않았으며, 빨리 환수의 눈물을 받아 돌아가고 싶은 마음뿐이었다. 하지만 울트가 식량을 저축해야 한다며 강제로 사냥을 시켰고, 환수의 눈물에 대해 말을 꺼내기만 하면 회피했기에 어쩔 수 없이 해야만 했다.

"에휴."

눈류는 체념이 가득 담긴 한숨을 내쉬며 빠르게 움직였다.

오전 9:00.

휘이이잉!!

"크으윽."

이제는 수없이 겪는 현상이지만, 낚시를 위해 절벽에서 떨어질 때마다 피부에 소름이 돋았다.

처어억!

잠시 시간이 흘러서야 지면에 도착한 눈류는 익숙한 손놀림으로 낚싯대를 꺼내 강을 향해 힘차게 던졌다.

아침을 위한 몬스터를 잡았으니, 점심때 먹기 위한 물고기를 잡는 것이었다.

오후 4:00.

푸욱! 푸욱! 푸욱!

이마에 흐르는 땀을 닦으며 열심히 삽질을 하는 눈류. 울트가 집 근처에 화단을 만들고 싶다고 했기 때문이다.

'내가 노가다꾼이냐고!!'

속으로는 너무나 분했지만 하라면 하는 것이 유저다! 라는 마인드가 확실한 눈류였고, 힘들 때마다 3,000만 라르크를 떠올리며 참고 또 참았다.

저녁 8:00.

"허헐, 여기도 가네!"

"커억!!"

눈류는 옆구리를 파고든 울트의 주먹에 신형이 비틀거렸다. 수련이란 핑계로 매일 반복되는 고문!!

아니라고 말하지만 사악한 미소를 짓고 있는 울트의 표정이 그 사실을 증명하였다.

"자자, 여기도 가네!"

"극."

눈류는 이를 악물었다. 울트가 강하다는 사실은 잘 알고 있다. 하지만 속도는 자신이 더 빠를 것이라 생각하고 있었는데 울트는 힘뿐 아니라, 모든 면에서 대단한 능력을 소유하고 있었고, 눈류는 타격을 몇 번 허용한 후에야 바닥에 주저앉았다.

견디기 힘들 정도의 통증이 몸이 아닌 뼛속을 파고들었다.

"허헐, 이 정도로 무너지다니. 약골이군."

'당신이 무식하게 강한 거야!!'

아쉬운 듯 혀를 차며 어서 일어나라는 울트의 말에 왠지… 사람들이 그리워지는 눈류였다.

"타합! 우리 이쁜이를 와 건드노!!"

기적이 노한 얼굴로 외치며 검을 휘둘렀다. 그러자 레몬이 수줍은 표정으로 눈을 흘겼다.

"내가 좀 예쁘긴 하지?"

"하모. 누구 여자인데!!"

이미 절명한 몬스터를 뒤로한 채 서로를 쳐다보며 사랑의 꽃을 불태우는 기적과 레몬. 그 광경에 루크와 라일라는 서로를 바라보다 고개를 저었다.

괴로움을 넘어선 체념의 단계!

"일리아, 이리 와! 넌 내가 지킨다!!"

그사이 새롭게 몬스터들이 리젠되자 페르탄이 오버하며 뛰쳐나갔다. 숙명의 염장 라이벌! 기적과 레몬을 의식한 행동이었다.

"페르탄… 내가 도와줄게!!"

안타까운 표정으로 버프와 힐을 사용하는 일리아. 그러자 페르탄이 돌아서며 느끼한 말을 남긴다.

"너를 위해서라면 죽어도 좋아."

"페르탄……."

루크와 라일라의 시선이 재차 마주쳤다.

'우리……'

'죽어버릴까요……?'

과도한 애정 표현에 언제나 희생양이 되었던 둘. 이제는 눈빛만으로도 마음이 통했다.

"좀 쉬지."

일리아와 라일라의 마나가 부족한 것을 발견한 루크가 말하자 모두는 고개를 끄덕이며 안전한 곳으로 이동하여 부드러운 잔디 바닥에 엉덩이를 앉혔다.

인원이 적든 많든 파티 플레이를 할 경우 마법사들의 마나가 부족하면 휴식을 취해야 했다. 한 마리만 더! 한 마리만 더! 라는 심정으로 플레이를 할 경우 모두가 위험해질 수 있었기에 가장 연장자인 루크는 리더 역할을 맡으며 사냥의 속도를 조절했다.

레전드 길드라는 이름으로 뭉친 지도 꽤 오랜 시간이 지난 그들은 이제 편하게 말을 놓는 상황이었으며 루크가 라일라를 향해 물었다.

"눈류님은 뭐 하시지?"

건틀렛 퀘스트 이후, 같이 사냥은 고사하고 얘기를 나눌 기회도 없었기에 루크는 아직 눈류에게 존대를 사용하고 있었다.

그러자 라일라가 미소를 머금은 채 대답했다.

"퀘스트 중이래요."

“퀘스트? 또 비밀 퀘스트이신가? 음성 채팅이 불가능한 장소에 있다던데.”

“샤인 언니가 그러는데 무슨 환수의 퀘스트라던데요? 아직 한 번도 공개되지 않은 퀘스트래요.”

“하하, 정말 눈류님은 대단하시군. 어떻게 그런 퀘스트들을 받을 수 있는 것인지…….”

“실 같은 거죠. 하나가 풀리면 자연적으로 다음 것도 술술 풀리게 되는. 하지만 그만큼 힘들잖아요.”

“그렇지.”

루크는 라일라의 말에 고개를 끄덕이며 건틀렛 퀘스트를 떠올렸다. 비밀 퀘스트는 보상이 대단한 만큼 난이도 역시 일반 퀘스트에 비해 상당히 높았다.

발견 자체도 힘들었다.

눈류 역시 모두가 하지 않는 성형 퀘스트를 힘겹게 마스터했고, 크샨의 비밀 퀘스트를 수락했으며, 비싼 돈을 치르고 메이를 만났음에도 관계를 하지 않은 채 얘기를 들어주었기에 환수의 눈물 퀘스트를 얻을 수 있었다.

그 정도로 비밀 퀘스트를 알아낸다는 것은 던전을 찾는 것만큼 힘든 일이었으며, 기존에 누가 비밀 퀘스트를 했다 할지라도 다른 이에게 알려주지 않기에 더욱 그러했다.

만약 소문이라도 날 경우, 자신만의 특혜가 사라지기 때문이다.

“그런데 부러운 것은 어쩔 수 없네요.”

페르탄이 웃음을 머금으며 말하자 모두들 고개를 끄덕였다.

비밀 퀘스트가 발견 자체가 어렵다는 것도 알고, 난이도 역시 힘들다는 사실도 잘 안다. 만약 자신들이 가면의 기사 직업을 받고, 비밀 퀘스트를 받는다 할지라도 완수할 자신은 솔직히 없었다.

그렇지만 부러운 마음 역시 어쩔 수 없이 존재했다.

"루크 행님, 고대의 산 안 가볼랍니꺼?"

그때 기적이 빵으로 피로도를 회복하다 말을 건넸다.

"고대의 산? 아, 길드 퀘스트?"

"예, 행님."

루크가 길드원들을 쳐다보자 모두가 괜찮다는 듯 긍정적인 표정이었다.

얼마 전, 현실 시간으로 세 시간 동안 라스트 월드 점검이 있었다. 그리고 몇 가지 시스템이 추가되었는데, 첫 번째로는 펫의 탄생이었다.

그동안 라스트 월드에는 펫의 시스템이 없었기에 많은 유저들이 원해왔다. 그 결과 수많은 펫 몬스터들이 탄생되었다.

귀엽고 끔찍힌, 때로는 험악하고 위협저인 익형의 펫은 레벨 200부터 퀘스트를 통해 얻을 수 있었으며, 사냥을 통해 경험치와 숙련치를 올려준 뒤 각성 퀘스트로 진화시킬 수 있었다.

그렇게 진화를 하게 되면 펫에게도 고유의 스킬이 생성되기에 많은 유저들이 퀘스트를 진행하며 기대를 품고 있었다.

현재 자리에 있는 기적과 레몬, 라일라 역시 곧 펫 퀘스트를 할 계획이었다.

그리고 두 번째로, 길드 퀘스트가 여러 가지 추가되었다. 그 중 많은 유저들이 원했던 것이 바로 고대의 산에 대한 것이다.

고대의 산. 정상에 올라서 보는 경치는 말할 수 없을 만큼 아름다웠다. 하지만 경치 한번 보기 위해 15일, 길게는 한 달 가까이 사냥도 하지 않은 채 등산만 할 수는 없는 노릇이기에 많은 유저들이 고대의 산에 한번에 올라갈 수 있는 마법진을 원했다.

결국 그 요구는 길드 퀘스트로 성취되었다.

"애들의 글들을 보니까 고대의 산 퀘스트는 하루 정도면 깬다고 합니더. 현실 시간으로는 8시간이지예. 저희도 한 번 하지예? 고대의 산 정상에 올라가고픈디."

일행들이 긍정적인 반응을 보이자 기적이 재촉하였고, 결국 루크는 파티원들을 향해 말문을 열었다.

"모두 찬성이지?"

끄덕끄덕!

8시간 동안은 시간을 낼 수 있는 듯 모두 하나가 되어 고개를 끄덕였다.

"그런데 우리끼리 가도 되나?"

"음, 고대의 산 퀘스트는 정해진 것이 아니고예. 참여자들의 능력에 맞게 몬스터들이 나온다고 합니더. 그러니 인원은 걱정 안 하셔도 됩니더. 그리고 박하다 아저씨나 다른 사람들은 술 마시고 있을 것 같은데예."

"그래?"

고대의 산에 가고 싶었던지 기적은 여러 가지 정보를 알고 있었다.

"그래도 물어는 봐야 하지 않을까요?"

"일단 크로티아 성으로 돌아가자."

라일라가 조심스럽게 묻자 루크가 말했다. 어차피 인벤토리를 정리해야 했기 때문에 돌아가야 했고, 가는 길에 나머지 길드원들을 찾아가서 물어볼 생각이었다.

잠시 뒤 모두는 귀환서를 사용함과 동시에 마법진에 올라섰고, 곧 크로티아 성에 모습을 드러냈다.

"술집에 계시는군."

길드 채팅으로 박하다를 비롯한 길드원들의 위치를 알아낸 루크가 실소를 흘리며 말하자 모두 한숨을 내쉬었다.

길드 속 길드, 만취 길드! 그들은 멤버가 늘어날수록 술집에 머무르는 시간도 길어졌고, 그건 오늘도 마찬가지였다. 그나마 월하에게 복수심을 품은 박하다가 간간이 만취 길드원들을 데리고 사냥을 나갔기에 조금이나마 레벨 업을 한 상태였다.

"샤인과 카르마는 접속 안 했으니 어르신들에게 물어본 다음에 바로 출발하면 되겠구나."

인벤토리의 잡템들을 정리하며 루크가 말했다.

눈류가 고대의 산에 머무르는 동안 샤인과 카르마의 분위기는 묘해진 상태였고, 둘은 현재 현실에서 만나 놀고 있었다.

그리고 카르마가 얼마 전 일을 관두었기에 함께 있는 시간이 더욱 많아졌으며, 루크와 라일라는 혹시나 제3의 염장 커플이 탄생할까 봐 우려하는 중이었다.

"일단 가지."

곧 일행은 '바람이 머무는 곳' 이란 술집을 향해 발걸음을 옮겼다.

"세라, 현재까지 10명이 모였어."

"그래?"

투구와 망토를 비롯해 온통 검은색 일색의 갑옷을 입은 남자가 말하자 갈색 머리카락을 가슴까지 기른 세라가 고개를 갸웃거리며 대답한다.

"현재 길드 레벨이 2라서 30명까지 뽑을 수는 있지만, 아무나 길드원으로 받아들일 수 없기 때문에 10명만 뽑았어. 나머지는 차차 결정하면 돼. 어차피 시간은 많고 당장 길드전을 할 것도 아니잖아."

"하긴, 그것도 그렇군."

세라가 수긍하자 큰 키에 여성스런 외형을 소유한 광후는 길드원들을 바라봤다. 길드를 만들자 레전드 다크 스나이퍼인 세라로 인해 수많은 유저들이 길드원이 되기를 원했고, 그중에서 고르고 고른 멤버였던 것이다.

모두 레벨 200 이상의 유저들.

"다른 길드들에서 회유와 협박이 왔다."

"큭, 뭐라고?"

"자신들 길드로 오라고."

"하여튼, 인간들이란."

세라는 비웃음을 흘리며 광후를 쳐다봤다. 자신이 라스트 월드에서 믿는 사람은 친오빠인 광후밖에 없었고, 다른 유저들에게 이끌려 다닐 마음도 존재하지 않았다.

도전하면 죽인다. 그것이 세라의 게임 속 마인드였다.

"단합 겸 길드 퀘스트나 할까?"

광후가 세라를 쳐다보며 묻자 세라는 실소를 흘리며 고개를 끄덕였다. 자신이 길드를 만들자고 한 것이기에 귀찮다고 해서 빠져나가기가 곤란했다.

다른 유저들은 상관없지만 그렇게 된다면 광후가 오랜 시간 삐칠 것이기 때문에.

"그럼 조금 있다가 고대의 산 퀘스트를 하자. 나, 정상에 가 보고 싶었거든."

"오빠 맘대로 해."

세라가 상관없다는 듯 말하자 광후는 길드원들에게 외쳤다.

"모두 인벤토리를 정리하고 다시 모이세요!"

"으하하하!!"

"부어라, 마셔라!!"

"아잉, 아저씨들도 참……."

“하하, 라렐, 나도 아저씨야?”

“당연하죠, 에시 아저씨!”

“으하, 에시 군도 우리 과구먼!”

“그러네요. 하하.”

술이 취해서인지 에시는 아저씨란 소리를 듣고도 통쾌하게 웃었고, 만취 길드 모두는 기분이 업된 상태였다.

인간의 감정을 극한으로 끌어올린다는 묘약… 술! 그것이 바로 그들을 이 지경까지 만든 요인이었다.

그 모습에 막 술집에 도착한 루크와 일행들은 고개를 도리 도리 저으며 다가갔다. 상태가 좋아 보이지는 않았지만 물어 보기는 할 생각이었다.

“오, 자네들, 왔는가!!”

박하다가 가장 먼저 일행들을 발견한 뒤 소리쳤고, 라렐과 아린, 만파와 진석, 에시까지 모두 고개를 돌려 환호했다.

그것도 아주 크게 소리를 지르며 환호했다. 그러자 주변 모 두의 시선이 재차 일행들에게 몰렸다.

“어서 와서 앉게나!”

“아, 아닙니다. 물어볼 것이 있어서 찾아왔습니다.”

붉고 밝은 얼굴로 의자까지 건네는 박하다를 쳐다보며 루크 는 황급히 손사래를 쳤다. 저 자리에 앉아 술을 마신다면 그 다음 벌어질 결과를 너무나 잘 알기 때문이다.

한 번 빠지면 벗어나기 힘든 개미지옥과 같은 술자리! 위험 했다. 빨리 용건을 말하고 도망쳐야 한다.

"저희는 고대의 산 길드 퀘스트를 하러 갈 생각인데, 같이 가시지 않겠습니까?"

애써 웃으며 예의상 말을 던진 루크.

길드 퀘스트의 경우는 퀘스트에서 수를 정하지 않는 이상 10명이 넘어도 상관없었으며, 길드원이면 누구라도 할 수 있었다.

"호오, 길드 퀘스트라?"

'컥.'

루크는 박하다가 예상외의 반응을 보이자 내심 뜨끔했다. 당연히 술 마신다고 안 간다 할 줄 알았는데 호기심이 동한 표정이었다.

그것은 다른 만취 길드원들도 마찬가지였다.

온통 붉어진 얼굴로 술 향기를 내뿜는 그들은 이제는 아예 짐승 모드를 공유하는 것인지 침을 질질 흘리며 웃었고, 서로를 쳐다보다 고개를 끄덕였다.

"흐흐, 좋아. 같이 가세!"

박하다의 충격적인 발언.

루크는 멍한 시선으로 라일라와 기적과 레몬, 페르탄과 일리아를 쳐다봤다. 그들 역시 넋이 나간 눈동자로 자신을 바라보고 있었다. 그때 박하다가 아쉬운 목소리로 다시 말했다.

"아참, 나는 조금 있다가 도장에 가야 하는데."

"허허, 박하, 나도 마찬가지일세."

"나도네."

박하다와 만파, 진석이 현실의 도장을 떠올리며 안타까운 듯 말하자 루크와 모두는 속으로 쾌재를 불렀다. 하지만 한국 사람의 말은 끝까지 들어봐야 했으니.

"그러면 에시와 라렐, 아린이 같이 가도록 해라."

"네, 알겠습니다!"

"헤헤, 네!"

"저희만 믿어요!!"

완전 맛이 간 셋의 모습에 멀쩡한 여섯은 속으로 절대 못 믿어!! 라고 외쳤지만, 박하다의 명이기에 어쩔 수 없이 웃는 얼굴로 고개를 끄덕였고, 곧 모두는 고대의 산을 향해 발걸음을 옮겼다.

에시와 라렐, 아린이 빨리 술에서 깨기를 바라며.

휘이잉— 퐁.

눈류는 바위에 몸을 기댄 채 낚싯바늘을 멀리 던지고는 눈을 감았다. 감각만으로도 충분히 물고기를 느낄 수 있기 때문이다.

'언제 끝날 것인가.'

많은 상념이 머릿속을 스쳐 지나갔다. 자신은 언제나 이래 왔다. 전직이든, 비밀 퀘스트든 항상 기약 없는 싸움이었다.

그나마 이제는 익숙해졌기에 견딜 수 있지만 처음 가면의 기사로 전직할 때만 해도 포기하려는 마음을 몇 번이나 먹었던가.

우우우웅!

그때 눈류는 무엇인가를 느끼며 고개를 들었다. 그와 함께 귓속을 파고드는 울트의 외침.

"피해!!"

'이, 이 망할 영감이!!'

가속도가 붙어 순식간에 떨어지는 울트는 하필 눈류의 머리 위로 하강하는 중이었고, 눈류는 서둘러 다크 쉐도우를 발휘하였다.

차아아악! 쿠웅!!

눈류과 멀어짐과 동시에 바닥에 착지한 울트가 고개를 갸웃거리며 말했다.

"내 도끼가 어디 갔지?"

"네? 커억!"

터어억!!

울트의 말과 함께 위를 쳐다보니 금빛을 반짝이는 도끼가 뒤늦게 떨어졌고, 눈류가 미처 피하기도 전에 앞 머리카락을 스치며 지면에 박혔다.

'저, 저 인간, 분명히 일부러 그런 거야!'

확신은 있지만 물증이 없는 상황! 눈류는 의심 가득한 눈빛으로 쳐다봤다. 그러자 울트는 왜 그러냐는 듯 어깨를 으쓱이더니 도끼를 뽑아 손에 쥔 채 콧노래와 함께 바닥에 주저앉는다.

"도대체 낚시를 하러 오시면서 도끼는 왜 가져왔습니까?"

"오늘은 도끼로 한번 잡아보려고 했다네. 하하하."

'마, 말도 안 되는 소리를!!'

"자네, 어서 앉게나. 거기서 뭐 하나?"

눈류가 마음속으로 울트를 수없이 패고 죽일 때 울트의 말이 들렸고, 결국 체념과 함께 바닥에 힘없이 앉았다.

"고맙네."

"네?"

한참 침묵을 지키며 강을 쳐다보던 울트의 뜬금없는 소리에 눈류가 반문했다. 그러자 온화한 미소와 함께 재차 말하는 울트.

"자네 덕분에 식량과 땔감이 아주 많아졌어. 허허."

'억.지.로 시키셨잖아요?'

"정말 고맙다네!"

"신세를 갚은 것뿐이니 그런 말씀하지 마세요."

속과는 달리 정중하게 대답한 눈류. 그 모습에 울트가 고개를 끄덕이다가 하늘을 쳐다봤다. 그리고 한참이나 지난 다음 조심스럽게 말문을 열었다.

"나도 자네에게 신세를 갚고 싶군. 나를 찾아온 이유가 환수의 눈물이라 했나?"

눈류의 얼굴이 환하게 밝아졌다. 그동안 아무리 말을 하여도 회피하며 일만 시키던 울트가 드디어 환수의 눈물에 대해 말을 꺼낸 것이다.

"자네는 환수에 대해서 아는가?"

"모릅니다."

눈류는 솔직하게 대답했다.

모르는 것을 안다고 했다가 거짓말이라는 사실을 들키게 되면 오히려 낭패였다. 그렇기에 애초부터 이실직고한 것이다.

"환수란 말이야……."

그렇게 울트의 얘기가 시작되었다.

언제인지도 알 수 없는 먼 옛날, 이 세상은 드래곤이 아닌 환수라는 존재들이 균형을 유지하고 있었다.

그들은 각자 신비한 능력을 소유하고 있었고, 외형 역시 각기 달랐다. 어떤 환수는 거대한 새였으며, 또 다른 환수는 날개를 지닌 짐승의 모습이었다. 그리고 인간의 모습, 거인, 어둠의 빛으로만 이루어진 환수 등 그들은 색을 제외하고는 모습이 똑같은 드래곤과는 달리 여러 형태와 능력을 소유한 채 중간계를 다스렸다.

하지만 그들은 스스로 자멸하게 되었는데, 그 이유는 바로 자만과 욕심 때문이었다.

인간들과 몬스터, 정령… 그 어떤 존재라도 소멸시킬 수 있는 지신들의 힘. 그것이 오랜 시간 지속되자 자만을 넘어 욕심이 나타났고 결국 하나하나 사라지게 되었다.

누구보다 강했던 환수들은 끝내 자신들끼리 피를 흘리며 우위에 서려고 했던 것이다.

그런 일들이 반복되자 결국 오딘은 분노하였고, 몇 남지 않은 환수들은 황급히 몸을 감췄다. 하나, 그들이 오딘의 능력을 모를 리 없었다.

결국 자신들의 어리석음을 후회하며 오딘을 찾아갔고, 그 후 환수에 관한 얘기는 어디에서도 들을 수 없었다.

"뭐, 내가 아는 것은 여기까지네. 확실하지는 않아. 나 역시 어떤 존재에게 들은 얘기이니."

울트의 말에 눈류는 잠시 눈을 감으며 생각에 잠겼다.

어떤 존재가 무엇을 의미하는지는 확실하지 않지만, 드래곤이라고 추측할 수 있었다. 만약 사람이었다면 존재라는 표현을 하지 않았을 것이다.

그리고 울트 정도의 실력자가 그 말을 믿고 또 다른 고대의 산을 지키고 있다는 것이 사실을 입증하고 있었다.

"그 후, 환수의 대리자로 선택된 존재가 바로 드래곤이라고 하네. 오딘은 환수들의 절차를 밟지 않기 위해 드래곤들에게 동족 의식을 심어주었지. 그래서 그들은 절대 동족을 해치지 않는다네. 하지만 문제점은 여전히 존재했어. 바로 과거 환수들의 절차를 밟는다는 것이지. 오랜 시간으로 인한 권태, 그리고 인간들의 도전을 참지 못했고, 그 결과 현재 드래곤들은 몇 남지 않게 되었네."

눈류는 고개를 끄덕였다. 현재 라스트 월드에서 드래곤이 나온다는 곳은 존재하지 않았다. 아직 발견이 되지 않은 것인지, 아니면 도입이 안 된 것인지는 알 수 없지만 말이다.

"그런데 환수의 눈물이라… 허허, 환수가 언제 눈물을 흘리는지 아는가?"

"모릅니다."

환수의 존재도 모르던 눈류로서는 당연히 알 수 없었다.

"바로 태어났을 때뿐이라네. 그런데 이제 와 환수의 눈물을 찾는다라… 현재 중간계에 환수는 존재하지 않는다네."

눈류의 얼굴이 일그러졌다. 그 말은 곧 환수의 눈물을 구할 수 없다는 것이었다.

'이 망할 영감! 모든 것을 알면서 날 부려먹어?

그동안의 일이 주마등처럼 스쳐 지나가자 분노가 치밀어 올랐다. 고생도 고생이지만 시간이 아까웠다. 한 달하고도 하루가 지났다. 그 시간 동안 결국 헛고생한 것이지 않은가?

처억!

분노가 폭주하자 눈류의 전신에서 살기가 흐르기 시작했고, 자신도 모르게 짐승 모드로 돌변하며 한 손으로 짱돌을 쥐었다.

'주, 죽여 버리겠어!!'

그때 울트가 실소를 흘리며 말문을 열었다.

"하지만 환수의 눈물이 있는 곳은 안다네."

타아악!

그 말과 함께 눈류의 살기는 구름이 걷히듯 사라졌고, 짱돌은 바닥에 떨어졌다. 그리고는 언제 그랬냐는 듯 얼굴 가득 천진난만한 미소가 자리 잡았다.

조금 전 증오에 불타던 눈빛은 첫사랑에 빠진 여고생처럼 반짝였다.

"짱돌로 날 치려 했던 것은 아니겠지?"

"설마요. 예뻐서 쥐어본 것입니다."

울트가 의심쩍은 눈빛으로 쳐다보자 눈류는 애써 콧노래를 부르며 딴청을 피웠다.

"크하하, 참 재미있는 젊은이로군."

그런 눈류의 모습이 싫지는 않은 듯 울트는 재차 말문을 열었다.

"이 대륙에 단 한 곳! 그곳에 바로 환수의 눈물이 있네."

"그게 어, 어디입니까?"

눈류는 긴장이 되어 침을 꼴딱 삼키며 질문했다. 상황으로 봐서는 환수의 눈물을 찾기 위해 다른 곳으로 가야 할 판이었다. 기왕이면 크로아 왕국이기를 바랐다.

"그들이 오딘을 피해 몸을 숨긴 곳이지. 그곳에 환수의 눈물이 있다네. 자신들의 죗값을 치르기 위해 오딘에게 가기 전, 그들은 후회를 담아 하염없이 눈물을 흘렸다고 하네. 태어날 때만 눈물을 흘린다는 환수들로서는 이례적인 일이지. 그리고 그 눈물은 오랜 시간이 지난 지금까지도 존재한다고 하네."

눈류는 울트의 다음 말을 기다렸다. 그러자 울트는 웃음과 함께 눈류의 낚싯대를 잡아당겼다.

찰싹, 찰싹.

낚싯줄에는 팔뚝만 한 물고기가 금빛을 흩날리고 있었다.

"카아, 시원하군. 자네도 마셔보겠나."

물고기를 마법 도구로 추정되는 항아리에 집어 넣은 뒤 울트가 강물을 손으로 퍼 마시며 묻자 눈류는 고개를 저었다.

머릿속에는 오로지 환수의 눈물에 관한 생각밖에 존재하지 않았다. 그 순간 울트가 재미있다는 듯 웃으며 말한다.

"환수의 눈물을 앞에 두고도 마시지 않다니."

"……"

무엇인가 머릿속을 쾅! 때리는 충격을 받으며, 눈류는 조심스럽게 되물었다.

"뭐, 뭐라고 하셨습니까?"

"이곳이 왜 고대의 산이라 불리는지 아는가? 바로 고대의 지배자, 환수들이 몸을 숨긴 곳이기 때문이라네."

눈류의 시선이 빠르게 강물을 향했다. 평범한 강이 아니다. 구름과 빛, 무지개들! 하지만 라스트 월드 세상이기에 있을 수도 있다고 생각했다.

차아악.

서둘러 강물에 손을 담근 눈류는 한가득 퍼 마셨다. 그와 함께 들리는 알림말.

―환수의 눈물을 마셨습니다. *생명과 마나가 각 2,000, 1,000씩 상승합니다.*

환수의 눈물을 찾은 것만으로도 기쁨에 심장이 터져 버릴 것 같은데, 생명과 마나마저 늘어나는 효과가 있다니!

눈류는 행복함을 느끼며 자리에서 벌떡 일어섰다! 그리고,

"우욱."

고개를 돌리며 임산부처럼 헛구역질을 했다.

맛이 없어도 너무 없었다. 짜고, 쓰고, 맵기까지 했다. 혀가 마비되는 것 같은 맛. 차라리 일리아의 음식이 낫다고 느껴질 정도였다.

"환수의 눈물이 맛이 없기는 하지. 으하하."

그 모습에 울트는 웃음을 터뜨렸고, 어색하게 미소를 지은 눈류는 다시 강물에 손을 넣었다. 맛이 없으면 어떤가. 생명과 마나가 증가하는데 말이다!

차아아악!

넣었던 손을 도로 빼고는 아예 얼굴을 담가 버린 채 꿀꺽꿀꺽 삼켰다.

"커어억!!"

결국 과다한 복용으로 인해 괴로움을 느끼며 바닥을 뒹구는 눈류.

'뭐, 뭐지?

눈류는 어이없다는 표정으로 울트를 쳐다보았다. 더 이상 생명과 마나의 증가가 없었기 때문이다.

"허허, 환수의 눈물은 한 명에게 단 한 번만 효력이 있다네."

'이 영감이! 빨리 말해줬어야지!!'

짓궂은 표정의 울트. 분명 일부러 말하지 않은 것이 틀림없었다. 하지만 환수의 눈물을 찾았다는 사실로 인해 눈류는 화를 내지 않고 함께 웃었다. 물론 혀와 입 안 가득 느껴지는 끔찍한 맛에 울상도 함께였다.

"타하아압!!"
에시의 전류를 머금은 창이 지면을 강타했다.
쩌저저저적!!
그러자 땅에서 섬광이 치솟으며 여러 마리의 몬스터에게 충격을 입혔다.
"힐!!"
몸빵을 하던 기적이 외치자 라일라가 여유있게 전체 힐을 사용하였고, 길드원들 모두는 생명이 일정량 회복되었다.

현재 레전드 길드원들은 다섯 번째이자 마지막인 퀘스트 구역을 통과하는 중이었다. 이곳만 빠져나가면 퀘스트는 완료되고, 고대의 산 정상에 도착하는 것이다.

그리고 에시와 라렐, 아린은 술이 다 깼기에 모든 능력을 사용하며 큰 도움을 주었고, 길드원들은 빠르게 몬스터들의 숲을 헤쳐 나갔다.

몸빵인 기적과 공격 기사인 레몬, 파이터 루크, 범위 전문의 에시, 순간 형태의 기시의 마법사 페르타과 일리아, 버프의 라렐, 수호의 아린, 신성 치료의 라일라.

이들의 조합은 몬스터들이 아무리 강하다 할지라도 쉽게 무너지지 않았고, 그 결과 퀘스트를 완수하게 되었다.

"이야호!"
"보상도 괜찮은데?"

“좋다, 좋아!!”

길드원들은 짭짤한 라르크와 아이템을 보며 환호하고는 앞에 나타난 붉은빛의 마법진 위로 올라섰다.

드디어 라스트 월드에서 가장 경치가 좋다는 고대의 산 정상으로 가는 것이다.

지이이이잉—

공간의 뒤틀림과 함께 레전드 길드원들은 주변을 쳐다보며 입을 쩌억 벌렸다. 더 이상 무슨 말이 필요할까? 마치 그림 속의 장면과 하나가 된 듯한 기분.

이 세상 모든 것을 내려다보고 얻은 것 같은 느낌. 정말 말로 표현하기가 힘들 정도로 아름다웠고, 놀라웠기에 감탄이 절로 나왔다.

“저, 정말 기가 막히군.”

페르탄이 일리아의 손을 붙잡고 절벽에 조금 더 가까이 다가갔다. 스샷이나 동영상으로 보는 것과 직접 느끼는 것은 차원이 달랐다.

“천상에 온 것 같아.”

일리아가 구름을 내려다보며 말하자 함께 이동한 길드원들 역시 고개를 끄덕였다. 천상! 가장 적절한 표현이었고, 길드원들은 한참이나 꿈같은 풍경 속에서 빠져나오지 못했다.

“이만 가보겠습니다.”

눈류는 울트와 나니아를 바라보며 말했다. 미운 정이 들어

아쉬운 마음도 있지만, 자신은 퀘스트를 빨리 끝내고 레벨 업을 해야 했다.

"그동안 정이 많이 들었는데, 잘 가게."

"조심히 가세요."

울트와 나니아 역시 이대로 눈류를 보내고 싶지는 않았지만 인연의 흐름을 알기에 애써 웃으며 손을 흔들어주었다.

"그동안 감사했습니다."

눈류는 고개를 숙이며 마지막 인사를 하였다. 물론, 속으로 울트에게 욕을 하는 것도 빼먹지 않았다.

'하지만 나쁜 사람은 아니야.'

그랬다. 눈류에게 울트는 단지 얄미운 사람이었다.

지이이잉.

마법진에 올라서자 눈류의 몸 주위를 붉은빛이 감싸 안았다.

'고대의 산. 이제 안녕이군.'

다시는 볼 수 없을 것이다. 물론, 또 다른 고대의 산도 존재하지만 울트에게 들은 얘기로는 이곳이 진짜라고 했다.

헌새 유지들이 갈 수 있는 고대의 산은 진짜를 보호하기 위해 만든 가짜였다.

곧 눈류의 신형은 번쩍이는 빛과 함께 사라졌고, 울트는 부드러운 미소와 함께 마음으로 말하였다.

'언젠가 인연이 닿는다면 또 보게 되겠지.'

지이이잉.

"으랏차!!"

마법진을 통해 가짜 고대의 산 정상에 모습을 나타낸 눈류는 큰 소리로 외치며 주먹을 불끈 쥐었다. 인벤토리에는 환수의 눈물이 한 통 담겨 있었다. 이제 메이에게 갖다주기만 하면 3,000만 라르크와 보너스 스텟을 얻게 된다.

"그만 돌아갈까?"

행복한 마음을 가슴 가득 품고 중얼거리던 눈류는 갑자기 들려온 낯익은 목소리에 고개를 돌렸다.

"눈류야!"

"어, 선배?"

유일하게 성형 이후의 모습을 본 에시가 눈류를 발견하고 외친 것이다. 그러자 갑작스런 한 남자의 등장에 고개를 갸웃거리던 길드원들이 서로를 쳐다보다 눈류에게 달려갔다.

"오빠……."

그중 가장 반가운 얼굴의 사람은 바로 라일라였다. 설마설마 했는데 정말 눈류였다니!

"다들 반갑습니다. 그리고 라일라, 잘 지냈어?"

눈류의 말에 라일라는 애써 웃는 얼굴로 고개를 끄덕였다. 잘 지내지 못했다. 건틀렛 퀘스트부터 시작해서 지금까지 눈류와 거의 함께하지 못했기 때문이다. 하지만 티를 낼 수는 없었다.

이렇게 만난 것만으로도 충분히 행복했기에.

"이야, 행님, 얼굴 바꾸셨네예? 음, 예전의 흔적이 있기는 한

디 다른 사람들은 잘 모를 겁니더."

"그렇지? 하아, 성형 퀘스트는 정말 괴롭더군."

"그런데 아주버니, 비밀 퀘스트는 끝나셨어요?"

기적 다음으로 레몬이 물었다.

"한 달 만에 끝냈다."

"하하, 정말 눈류님이 하시는 퀘스트는 쉬운 것이 없군요."

"그러게 말입니다. 루크님도 오랜만에 뵙는군요."

길드원들은 오랜만에 만난 눈류와 잠시 동안 대화를 나누었다. 마을로 가서 할 수도 있었지만 그러기에는 고대의 산의 경치가 너무 아름다웠고, 또 쉽게 올 수 있는 곳도 아니었기에.

그렇게 수다를 떨고 있는 그때, 정상 가운데에 존재하는 마법진이 반짝였다.

원래 고대의 산 정상에는 마법진이 없지만, 길드 퀘스트를 완수할 경우 일시적으로 생긴다. 그럼 고대의 산 구경을 마친 다음 퀘스트를 깬 길드원들이 마법진을 타고 마을로 이동할 수 있는 것이었다.

그렇게 길드원들이 사라지면 마법진 역시 없어진다.

그런데 마법진이 빛나기 시작했다. 그 말인즉 다른 길드도 막 고대의 산 퀘스트를 깼다는 뜻이었다.

"다른 길드도 오나 봅니다."

루크의 말처럼 마법진 위로 열 명의 유저가 모습을 드러냈다. 그와 함께 눈류는 고개를 돌렸다.

단, 가면은 착용하지 않았다. 성형을 했기 때문에 다시금 가면을 쓴다는 것은 내가 가면의 기사다! 라고 말하는 것밖에 되지 않았기에.

"……."

하지만 순간 눈류의 표정이 굳어졌다. 시야에 낯익은 얼굴이 들어왔기 때문이다.

바로 눈류에게 패한 적이 있는 세라였다.

"눈류야, 저기 새도 난다! 억!"

'크윽, 선배!'

눈류는 예상치 못한 일에 입술을 잘근 씹었다. 혼자서 절벽 밑을 구경하던 에시가 미처 다른 유저들이 온 것을 발견하지 못한 채, 고개를 돌리며 이름을 부른 것이었다.

그러자 세라의 표정이 움찔거렸다.

어디선가 본 듯한 남자였다. 그런데 확실하지가 않았다. 타오르는 붉은 머리카락과 눈동자. 기억을 뒤져 봐도 딱 누구다! 라는 확신이 없었다. 하나 이제는 다르다. 이름을 듣는 순간 머릿속으로 한 존재가 스쳐 지나갔다.

그러더니 세라의 입가에 차가운 미소가 맺혔다.

"놀랍군."

세라가 말을 건네자 눈류는 한숨을 내쉬며 에시를 쳐다봤다.

'하아~'

하지만 일부러 그런 것도 아닌 실수였다. 만약 다른 이들의 존재를 알아차렸다면 절대 자신의 이름을 말하지 않았을 테니.

'성형을 하자마자 발견되다니. 내 팔자도 참 기구하군.'

눈류는 실소를 흘리며 가면을 착용했다. 자신의 정체가 열 명에게 발각된 지금, 맨 얼굴이 스샷에 찍히기 전에 가면으로 가리는 것이 나았다.

만약 얼굴이 알려지기라도 하면 문제는 더욱 커지며, 또다시 그 지독한 성형 퀘스트를 해야 할지도 모르는 일이다.

"가, 가면의 기사!"

"가면의 기사다!"

그러자 눈류의 정체를 발견한 세라 쪽 길드원들이 웅성거렸고, 라일라와 일행 역시 긴장하며 상황을 주시했다.

그들도 세라를 잘 알고 있었다. C급의 결승전! 에시를 제외한 모두가 관람하지 않았던가.

"인연인지, 악연인지."

눈류가 씁쓸한 목소리로 말하자 세라는 어깨를 으쓱였다.

"인연이면 어떻고, 악연이면 어때? 만났다는 것이 중요하지."

그와 함께 눈류를 향해 발출되는 투지!

얼마나 기다려 왔던가, 눈류와 다시 전투를 하기 위해서! 세라의 눈빛이 긴장과 쾌락으로 물들었다.

"덤빌 생각인가?"

세라의 모습을 지켜보던 눈류가 여유로운 표정으로 말했다. 분명 강한 상대였지만 지금은 자신있었다.

일단 기사의 건틀렛이 있는 데다 대회 때는 착용하지 못한 기사의 가면도 존재했다. 더불어 자신에게는 가면을 착용했을 시, 전체 능력이 상승되는 스텟 가면도 존재했다.

그리고 가장 중요한 것은 대회가 아니기에 포션을 사용할 수 있다는 것이었다.

"기세등등하시군."

세라가 차갑게 입술을 뒤틀며 눈류를 쏘아봤다. 이전과는 다른 여유가 느껴졌다. 그러나 자신 역시 레벨 158까지 성장하며 더욱 강해졌다. 더 이상 이전과 같은 방심은 없다.

"눈류, PK 신청을 받지?"

세라가 PK 신청을 걸며 말했다. 그렇지만 눈류는 고개를 저었다. 포션을 사용할 수 없는 PK로 세라와 싸운다는 것은 어리석은 일이다. 장비들로 인해 전력은 자신의 우위겠지만, 문제는 세라의 스킬이다.

단발성이 아닌 마나! 포션을 사용할 수 없는 시합이나 PK에서 최고의 위력을 발휘한다.

"그 정도로 어리석지는 않은데?"

눈류가 검을 들며 말하자 세라의 표정이 살짝 일그러졌다.

세라 역시 상황이 이렇게 되자 난감했다. 눈류의 스킬은 한 번의 공격에 많은 마나를 잡아먹지만 그만큼 위력이 무시무시했다.

그런데 포션을 무한으로 사용하며 스킬을 계속 발휘한다면?

현재 눈류에게는 포션이 몇 없지만 세라가 그 사실을 알 리

없었다.

'좋지 않군.'

몸이 계속 싸우라고 말한다. 눈류를 꺾으라고! 처참한 패배와 고통을 안겨주라고! 그러나 생각만큼 쉬운 일이 아니다.

"가면의 기사는 겁쟁이군."

세라가 눈류를 자극하기 시작했다. 일단 PK를 수락하게 해서 포션을 사용하지 못하게 하려는 것이다.

"누가 겁쟁이일까?"

하지만 쉽게 당하지 않는 눈류. 눈에 빤히 보이는 속셈이었다.

"나는 포션이 있을 때 유리하고, 너는 포션을 사용 못할 때 유리하다. 둘 다 자신이 유리한 싸움을 하자는 것인데 왜 내가 겁쟁이란 소리를 들어야 하나?"

"하하, 그런가?"

세라의 입에서 터져 나오는 웃음. 과연 눈류의 말이 틀리지 않기 때문이다.

그 모든 상황을 지켜보던 양쪽 길드원들은 만약을 대비하며 각자 무기를 꺼내 들었다. 일촉즉발의 상황! 이러다 자칫 길드전으로도 변질될 수도 있었다.

"세라."

"왜?"

눈류가 여유있는 어투로 말하자 세라는 눈웃음을 치며 대답했다.

“지금은 다른 사람들도 있으니 다음으로 미루는 것이 어때? 그때는 너의 제안대로 하도록 하지.”

세라의 표정이 묘하게 변했다.

“좋아.”

빠른 결단과 함께 이루어지는 대답.

어차피 포션을 사용할 수 있다면 승리는 오히려 눈류에게 가까웠고, 자신 역시 지금은 길드원들과 함께인 상태였다.

그런데 다음으로 미루면 자신이 원하는 방식으로 해준다니… 세라로서는 나쁘지 않은 조건이었고, 승낙이 이루어지자 눈류는 길드원들을 쳐다보며 말문을 열었다.

“일단 돌아가죠.”

하나가 되어 고개를 끄덕이는 길드원들.

모두는 붉은빛 마법진 위로 올라섰고, 곧 빛에 휘감기며 모습을 감췄다.

눈류만 제외한 채.

“……”

“너, 길드 퀘스트 때문에 온 것이 아닌가?”

세라가 어이없다는 표정으로 말했다. 그러자 눈류의 얼굴에 절망이 가득 차올랐다.

돌아가는 마법진을 이용할 수 있는 것은 오로지 퀘스트를 깬 길드원들뿐이다. 그로 인해 눈류는 마법진으로 돌아갈 수 없는 것이었다.

‘결국 뛰어가야 하는 것인가……’

고대의 산 정상에서는 귀환서도 소용없었다.

"네, 네가 알 필요 없잖아! 하여튼 난 간다!"

타타타탁!

말과 함께 황급히 고대의 산을 뛰어 내려가기 시작한 눈류.

그 모습에 세라는 고개를 갸웃거렸다.

길드 퀘스트로 쉽게 올라올 수 있음에도 불구하고 뛰어서 올라온 이유가 궁금한 것이었다.

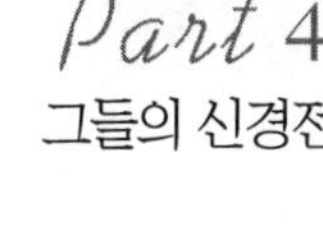

Part 4
그들의 신경전

고대의 산에서 세라와 만난 지 12일이 지났을 때, 눈류는 도시 발렌티에 도착해 메이가 있는 주점 앞에서 멈춰 두근거리는 가슴을 달랬다.

드디어 환수의 눈물 퀘스트의 보상을 받을 순간이었다. 그 길고 긴 시간 동안 레벨 업도 못하고 울트의 비위를 맞춰주던 일이 주마등처럼 머릿속을 지나갔다. 눈류는 밝은 얼굴로 주점 문을 열었다.

화아아아악.

내부는 여전히 술 냄새를 가득 풍기며 사람들로 북적거렸다.

"어서 오세요."

“예약을 했습니다.”

이미 에시를 통해 예약을 한 상태였기에 눈류는 확인을 마친 뒤 자리에 앉아 술로 목을 축였다.

100만 라르크. 피 같은 돈을 사용해야 한다. 그렇다고 다른 이에게 돈을 뜯을 수도 없었다. 기적에게 말하면 금방 소문이 날 것이고, 선배인 에시는 이미 뜯어먹은 상태. 카르마는 최근 샤인과 너무나 가까워져서 애초에 시도를 포기했다.

만약 샤인이 알게 된다면? 생각만 해도 끔찍했다.

‘루크님을 뜯어먹을까…….’

애써 고개를 젓는 눈류. 벼룩의 간을 빼먹지. 장비도 제대로 못 맞춰서 힘들어하는 루크와 페르탄, 일리아를 희생시킬 수는 없었다.

‘3,000만 라르크가 들어오잖아! 넌 낼 수 있어!’

눈류는 스스로에게 최면을 걸 듯 마음속으로 외쳤고, 그렇게 한 시간 정도 기다렸을 때 드디어 메이를 만날 수 있었다.

물론 곧 울 것 같은 얼굴로 100만 라르크를 건네고 나서 말이다.

끼이이익.

방에 들어가 기다리던 눈류는 문이 열림과 동시에 아름다운 여자를 볼 수 있었다. 메이는 전과 달라진 점이 없었다. 단지 조금 수척해졌을 뿐.

“어머!”

눈류를 보자마자 환한 얼굴로 다가서는 메이. 눈류가 고개를 끄덕이자 메이의 표정이 더욱 밝아졌다.

"저, 정말인가요?"

"네, 구해왔습니다."

"저, 정말이죠?!"

메이의 두 눈가에 눈물이 가득 고이기 시작했다. 환수의 눈물! 흔적조차 찾기 힘든 전설이었다. 자신 역시 마법사에게 말만 들었지 않은가?

그런데 그 귀하고 구하기 어려운 환수의 눈물을 처음 본 자신을 위해 찾아왔다니…….

눈류가 신이 아닐까 하고 착각마저 들 정도였다.

찰랑.

눈류가 인벤토리에서 환수의 눈물을 꺼내 흔들었다. 그러자 물통에 들어 있던 환수의 눈물이 소리를 냈고, 메이가 자리에서 벌떡 일어섰다.

"저와 같이 나가요. 당장."

일어선 상태로 손을 내미는 메이.

"네? 시간이 끝나기 전까지는 나갈 수 없지 않나요?"

"네?"

"아, 아닙니다."

게임의 장치를 NPC인 메이가 알 리가 없었다. 뒤늦게 깨달은 눈류는 어깨를 으쓱하며 자리에서 일어섰고, 메이의 뒤를 따라 건물 2층으로 올라갔다. 메이와 함께여서인지 나갈 수 있었기 때문이었다.

"와하하, 나, 펫 얻었다."

"이야, 퀘스트 깼어?"

"흐흐, 키우는 맛이 쏠쏠하더라."

"아, 나도 빨리 레벨 200이 되면 펫 퀘스트를 깨야지."

"그래, 그래. 하하."

2층 역시 손님들로 자리가 꽉 찬 상태. 그들은 라스트 월드에 관해 많은 말을 주고받고 있었고, 목적지가 2층이 아닌 듯 메이는 계속 발걸음을 움직였다.

"여기예요."

눈류가 메이를 따라온 곳은 5층이었다. 그곳은 일하는 사람들이 머무르는 곳이었으며, 아로라는 메이의 방에 있었다.

"쿨럭, 쿨럭."

방문을 열고 들어서자 가장 먼저 기침 소리가 눈류를 반겼다.

그리고 아로라의 모습이 보였는데 안타까운 마음이 절로 일었다. 그 정도로 아로라의 상태는 좋아 보이지 않았다.

전신은 검붉게 변해 있고 입에서는 기침을 토해냈는데, 피와 함께였다. 눈조차 뜨기 힘든 듯 아로라는 메이와 눈류를 제대로 쳐다보지 못하고 있었다.

찰랑. 주르륵.

눈류는 다급히 옆에 앉아 환수의 눈물을 아로라의 입에 조금씩 흘려줬다. 약간은 흘렸지만 대부분 아로라의 입 안을 타고 몸속으로 들어갔고, 곧 놀라운 일이 발생했다.

차아아악!

눈을 맑게 해주는 녹색의 빛이 아로라의 근처에 형성되더니 몸속으로 빨려 들어갔다. 하나, 둘, 셋, 열… 백! 그 수는 기하급수적으로 늘어났으며 잠시 후 아로라의 전신에서는 은은한 녹색의 빛이 모공을 통해 뿜어져 나왔다.

"어, 언니."

그 모습을 지켜보던 메이가 자신도 모르게 중얼거렸고, 눈류 역시 감탄한 눈길로 상황을 주시했다.

지이이이잉.

몸 자체에서 녹색의 기운을 발하던 아로라의 피부가 백옥처럼 하얗게 변하기 시작하더니 혈색 역시 안정되어 갔다. 기운이 없어서 부스러지던 머리카락은 찰랑거렸으며 파랗던 입술 역시 붉어졌다.

양 볼에는 홍조마저 띠기 시작했으니… 아프기 전의 모습으로 완벽하게 돌아간 것이다.

"언니!!"

아로라는 몸에서 녹색의 기운이 사라짐과 동시에 눈을 번쩍 떠 메이를 쳐다보며 웃었다. 그러자 울먹거리며 품으로 달려드는 메이.

"괜찮아?"

"어. 그런데 어떻게 된 거야? 정말 하나도 안 아파."

아로라가 놀랍다는 듯한 얼굴로 손가락을 시작으로 몸 구석구석 쳐다보며 말하자, 메이가 맑게 웃으며 눈류를 가리켰다.

"저분이 환수의 눈물을 구해주셨어."

"환수의 눈물?"

"응. 드래곤과 같은 생명체의 눈물인데, 모든 병을 치유해 준대."

"그러고 보니 이전보다 더 몸이 좋아진 느낌… 아, 내 정신 좀 봐. 감사합니다, 감사합니다."

잠시 사색에 빠졌던 아로라는 아차! 하는 표정으로 자리에서 벌떡 일어나 눈류에게 하염없이 고개를 숙였고, 메이 역시 밝은 얼굴로 감격의 눈물을 흘리며 쉬지 않고 인사를 하였다.

그러자 당황스러운 것은 눈류였다.

"괜찮습니다. 할 일을 한 것뿐인데요."

그 순간 들리는 퀘스트 알림말.

─메이의 비밀 퀘스트를 완수하셨습니다.

─30,000,000라르크를 습득하셨습니다.

─명성이 100 상승하였습니다.

─전체 스텟이 30 상승하였습니다.

─메이, 아로라와의 친밀도가 상승하였습니다.

'됐다!'

눈류는 주먹을 불끈 쥐며 마음속으로 환호했다.

라르크와 명성, 전체 스텟! 막대한 보상을 받자 그동안의 모든 고생이 물로 씻듯 사라지는 것을 느꼈고, 다급히 인벤토리를 확인했다.

'사, 삼천만 라르크!! 으흐흐.'

자신도 모르게 짐승 모드로 돌변하기 시작한 눈류! 삼천만 라르크짜리 보상은 아직 그 어디에서도 나온 적이 없는, 정말 대단한 것이었다.

　현금으로만 따져도 600만원!

　주르르륵.

　눈류의 입에서 침이 줄줄 흐르기 시작했다. 그 모습에 메이와 아로라가 뒷걸음질치는 것도 모른 채.

　"정보."

　생명:19,120 마나:15,850

　이름:눈류 레벨:160 성향:어둠 길드:레전드

　칭호:없음 명성:805 직업:가면의 기사

　근력:1,723(+759)　체력:409(+508)　민첩:305(+508)　지식:14(+500)

　재치:27(+503)　정신:550(+507)　예술:10(+503)　상술:14(+505)

　건폭:145(+500)　신속:210(+500)　투혼:265(+450)　가호:147(+450)

　심안:120(+420)　마나:131(+420)　가면:143(+420)　암흑:65(+170)

　저항:64(+170)

공격력:7,446(+401) 방어력:1,834(+600)

마공력:1,542(+270) 마방력:2,114(+360)

스텟 포인트:0 스킬 포인트:0 전투 숙련치:19.04%

웃으며 자신을 쳐다보고 있었지만 알 수 없는 공포에 질린 메이, 아로라와 헤어진 눈류는 가게 밖으로 나오자마자 정보를 확인했고, 입이 귀에 걸릴 만큼 찢어졌다.

고생은 심했지만 그 누가 보더라도 부러워할 수준의 스텟!

"크크크큭!"

펑펑펑!!

바닥에 주저앉아 땅을 치며 웃기 시작했다.

주변에서 미친놈 보듯 쳐다봤지만 상관없었다. 성형을 했기에 알아보는 이도 없는 데다 3,000만 라르크를 얻은 기쁨이 너무나 컸다.

"으하하하!!"

재차 광소를 터뜨린 후 눈류는 주변을 한 번 의식하고는 자리에서 일어섰다. 기쁨을 더 표현하고 싶었다. 아예 바닥을 구르며 소리 지르고 싶었다. 하지만 여기서 멈춰야 한다는 것을 잘 알고 있었다.

만약 더 오버를 한다면 또다시 스샷이 찍힐지도 모르기 때문이다.

"인벤토리."

눈류는 주위를 힐끔거리다 재차 인벤토리를 확인하였다. 고급 마방 세트까지 합칠 경우 현재 보유한 라르크는 4,300만.
목표액까지 남은 돈은 1,700만이었다.

'가능하다.'

사실 처음엔 가능성이 희박했다. 아니, 불가능하다고 보는
것이 맞았다.

레벨 200까지 고급 세트를 살 수 있는 6,000만 라르크를 모
은다는 것은 그 누구도 힘들었다.

흔히 고레벨 유저들이 비싼 장비를 착용하지만, 그들 역시
목표 레벨이 한참 지나서야 돈을 마련할 수 있었다.

'오늘은 쉬어야겠어.'

크게 기지개를 켜며 눈류는 발걸음을 옮겼다. 돈도 어느 정
도 모았으며 퀘스트로 인해 랜덤 스텟 역시 많이 올랐다. 아쉬
운 점은 레벨 업이 안 되었다는 점이지만 지금은 우선 쉬고 싶
었다.

사람이 너무 열심히만 하면 오히려 빨리 지치는 경우가 생
긴다.

눈류 역시 목표로 인해 이를 악물고 버티며 견뎌왔지만, 자
신도 인간이었으므로 가끔 한 번씩은 쉬어주어야 했다.

특히 지금은 며칠 동안 쉬지 않고 산을 뛰어 내려온 상태가
아닌가.

"어디로 갈까."

현실에서 노는 것은 시간 낭비. 오히려 세 배의 시간이 적용
되는 라스트 월드에서 휴식을 취하는 것이 훨씬 나았다.

그렇기에 현실에서는 잠만 자기 위해 노력했으며, 눈류는 곧 간단한 음식과 술을 마시기 위해 거리를 돌아다녔다.

메이가 있는 곳에서도 술은 팔지만 다른 곳에 비해 가격이 높기 때문이었다.

사건의 발단은 아주 사소한 것이었다.

단지 지나가면서 툭 던진 누군가의 말 때문이었다.

"저 아가씨 펫 예쁘네. 그렇지?"

"그러게."

누구를 비난하기 위한 것도 아닌 단순히 느낀 것을 말한 것뿐이다. 그러나 레몬과 기적의 입장에서는 또 달랐다.

펫 시스템이 구현된 후, 많은 유저들이 펫을 얻기 위해 퀘스트를 깼다. 그것은 레전드 길드원들 역시 마찬가지였다. 현재 길드 속 길드인 만취 길드와 막 레벨 200이 된 페르탄, 퀘스트를 한다고 바쁜 눈류, 데이트 중인 샤인과 카르마를 제외하고는 모두가 펫을 얻은 상태였다.

눈류가 고대의 산을 내려오는 사이 루크와 일리아 역시 레벨 200을 찍고 펫을 얻었다.

하지만 문제가 발생했으니, 바로 레몬의 펫이었다

펫은 퀘스트를 끝낼 시 랜덤으로 얻게 되며, 그로 인해 유저 스스로가 펫을 고를 수 없었다.

레몬 역시 힘겹게 퀘스트를 끝낸 뒤, 기쁜 마음에 들떠 있었다. 펫! 깜찍하고 귀여우며 사랑스러웠다. 간혹 외형이 못난

펫도 존재했지만 자신은 그렇지 않을 것이라고 믿었다.

그러나 하늘은 레몬을 버렸다.

"커어억!"

"허어억!"

"으으윽!!"

레몬의 펫을 본 길드원들의 반응!

정말 못생겨도 이렇게 못생길 수 없을 정도로 끔찍했다.

크기는 축구공만 했는데, 온몸이 녹색으로 이루어졌으며 듬성듬성 비늘이 돋아 있었다. 눈은 세 개였고, 코는 들창고, 입은 웃고 있었는데 귀밑까지 찢어져 있다.

몬스터들도 시선을 회피할 만한 모습!

그 후 레몬은 우울증에 빠져 있었다. 펫 퀘스트는 성공했을 경우, 이후 다시는 할 수 없다. 한마디로 얻은 펫이 마음에 안 들면 영원히 포기해야 한다는 것이다.

그리고 버리기에는 펫의 능력이 아까워 결국 키울 수밖에 없었으며 오늘도 레몬은 펫과 함께 사냥을 하고 있었다.

그런데 지나가는 유저들이 일리아의 펫을 보며 한마디씩 떠든 것이디. 그러자 레몬은 곧 울 것 같은 표정으로 기적에게 물었다.

"그렇게 내 펫이 못생겼어?"

자신도 모르게 고개를 끄덕일 뻔한 기적은 초인적인 정신력을 발휘하며 소리쳤다.

"안 그렇대이. 누가 그러노! 내 누, 눈에는 네 펫이 젤 예쁘다 아이가.”

“오빠… 우리 펫 똑바로 보고 말해.”

“……”

기적은 애써 허공을 향하던 시선을 레몬의 펫에 고정시키며
재차 말한다.

“예, 예쁘다 안 카나!!”

그 모습에 주변에서 상황을 관람하던 라일라와 루크, 페르
탄과 일리아가 고개를 저었다.

정말 사랑의 힘을 보여주는 광경이었다. 세상에, 저 펫을 보
고 예쁘다 말할 수 있다니! 레몬을 끔찍하게 위하는 기적이 아
니었다면 불가능한 일이었다.

“정말?”

레몬이 간절한 눈빛으로 다시 묻는다.

본인도 알고 있었다. 못생겼다는 사실을. 그렇지만 같이 오
랜 시간 사냥하다 보니 정이 들기 시작했고, 기적만이라도 예
쁘다 말해주길 바라는 마음이었다.

그러자 기적은 오버하며 외쳤다.

“하모! 일리아 형수의 펫보다 훨씬 예쁘대이!!”

“아, 진짜.”

기적의 발언에 페르탄이 얼굴이 일그러렸다.

사실 레몬이 칭얼대는 순간부터 짜증이 난 상태였다.

정말 애도 아니고, 펫을 얻은 이후부터 계속 투덜거리기만
하는 레몬의 모습에 지친 것이다. 못생기면 어떤가? 자신이 키

우기로 결심했으면 잘 키우면 되는 것이다.

그런데 한두 번도 아니고 매번 주위까지 우울하게 만드니 참고 참던 페르탄이 폭발한 것이다.

항상 레몬을 달래기 위해 일리아의 펫을 거론하는 것에도 기분이 나빴다.

"레몬, 그만 안 해? 애도 아니고 진짜."

결국 속마음을 말하는 페르탄.

그러자 일리아가 페르탄의 팔을 붙잡았다. 자신이 봐도 레몬의 정도가 심했지만, 그렇다고 아는 사이끼리 화낼 필요는 없다고 생각했으며, 좋게 말해도 되는 문제였다.

하지만 페르탄을 말릴 틈도 없이 기적이 차갑게 말을 내뱉었다.

"행님, 말씀이 좀 그렇습니다?"

기적과 페르탄의 눈빛이 허공에서 부딪쳤다.

지지지직!

마치 스파크가 일어나는 것 같았다.

그런 상황이 되자 루크가 황급히 가운데로 뛰어들었다. 지금까지 엄장으로 은근히 신경전을 펼쳤으며, 서로의 여자를 끔찍하게 생각하는 둘이었다.

이러다 싸움이 나도 이상하지 않을 상황!

"기적, 네가 잘못했어. 그래도 형인데 말투가 그게 뭐야?"

루크가 정색을 하며 먼저 기적을 나무랐다. 누가 뭐라 해도 시작은 기적과 레몬이었다.

"그리고 페르탄, 네놈도 마찬가지야. 기적이의 마음을 잘 알면서 뭘 그렇게 예민하게 반응해?"

루크의 질책에 페르탄은 한숨을 내쉬며 외쳤다.

"형님!!"

오늘 안 좋은 일이 있어서 과하게 반응한 것도 있었지만, 그래도 뭐든지 정도가 존재하는 법이다. 하지만 레몬과 기적의 태도는 그 정도를 벗어났기에 페르탄은 답답했다.

그 모습에 루크는 다 안다는 듯 기적과 레몬 몰래 따스한 눈빛을 보내며 재차 말을 이어 나갔다.

"마음이야 어떻든 일단 화해해. 그리고 레몬아, 어차피 결정된 펫. 남들이 뭐라고 하든 네가 잘 키우면 되는 거야. 안 그래? 진화도 있잖아. 진화를 할 경우에 모습도 변한다고 하잖아?"

루크는 말을 마침과 동시에 씁쓸한 표정으로 뒤로 물러섰다.

가장 큰 문제점은 바로 레몬이었다.

아직 나이가 어려서 그런지 자꾸 펫으로 인해 힘들어했고, 그 결과 그런 모습을 보기 힘든 기적이 지나친 행동을 하게 되는 것이며, 주변도 지치는 것이 아닌가.

"어서 화해하지 않고 뭐 해?"

루크는 난감했다. 평소 화를 못내는 성품의 자신이었다. 그럼에도 혼을 냈던 것은 한번에 뿌리를 뽑아야 하기 때문이다.

만약 이번에도 간단히 넘어간다면 정말 언젠가는 큰일이 일어날 수 있었다.

그런데 그렇게 했음에도 둘은 화해를 하지 않고 있다.

'하아, 이럴 때 눈류님이 계셨더라면.'

루크는 뒤로 돌아서며 눈류를 생각했다. 다른 이는 몰라도 기적은 눈류의 말에 복종하는 편이다. 만약 눈류가 있었다면 상황은 훨씬 빨리 정리되었을 것이다.

그렇다고 애들 싸움에 어르신들을 부를 수도 없었으며, 나이는 어리지만 카리스마를 갖춘 샤인은 게임에 접속하지 않은 상황이었다.

결국 이 중 가장 연장자인 자신이 상황을 정리해야 한다는 것인데…….

"정말 이럴 거야?"

루크는 애써 인상을 찡그리며 둘에게 경고하듯 말했다.

그러자 일리아와 레몬이 나서며 기적과 페르탄을 재촉했다.

"오빠, 화해해. 왜 그래……."

자신 때문에 상황이 이렇게 되었다고 느낀 레몬이 난처한 표정으로 기석의 필을 흔들었다.

"자기야, 그만 해. 응?"

일리아 역시 화난 페르탄을 달래기 위해 노력했다.

결국 기적이 먼저 정말 억지로 화해를 신청했다.

기적에게 있어서 페르탄은 같은 길드원이지만 얼굴 한 번 못 본 남이었다. 그렇기에 화가 나도 잘 제어가 되지 않는 것이다.

“지가 죄송합니더.”

“됐다.”

기적의 사과에 페르탄 역시 건성으로 대꾸했고, 루크가 힘겹게 웃으며 모두를 다독였다.

“자, 이제 사냥이나 하지? 어? 레벨 업해야 되잖아!”

“그, 그래요!!”

루크의 말에 반색하며 찬성하는 라일라. 그녀 역시 지금의 상황에서 빨리 벗어나고 싶었다.

결국 일행들 모두는 불안하지만 사냥을 하기 위해 움직였고, 루크는 속으로 다짐했다.

‘이제는 화도 내고 해야겠어!

이럴 때마다 순박한 이미지의 성격을 고치고 싶은 루크였다.

“타하아압!!”

“으하합!”

“파이어 스톰!”

“신의 손길!!”

“기적, 똑바로 안 해? 일리아가 위험했잖아.”

“행님이나 잘하소!”

루크는 이마를 매만지며 고개를 저었다.

상처는 빨리 치료하면 할수록 좋았다. 만약 방치해 둔다면 어느새 크게 변하게 되는 법이다. 그럴 경우에는 치료도 더 힘들어지며 잘 낫지도 않는다.

그것은 사람들도 마찬가지였다.

작은 불화의 불씨일지라도 빨리 끄지 않으면 가슴속에서 계속 타오르게 되어 있다.

억지로 화해를 하고 사냥을 하는 페르탄과 기적 역시 다르지 않았다.

서로를 어긋나게 바라보고 있으니 모든 것이 마음에 들지 않았고, 결국 웃으며 넘어갈 수 있는 일도 티격태격하는 것이다.

'저것들을 어떻게 해야 하나…….'

애써 화도 내봤지만 통하지 않자 결국 체념한 루크는 라일라를 쳐다보다 어깨를 으쓱했다. 기적과 페르탄을 제외한 모두가 자신을 바라보고 있었지만 타고난 성격은 어쩔 수 없는 법이었고, 일이 커지지 않기만을 바랄 뿐이었다.

채애앵!!

붉은 뿔이 솟아 있고, 온몸에서 불꽃같은 털이 휘몰아치는 몬스터가 날카로운 손톱으로 빠르게 일리아를 공격하자 페르탄이 검으로 그 앞을 막았다.

그러자 레몬이 스킬을 발휘하며 달려들었다. 하나 기적은 다른 곳을 돌아보며 몬스터를 유인하고 있었다.

"기적!!"

페르탄의 짜증난 목소리가 사냥터를 울렸다.

이곳은 레벨 200 이상 급의 몬스터들이 출몰하는 곳이다. 그래서 모두가 파티를 맺고 조금씩 상대하고 있는데, 도움은 주지 못할망정 다른 몬스터들을 끌어들이다니! 파티에서 독단적인 행동은 모두에게 피해를 주는 법이다.

"와예?! 그놈은 지 없어도 잡지 않습니꺼?"

그러자 속이 뒤틀린 기적 역시 짜증으로 응수했고, 결국 페르탄의 이성이 끊어졌다. 기적도 마찬가지이지만 페르탄 역시 참고 있었던 이유는 모두가 함께 있기 때문이었다.

자신 때문에 분위기를 깨고 싶지 않았으며, 연장자인 루크도 있기에 참고 또 참았다.

그러나 기적의 행동이 도가 지나치자 결국 분노가 폭발하였고, 레벨에서 한참이나 밀린다는 생각도 하지 못하고 검을 든 채 기적에게 다가갔다.

그 모습에 기적 역시 실소를 흘리며 스킬을 준비한다.

"오빠!!"

"자기야!!"

"둘 다 뭐 하는 거야!!"

결국 착한 심성의 루크마저 진심으로 화를 내며 소리치게 되었고 일리아와 레몬이 다급히 둘을 말렸다.

"하아."

루크는 결국 한숨을 내쉬며 친구 접속창을 바라봤다.

자신의 성격상 둘을 두들겨 팰 수도 없는 노릇이었고, 한 번 삐뚤어진 기적과 페르탄을 말리기도 힘들었다.

그렇다면 이들을 제압할 수 있는 사람을 부르는 것이 최선책.

루크는 곧 한 사람을 발견한 뒤 음성 채팅을 시도했다.

"여기가 좋겠군."

눈류는 허름해 보이는 술집 입구에 서서 간판을 쳐다봤다. 방랑자란 이름이 작게 걸려 있는, 겉으로 보기만 해도 싸 보이는 집이었다.

아주 마음에 들었다. 자신에게 필요한 것은 화려한 건물에 고급스러운 음식이 아닌, 싼 가격이었다.

끼이이익.

거친 마찰음을 내며 문이 열리자 살짝 더운 기운이 전신을 감싸며 술 향기가 코를 찔렀다. 술집 안에는 테이블 10개가 있었는데, 그중 여덟 개의 자리가 찬 상황이라 눈류는 구석진 자리에 앉았다.

"어서 오세요! 무엇을 드시겠습니까?"

그때 10대 후반으로 보이는 소년이 다가와 주문을 받았다.

"이 집 가격이 어떻지?"

"가격이요? 이 동네에서는 아주 싼 편이죠!"

"그래? 그럼 간단히 요기할 음식과 가장 싼 술을 줘."

"알겠습니다!"

주문을 마친 눈류는 주변을 쳐다보며 귀를 기울였다.

이런 곳이 정보를 얻기에는 최선의 장소였으며, 역시나 유저들은 여러 가지 소식을 주고받았다.

"이번에 던전 두 개가 추가로 발견되었다며?"

"그렇다더군. 이야, 좋겠다. 던전 보상이 좋을 텐데 말이야."

"크큭, 그래도 레전드를 따라가겠어?"

"하긴, 아무리 얻는 것이 어렵다 할지라도 레전드가 최고지. 현재 레전드가 8명이지?"

"어어, 이번에 얻은 사람까지 합치면 8명이지."

'8명?'

눈류는 호기심 가득한 얼굴로 귀를 기울였다.

자신이 퀘스트를 하는 동안 7번째 레전드가 탄생한 사실을 들은 적이 있다. 그런데 8번째도 나타났다는 말인가?

"문제는 둘 다 공개를 하지 않는다는 것이지. 아, 궁금하다. 어떤 능력자일까?"

"그러게. 왕궁 도서관에 가면 자세한 정보를 얻을 수 있을 텐데 말이야."

"하지만 왕궁 도서관은 아무나 들어갈 수 없잖아."

"뭐, 우리 같은 유저들은 인터넷에서 정보를 얻어야지. 하하."

"음식과 술, 나왔습니다!"

눈류가 옆 테이블에 앉은 남자들의 말에 정신을 집중하고 있을 때, 음식과 술이 눈앞에 놓여졌다.

술은 라스트 월드에서 가장 싸고 흔한 것이었으며, 음식은

돼지 뒷다리 바비큐였다.

꿀을 발랐는지 향기가 달콤해 식욕을 돋구었다.

'왕궁 도서관이라.'

입 안 가득 고기를 씹으며 눈류는 사색에 잠겼다.

왕궁 도서관에 대해서는 눈류도 들은 적이 있었다. 그곳에는 수많은 자료들이 존재하는데, 라스트 월드 플레이에도 도움되는 정보가 많다고 한다.

현재 인터넷에 몇 가지가 알려진 상태이지만, 도서관 자료에 비하면 빙산의 일각이었다.

20명의 레전드에 관한 정보 역시 마찬가지였다.

알려지지 않은 레전드들도 있는 데다 알려졌다 할지라도 자세한 것은 베일에 가려져 있었다.

'언제 한번 찾아가 봐야겠어.'

정보. 이 세상의 모든 것은 정보로 통한다. 그리고 정보를 얻는 자가 세상을 지배한다는 말이 있다.

비록 게임 자체에 영향을 줄 만큼 큰 팁은 없겠지만, 모르는 것보단 나을 것이다.

찌이이.

재차 고기를 맛있게 뜯는 눈류. 흡족했다. 비록 몇 시간 되지는 않겠지만 오랜만에 갖는 여유였으며, 맛보는 음식이었다.

더군다나 음식은 현실보다 훨씬 저렴한 가격에 맛볼 수 있으니 얼마나 좋은가? 자신의 아버지인 박하다가 라스트 월드에서 왜 그렇게 술을 많이 마시는지 이해가 될 정도였다.

"여기 같은 걸로 하나 더요."

음식과 술을 다 먹은 눈류는 추가 주문을 한 뒤, 다시 주변 유저들의 얘기에 귀를 기울였다.

무슨 득템을 했고, 누구를 좋아하며, 레전드들이 부럽다는 등… 이런저런 흔한 잡담들이 오가고 있는 그 순간, 눈류는 고개를 들어 눈앞에 다가온 유저들을 쳐다봤다.

남자 하나에 여자 둘로 이루어진 무리는 일하는 소년과 눈류를 번갈아 쳐다봤고, 소년은 난처한 표정으로 눈류에게 말했다.

"저기, 손님, 자리가 없어서 그러는데 합석을 해도 될까요?"

소년의 말에 주변을 둘러보는 눈류.

어느새 모든 자리가 가득 찬 상황이었고, 빈 곳이라고는 혼자 앉아 있는 자신의 테이블뿐이었다.

"그러죠."

눈류는 크게 상관하지 않으며 고개를 끄덕였다. 어차피 자신은 로그아웃을 하기 전에 음식과 술을 먹으며 좀 쉬고 싶은 마음뿐이었으니 다른 유저들이 앞에 있든 말든 별 관심이 없었다. 아니, 오히려 득이 될 수도 있었다. 그들의 말에서 정보를 얻을 수도 있으니.

"감사합니다."

"감사해요."

그러자 붉은 머리카락의 귀여운 외모를 소유한 소녀와 녹색 머리카락의 신비함을 풍기는 여인이 감사를 표시하며 자리에 앉았고, 그들 중 가장 연장자로 보이는 남자 역시 눈류의 곁에 앉으며 인사를 하였다.

"고맙소."

웃음으로 대답하는 눈류.

곧 음식과 술이 나오자 다시금 눈류는 묵묵히 맛을 음미하며 생각에 잠겨들었다.

머릿속에서 진은과 라인이 나타났다가 안개가 되어 사라졌고, 라일라가 비가 되어 내렸다. 월하와 세라가 떠올랐으며 많은 생각들이 스치고 지나갔다.

"그런데 라이트 아저씨는 왜 이런 곳만 좋아해요?"

붉은 머리의 소녀가 주변을 쳐다보며 인상을 찡그리더니 말했다. 돈이 없는 것도 아닌데 항상 이런 누추한 술집만 찾는 것이 평소에도 불만이었기 때문이다.

"하하, 이런 곳이 뭐 어때서? 화려한 가게라고 해서 다른 점이라도 있니? 아니야. 술은 같은데 주변의 분위기만 다른 것이지. 기왕이면 싼값에 먹는 것이 좋잖아?"

라이트의 말에 녹색 머리의 여인이 웃음을 머금었고, 붉은 머리의 소녀는 여전히 불만인 듯 뚱한 얼굴이었다.

'라이트?'

눈류는 그들의 대화를 들으며 고개를 갸웃거렸다.

왠지 낯익은 이름이었다. 그렇지만 자신이 아는 사람은 분명히 아니다. 그 말은 유명한 유저라는 뜻.

'라이트… 라이트… 라이트… 아, 그렇지!'

그때 번개처럼 떠오르는 생각.

눈류는 호기심 가득한 얼굴로 라이트를 잠시 쳐다봤다. 라이트. 레벨 307로 알려진 최상급 랭커! 그리고 진은이 속해 있는 길드, 지배자의 마스터!

그런 자를 이런 곳에서 만나게 되다니.

눈류는 말없이 술잔을 기울이며 그들의 애기를 경청했다. 그런데 그 순간 루크에게 음성 채팅이 들어왔다.

'어차피 부를 생각이었는데 잘됐군.'

안 그래도 다들 불러서 한잔하려고 했던 눈류는 기분 좋게 음성 채팅을 수락하였다.

"눈류님."

"네, 루크님. 지금 어디 계시죠?"

"현재 파티 사냥 중입니다. 그런데 지금 바쁘신가요?"

눈류는 고개를 갸웃거렸다. 언제나 밝은 목소리의 루크였는데 지금은 뭔가 이상했다.

'안 좋은 일이라도 있는 것인가?'

"아니요. 지금은 안 바쁩니다만."

"아… 그러면 이곳으로 와주실 수 있나요? 일이 좀 생겨서……."

"네? 무슨 일인지?"

"그게… 기적과 페르탄이 싸우고 있습니다."

"네에?"

예상치 못한 답변에 반문을 한 눈류는 씁쓸하게 웃었다.

간혹 이런 경우가 있었다. 아무리 게임에서 가깝게 지낸다 할지라도 한 번도 만난 적이 없는 남이었기에 다툼도 자주 존재했다. 현실에서 친한 이들도 싸우는데 게임 속 관계는 오죽하겠는가. 그리고 기적은 자신이 좋아하는 사람이 아니면 한 번 화가 났을 때 쉽게 풀지 못했다.

"흐음, 루크님이 말리기 힘든 수준인가요?"

알면서도 묻는 눈류.

사실 가기 귀찮았다. 사람들을 불러 술을 좀 마시고 대화를 한 뒤 자러 가고 싶었다. 그런데 사냥터까지 가서 싸움을 말려야 한다니.

"네, 따끔하게 혼을 내지 못하겠습니다. 성격이 이렇다 보니… 죄송합니다."

"아닙니다. 제가 가겠습니다."

루크가 미안한 듯 말하자 눈류는 서둘러 대답했다.

타고난 천성을 어찌 쉽게 바꾸겠는가? 자신처럼 다혈질에 리드하는 성격이 있다면, 루크처럼 뒤에서 모두를 받쳐 주는 나무 같은 이도 있는 법이다.

"네, 여기 위치가……."

눈류는 루크에게 자세한 위치를 들은 후, 아쉬운 마음을 간직하며 자리에서 일어섰다.

마음 같아서는 조금 더 라이트의 얘기를 듣고 싶었지만 어쩔 수 없었다.

끼이이익.

술을 다 비운 눈류는 의자를 뒤로 빼내며 일어섰다.

"가시는 거예요? 괜히 저희들 때문에……."

그러자 녹색 머리의 여인이 미안한 듯 말했다.

"아닙니다. 개인적인 일이 생겨서 가는 것입니다. 그럼."

눈류는 그 말과 함께 가게를 빠져나왔고, 라이트와 두 여인은 재차 얘기를 이어 나갔다.

"그런데 아저씨, 그 키스라는 놈은 어때?"

붉은 머리카락의 소녀가 호기심 가득한 표정으로 묻자 라이트는 온화하게 웃으며 대답해 주었다.

"잘 적응하고 있더구나. 길드에도 힘이 될 만한 놈이다."

"그렇게 강해?"

혹시나 주변에서 듣기라도 할까 봐 작은 목소리로 말하는 소녀.

"그래, 앞으로는 더 강해지겠지. 길드원들도 놈의 레벨 업을 돕고 있으니."

"이야, 한번 붙어보고 싶은데?"

"크큭, 네가 붙으면 10초도 못 버틸 텐데?"

"에에? 아저씨! 지금 나 무시해?"

소녀는 기가 찬 표정으로 가녀린 팔뚝을 내민다.

자기 딴에는 협박의 의미인 것 같지만 라이트의 눈에는 귀엽게만 보일 뿐이었다.

"아, 그런데 그 가면의 기사는 어떻게 됐어? 진은 아저씨도 그렇고, 그 키스라는 놈도 신경 쓰는 것 같더니.”

소녀의 이어지는 질문에 라이트는 주변을 힐끔거리다 음성 채팅으로 말을 이어 나갔다.

“진은의 경우는 대충 오해가 풀린 것 같다. 그런데 키스는 다르지. 키스와 가면의 기사는 직업 자체가 적으로 설정되었으니. 아마 곧 만나게 될 것이다. 키스가 그러더군. 도와달라고.”

“뭘?”

“2차 전직을 끝냈을 때, 3차 전직에 대해 알게 되었다더라. 그리고 3차 전직에서 필요한 것이 바로 죽음이야.”

“죽음?”

“그래. 가면의 기사, 그의 죽음이다.”

라이트를 비롯한 셋은 한참이나 자리를 뜨지 못하고 대화를 나누었다.

‘이런 망할.’

눈류는 짜증난 얼굴로 빠르게 몬스터들 주변을 돌았다.

“다크 스톰!!”

쿼쿼쿼쿼!!

지면에 박힌 검에서 마나의 폭풍이 휘몰아쳤다. 그러자 몬스터 세 마리가 높이 치솟았지만 죽지는 않았고, 눈류는 쉬지 않고 다크 소드로 목을 베었다.

츠파아앗!

녹색의 피가 허공을 장식했다. 하지만 쉴 틈은 없었다. 나머지 두 마리의 몬스터가 빠르게 덤벼들었기 때문이며 눈류의 생명력 역시 순식간에 줄어들었다.

레벨 200 이상 급의 몬스터들이 나오는 사냥터! 리젠 속도도 빨랐으며, 아무리 레전드라 할지라도 이제 레벨 160인 눈류가 감당하기에는 벅찬 곳이었고, 결국 몇 남지 않은 마나 포션을 흡수하며 남은 두 마리도 힘겹게 해치울 수 있었다.

만약 치명타가 없었더라면 힘들었을 것이다.

털썩.

눈류는 투덜거리며 힘없이 바닥에 주저앉았다.

큰 차이는 없지만 서 있는 것보단 앉아 있는 것이 마나 회복이 조금 더 빠르기 때문이었다.

"이런 사냥터면 자기들이 와야지!!"

눈류의 커다란 고함이 사냥터를 흔들자 주변에서 열심히 몬스터를 잡던 유저들이 깜짝 놀라며 쳐다봤다.

하지만 그들의 시선도 상관없는 듯, 몇 번 더 고함과 욕설을 내뱉은 눈류는 검을 쥔 손에 힘을 주며 자리에서 일어섰다.

루크가 말한 좌표까지는 이제 얼마 남지 않았다. 다크 쉐도우를 발휘하면 오래 걸리지 않을 것이다.

"가자! 다크 쉐도우!"

눈류의 신형이 빠르게 움직였고, 잠시 후 눈류는 모두와 만날 수 있었다.

"오빠!"

가장 먼저 눈류를 발견한 라일라가 웃으며 달려왔고, 계속되는 신경전을 지켜보던 루크 역시 반가운 얼굴로 돌아섰다.

그 뒤를 이어 레몬과 일리아가, 마지막으로 서로를 노려보며 말다툼을 하던 기적과 페르탄이 눈류를 쳐다봤다.

"하아, 오는 데 죽는 줄 알았습니다."

눈류가 살짝 야려보며 말하자 루크는 어색하게 웃었다.

미처 생각지 못한 부분이었다. 이곳 몬스터들의 레벨을.

"그런데 무슨 일이죠?"

눈류가 모두와 가볍게 인사를 마친 뒤 루크를 향해 물었다. 그러면서도 시선은 기적과 페르탄에게 닿아 있었다.

"어떻게 된 일이냐면……."

루크의 설명이 시작되자 기적을 쳐다보는 눈류의 얼굴이 차가워졌다. 눈류가 중요하게 생각하는 것 중 하나가 바로 나이 관계였다.

정말 인간 같지 않은 사람을 제외하고는 나이를 지켜줘야 한다고 눈류는 생각했다. 그런데 기적은 그것을 깨버렸다.

"기적아."

눈류가 부르자 기적이 고개를 숙인 채 다가왔다.

기적은 잘 알고 있었다. 눈류가 한 번 화가 나면 어떻게 되는지를.

"루크님, 라일라와 레몬, 일리아님을 데리고 잠시 자리를 피해주시겠습니까?"

눈앞에 다가온 기적을 쳐다보던 눈류가 고개도 돌리지 않은 채 부탁하자 루크는 페르탄과 기적을 잠시 쳐다보다 고개를 끄덕였다.

이런 일을 처리하는 것은 자신보다 눈류가 확실하다고 믿기 때문이었고, 평소 눈류의 행동으로 봐서 나쁜 일은 없을 것이라 생각했다.

"일단 가 있자."

루크가 여자 셋을 데리고 자리를 피하자 눈류가 일어서며 기적에게 다가가 말문을 열었다.

"사람이 살다 보면 화가 날 수도 있고, 싸울 수도 있지. 그걸 내가 모르는 것도 아니다. 그런데 적어도 너보다 나이가 많은 사람이며, 모르는 분도 아니야. 꼭 그따위로 행동해야 했냐?"

눈류의 온몸에서 살기가 뿜어져 나왔다. 어둠을 택하면서 얻게 된 현상. 그 정도로 화가 났다는 것이다.

"아, 아닙니더. 지도 그만 울컥해서 그랬습니더."

아무리 강한 사람이라도 약해지는 부분이 있다. 눈류는 가족에게 약해지고, 기적은 레몬과 눈류 앞에서 약해졌다.

"페르탄님, 제가 사과를 드리겠습니다."

기적의 대답을 들은 눈류는 페르탄을 향해 고개를 숙였다. 길드원들 모두가 말을 놓으며 친하게 지내지만, 루크와 일리아, 페르탄과 눈류는 아직 그러지 못했다.

눈류가 퀘스트 때문에 혼자 있는 시간이 많기 때문이었다.

"아닙니다. 저도 예민하게 반응한 것 같습니다."

지금까지는 다퉜지만 고양이 앞에 쥐처럼 풀이 죽은 기적을 바라보자 페르탄 역시 화가 수그러들었다.

아니, 사실 싸운 이유도 우스웠다.

별일도 아닌데 순간적인 기분을 참지 못하고 여기까지 와버렸다니…….

"이해해 주셔서 감사합니다. 저처럼 성숙했으면 좋겠지만 아직 미숙한 놈입니다. 그러려니 해주세요."

'컥! 이런 상황에서 자기 자랑을!!'

페르탄은 '눈류님도 성숙하지 못합니다!!' 라며 외치고 싶었지만 애써 참았다. 만약 그런 말을 꺼냈다가는 살해당할지도 모른다고 본능이 외쳤기 때문이다.

"여자를 아끼고 사랑하는 마음은 좋다. 하지만 그 모든 것은 너와 네 연인이 만족할 때 그래야 하는 것이다. 주변의 기분을 나쁘게 하고, 피해를 준다면 그것은 사랑을 넘어선 행동이다."

눈류는 아직도 고개를 숙인 기적에게 말하였다. 다 좋은데 사랑을 하면 주변을 보지 못하는 것이 아쉬웠다.

'하긴, 네놈이나 나나.'

눈류는 실소를 흘리며 하늘을 쳐다보았다.

자신이 사랑에 관해서 조언을 한다는 것 자체가 아이러니였다. 자기 자신도 사랑과 분노에 눈이 뒤집혀서 이러고 있지 않은가?

"눈류 행님, 지가 정말 잘못했습니더. 페르탄 행님예, 지가 잘못했습니더. 기냥 레몬이 기분 풀어주려다 보니 그만… 앞으로는 조심하겠습니더."

"아니야, 괜찮아. 그럴 수도 있지. 나도 일리아만 생각하는 놈인걸?"

기적과 페르탄은 서로의 손을 잡았다. 훈훈한 화해의 현장! 그리고 이어지는 말에 눈류의 신형이 휘청거렸으니.

"그런 의미로 앞으로 더 열심히 염장 떨자!"

"알겠습니더!!"

기적과 페르탄의 눈빛이 투지로 불타올랐다. 그러자 뒤에서 상황을 주시하던 레몬과 일리아의 양 볼이 붉어졌고, 루크와 라일라, 눈류는 한숨과 함께 고개를 저었다.

괜히 화해시켰다는 생각을 하며.

"어디에서 오신 것입니까?"

곁으로 다가온 루크가 눈류를 향해 물었다.

"혼자 술 한잔하고 있었습니다."

"네?"

"오빠, 무슨 일 있어요?"

"행님! 와 그러십니까?"

그러자 모두가 놀란 표정으로 되묻는다. 눈류가 누구인가? 스스로 술 한 번, 음식 한 번 사 먹지 않으며 언제나 사냥과 퀘스트만 했다. 단 한 번도 쉬지 않으면서 말이다!

그런 눈류가 혼자 술을 마셨다니, 모두는 당연히 무슨 일이 있다고밖에 생각할 수 없었다.

"아, 그냥 오랜만에 휴식을 가져 본 것입니다. 오해는 하지 마세요."

눈류가 실소를 흘리며 말하자 그제야 모두들 고개를 끄덕였고, 라일라는 안도의 한숨을 내쉬었다.

"그럼 다 같이 가서 술 한잔할까요?"

루크가 밝은 얼굴로 물었다. 그러자 전체의 시선이 기대를 품은 채 눈류를 향했다. 언제나 결정권이 눈류에게 있었기 때문이다.

"루크님이 그러시면 가야죠. 단……."

"단?"

눈류는 루크를 거론함으로써 체면을 세워주었다. 아무리 사람이 좋다 할지라도 자신이 말릴 때 무시를 당하면 기분이 좋지 않을 것이기 때문이다.

"화해를 한 기념으로 술은 루크님이 사시는 겁니다."

"……."

눈류는 멍해진 루크를 쳐다보며 속으로 환호성을 질렀다. 어차피 술 한잔하러 가자고 할 생각이었다. 그런데 이런 상황을 이용하여 돈까지 굳히게 되었다.

"기적과 페르탄님은 막 화해를 한 상태라 아직까지 그렇게 기분이 좋지는 않겠죠. 그러니 루크님밖에 없지 않습니까? 가장 연장자이며 저희들을 이끌어주시는 루크님이 이번에 쏘신다면 모두가 기분 좋게 화해도 할 수 있고, 친목의 꽃을 더 피울 수도 있겠죠. 저는 루크님이 부르셔서 몇 번 죽을 위기를 넘기며 화해를 시키기 위해 이곳까지 왔는데, 루크님이 술 정도는 사주셔야……."

말끝을 흐리며 루크를 애절한 눈빛으로 쳐다보는 눈류. 그러자 길드원 모두가 같은 심정이라는 듯 고개를 끄덕였다.

'커헉! 왠지 내가 안 사면 나쁜 놈이 되겠군.'

루크는 괜히 헛기침을 하였다.

사실 기분이 좋지는 않았다. 자신이 아무리 말해도 듣지 않더니 눈류가 오니 금방 해결이 되었다. 연장자의 체면이 무너지는 순간이었다.

비록 자신의 착하고 여린 성품 때문에 비롯된 일이지만 우울한 것은 어쩔 수 없었다. 그런데 눈류가 자존심을 세워주었다.

지금까지 루크가 하자는 일이라면 거절하지 않은 눈류였고, 조금 전에도 자신이 원한다면 가자고 하였다. 물론 조건은 붙었지만 말이다.

그런 눈류가 모두를 위해 술을 사달라고 하는데 거절하기도 뭐했고, 결국 루크는 고개를 끄덕였다.

"알겠습니다. 제가 사겠습니다."

"역시 루크님이십니다!!"

엄지손가락까지 치켜세우는 눈류의 빌붙기 칭찬 작렬!

그러자 루크는 환하게 웃었고, 곧 모두는 마을로 가기 위해 귀환서를 사용하였다.

"크하하! 행님! 한잔 받으소!"

일행들 모두가 술집으로 이동한 뒤 30분이 지나자, 몇은 술에 취해 웃음을 남발했다. 특히 싸웠다가 화해를 한 기적과 페르탄의 경우가 그러했고, 페르탄은 기적이 따라주는 술을 받아 마시며 기분 좋게 말했다.

"아우도 한잔 받게!"

"어이구, 행님! 감사합니더!"

그 모습을 지켜보던 일행들은 웃음을 터뜨리며 대화를 나누었다. 하나 단 한 명만이 우울한 포스를 뿜어내고 있었으니, 바로 술값을 계산하게 된 루크였다.

그가 이렇게 우울한 이유는 돈도 돈이었지만 외로움 때문인 것이 더 컸다. 기적과 레몬, 페르탄과 일리아는 말할 가치도 없는 염장 커플이었고, 염장에 함께 괴로워하던 라일라마저 눈류가 오자 돌변하였다.

눈류와 라일라는 사귀진 않았지만, 라일라의 마음은 언제나 눈류에게 가 있었기에 루크의 입장에서는 연인이나 다를 바 없었다.

'하아, 나도 빨리 여자를 만나야지…….'

씁쓸한 표정으로 술잔을 비우는 루크. 그때 눈류가 깜빡했다는 표정으로 말문을 열었다.

"그런데 펫이 어떻게 생겼기에 그래?"

궁금했다. 비록 레몬이 아직 나이가 어리고 철이 없다지만 그렇게 괴로워할 정도라니. 도대체 어떻게 생겼단 말인가?

그러자 집중되는 시선들!

"왜, 왜 그럽니까?"

눈류는 당황하며 주변을 쳐다봤다.

자신의 발언과 함께 모두의 얼굴이 슬퍼졌기 때문이다. 특히 레몬의 주변에서는 다크 오러가 풀풀 풍기는 것 같은 착각마저 들었다.

두리번두리번.

우울하다 못해 광녀처럼 실실 미소를 흘리는 레몬이 주변을 둘러보더니 길게 한숨을 내쉬었다. 그리고 뭐라고 중얼거리자 양 손바닥 사이에서 초록색의 빛이 형성되었고, 곧 레몬의 펫이 모습을 드러냈다.

'허, 허억!'

눈류는 자신도 모르게 검을 쥐었다가 애써 마음을 달래며 의자에 앉았다. 펫에 대해 본 적은 있었다. 퀘스트를 하다 잠을 자기 위해 로그아웃을 할 때, 가끔씩 라스트 월드 홈페이지에 들어가 여러 정보를 보았기 때문이며, 그 정보들에는 펫에 관한 스샷도 꽤 많았다.

그런데 이렇게 못생긴 펫은 눈류도 처음 봤다. 차라리 몬스터가 더 아름다웠다.

물론 험악하게 생긴 외형을 가진 펫도 있었다. 그러나 레몬의 펫은 정도가 심해도 너무 심했다.

"하, 하하, 나, 나름 귀여운데?"

술을 입에 털어 넣은 눈류는 애써 레몬에게 힘을 주기 위해 말했다. 하지만 시선은 먼 허공을 향하고 있었으니…….

"괜찮아요. 그래도 그동안 정이 들었으니. 더 이상 저 때문에 주변분들에게 폐 끼치기도 싫고, 그러니 염려 마세요."

레몬이 애써 웃으며 말했다.

오늘 일로 자기 스스로도 깨달은 것이 많기 때문이다.

"그러면 다행이고. 그럼 모두 펫을 얻은 것인가요?"

눈류가 조금이나마 성숙해진 레몬을 보며 웃으며 말한 뒤, 루크를 향해 물었다.

"네. 저와 일리아, 기적과 레몬, 라일라가 펫을 얻은 상태입니다."

"그렇군요. 모습을 볼 수 있을까요?"

"그러죠."

루크의 말과 함께 술과 안주가 차려진 테이블 위로 여러 종류의 펫들이 모습을 드러냈다. 가장 먼저 루크의 펫은 작은 망아지 같은 모습이었는데, 크기는 손바닥 정도였고 온통 붉은색이었다.

그리고 기적의 펫은 구름 같은 작은 날개가 달린 여자 요정의 모습이었는데, 크기가 유독 작았다. 성인 남자의 엄지손가락만 한 수준.

일리아이 펫은 전신이 젤리처럼 동그랬으며 분홍색이었는데, 해맑게 웃는 표정이 누가 봐도 귀엽다고 느낄 모습이었다.

마지막으로 라일라의 펫은 토끼를 연상하게 하였는데, 특이한 점은 입에 담배를 물고 있는 것이 불량 토끼를 떠올리게 하였다.

"거참, 건방진 놈이네."

눈류가 라일라의 펫을 보며 실소와 함께 말하자 펫은 기분이 상한 듯 인상을 찌푸리며 고개를 돌렸다.

그러자 어이없음을 느끼는 눈류.

"얘가 좀 말썽꾸러기예요."

그 모습에 라일라가 미소를 머금으며 말했다.

펫은 능력도 천차만별이지만 지능과 성격도 종류에 따라 달랐다. 그중 라일라의 펫은 잔머리가 발달한 종류였다.

"그런데 어떤 능력이 있지?"

눈류가 라일라를 향해 묻자 혀를 살짝 내밀며 대답하는 라일라.

"아직은 큰 능력이 없어요. 처음 펫을 얻으면 대부분 특이한 능력은 없고 종류에 따라 공격력과 방어력, 생명, 마나의 차이가 있는 수준이에요. 진화가 되면서부터 모습이 바뀌며 각 펫의 스킬이 생긴다고 해요."

"그렇군."

눈류는 호기심이 가득한 표정으로 고개를 끄덕였다. 펫의 능력은 라스트 월드를 플레이하는 데 있어서 또 다른 변수가 될 것이다.

물론 아직까지는 그 능력이 너무나 약하지만, 각성 퀘스트가 있기에 무시할 수는 없을 것이다.

"눈류님도 빨리 레벨 업을 하셔야죠?"

루크가 눈류의 잔에 술을 채우며 말하자 두 손으로 받던 눈류는 쓴웃음을 지었다. 현재 길드원 중에서 레벨 100대의 유저는 자신밖에 없었다.

루크와 일리아, 페르탄마저 눈류가 환수의 눈물 퀘스트를 하는 동안 레벨 200대에 진입했기 때문이다.

"그래야죠."

눈류는 술을 목구멍으로 넘겼다.

라스트 월드를 시작한 지도 게임 시간으로 16개월째. 그 시간 동안 레벨 160이라면 상당히 저조한 성적이었다. 더군다나 레벨 200대에 올라서면 레벨 업 속도가 많이 느려지게 된다.

'이젠 제발 레벨 업 좀 되는 퀘스트를 받자.'

실소를 흘리며 재차 술잔을 채우는 눈류.

레벨 업이 느린 이유 중에 하나가 바로 비밀 퀘스트였다.

경험치는 전혀 주지 않던 퀘스트들! 그로 인해 랜덤 스텟만 비약적으로 발전한 상태였고, 레벨이 낮은 것이다.

"다 같이 한잔합시다!"

눈류가 잠시 레벨 업에 관한 생각에 잠겨 있을 때 루크가 큰 목소리로 외치자 모두들 잔을 부딪쳤다.

Part 5
거울의 숲

The knight of mask

띠띠띠띠띠.

깊은 잠에 빠져 있던 진하는 알람 소리와 함께 자리에서 벌떡 일어섰다.

"으아아압!"

일어나자마자 피로를 풀기 위해 힘껏 기지개를 켠 뒤 시계를 쳐다보니 저녁 7시였다. 일행들과 술을 마시다 로그아웃을 한 후 6시간을 자고 일어난 것이다.

진하는 곧 세수만 가볍게 한 뒤 운동복으로 갈아입고 2층에 있는 도장으로 향했다.

게임에서 강해지는 것도 중요하지만, 현실의 자신을 챙기는 것 역시 필수였다. 무작정 폐인 짓만 할 경우, 현실의 건강 밸

런스가 무너지기에 틈틈이 운동을 잊지 않았다.

지이이잉.

열리는 도장 문 안으로 들어선 진하의 시야에 저녁 운동을 가르치고 있는 은하가 보였고, 수련생들 사이에서 낯익은 인물이 있었으니… 바로 칠호였다.

'저놈은 아예 여기서 사는구나.'

진하는 실소를 흘렸다.

그동안 들은 얘기들로 인해 은하와 칠호가 상당히 가까워졌다는 사실을 잘 알고 있었다. 그리고 일을 관둔 칠호가 은하와 묘한 관계를 유지하면서부터 서울에 자취방을 잡고 지내는 것도 알았다.

그런데 이제는 은하 밑에서 운동까지 배우고 있다니.

'뭐, 지들이 좋다는데.'

진하는 은하와 칠호에게 눈인사를 한 뒤 개인 수련실로 들어갔다.

드르르르륵.

수련실에 들어가자마자 창문을 활짝 연 뒤 그 앞에 가부좌를 틀고 앉는 진하. 원래 명상을 하는 것은 새벽이 가장 좋으며 저녁 시간은 피하는 것이 일반적이었다.

하나 진하로서는 시간을 따질 여유가 없었기에 창문을 통해 들어오는 바람을 느끼며 깊은 명상에 빠져들었다.

스읍… 후우…….

아무도 없는 작은 수련실. 진하의 호흡만이 침묵을 깨고 있었다.

육체와 함께 내면을 다스린다. 어릴 때부터 배워온 수련 방식이었고, 진하는 그렇게 한 시간 동안 움직이지 않은 채 명상에 빠져들었다.

덜컹.

그때 수련실 문이 열렸다. 그러자 진하는 명상에서 깨어나 천천히 손바닥을 비벼 열을 냈다. 그리고 열이 나는 손바닥으로 발바닥부터 비비기 시작했고, 천천히 몸을 푼 다음에서야 고개를 돌렸다.

그러자 어색하게 웃고 있는 칠호의 모습이 들어왔다.

"너, 요즘 게임 안 하냐?"

진하가 웃음을 머금은 채 묻자 칠호는 머리를 긁적였다.

"하고 있어요. 예전보다는 많이 안 하지만."

"은하가 그렇게 좋냐?"

진하가 자리에서 일어나 샌드백을 툭툭, 치며 말했고, 칠호는 붉어진 얼굴로 고개를 끄덕였다.

"형님도 참… 우리 아름다운 은하가 안 좋으면 그게 남자입니까?"

'커헉!'

진하는 온몸을 부들부들 떨었다.

은하 누님이라 할 땐 언제고 우리 은하! 더군다나 수줍어하면서 자랑한다!

'뭐, 저런 놈이.'

은하의 평소 모습을 잘 아는 진하였기에 혀를 차며 안타까운 눈빛으로 쳐다보았다. 이미 사랑에 빠진 녀석한테 무슨 말을 더 하겠는가. 단지 마음속으로 명복을 빌 뿐이었다.

파파팡! 파파팡!!

10분이나 은하 자랑을 하던 칠호가 나가자 진하는 샌드백을 치며 빠르게 몸을 움직였다. 그동안 게임에 시간을 많이 투자했기에 이전보다는 확실히 몸이 굳어 있었다.

파파파팡! 파파파팡!

주먹과 발이 샌드백을 죽일 듯 때리기 시작했고, 그렇게 한 시간이 지나자 진하의 온몸에서는 땀이 비가 되어 내렸다.

"하아, 하아."

입에서 단내가 난다고 느낄 때 즈음 진하는 개인 수련실을 빠져나왔다. 도장에서는 아직도 은하의 가르침 아래 많은 수련생들이 운동을 하고 있었고, 그 속에서 칠호는 여전히 은하만을 쳐다보며 몸을 움직이고 있었다.

'느끼한 놈.'

칠호의 능글맞은 눈빛을 쳐다보던 진하는 고개를 흔들며 밖으로 나왔다.

"아우~ 시원하다."

도장에서 내려와 땀에 젖은 몸을 씻은 진하는 수건으로 몸을 털며 주방으로 향했다. 허기를 채우는 알약이 있지만 너무 약에만 의존하는 것은 좋지 않았다.

가끔 이렇게 약이 아닌 음식으로 배를 채우기도 해야 한다.

진하는 가볍게 밥상을 차린 뒤 TV를 켰다. 그러자 네모난 TV 화면에서는 라스트 월드 영상이 나오고 있다.

"흐음, 노가다 전수라……."

밥을 씹어 먹으며 TV를 보던 진하는 흥미로운 듯 중얼거렸다. TV에서는 라스트 월드 관련 프로그램 중 가장 인기 있는 프로그램을 방영하고 있었는데, 오늘의 주제는 노가다였다.

라르크를 모으기 위한 각종 팁을 시작으로, 퀘스트, 도박, 낚시 등 여러 가지 방법을 알려주었다.

"나하고는 관계가 없겠군."

분명 방송에서 알려주는 팁들은 라르크를 모으기 위해선 좋은 정보였다. 하지만 그러기 위해선 레벨 업을 포기해야 한다는 단점도 존재했다.

그렇기에 레벨 업과 라르크를 함께 노리는 진하의 입장에선 그렇게 좋은 정보는 아니었다.

"여러분! 특보가 들어왔습니다!"

그때 20대 중반으로 보이는 여성 MC가 흥분한 어조로 외쳤다.

"아홉 번째 레전드가 탄생하였습니다!"

진하의 시선이 TV로 고정되었다.

"현재 공개 여부는 확실하지 않은 상황이며, 직업은 파멸의 사자입니다. 파멸의 사자는 20명의 레전드 중 상위권에 속하는 인물로서 능력만큼 악명도 높았던 존재입니다."

진하는 MC의 말을 들으며 자리에서 일어섰다. 새로운 레전드들이 나타나고 있지만 자신과는 상관없었다.

레전드라는 것은 어차피 게임 속 스토리이자 이벤트 캐릭터들.

'난 진은과 월하, 세라만 신경 쓰면 된다.'

눈류는 실소를 흘리며 밥상을 치웠다.

현재 차원 판타지에서 레전드 직업을 얻은 이는 자신을 제외하고 총 여덟 명. 그중 세 명이나 자신과 대립 관계에 있으니 정말 아이러니였다.

'이놈의 팔자는 정말.'

진하는 기구한 자신의 팔자에 한숨을 내쉬며 라스트 월드에 접속했다.

"다크 스톰!!"

쿼쿼쿼쿼!!

검은 마나의 폭풍이 사방을 휩쓸었다. 그러자 사슴의 육체를 가진 몬스터 세 마리가 허공 높이 치솟았다.

"다크 소울!!"

스파아앗!!

검은 마나가 몬스터 한 마리의 목을 베자 붉은 피가 바닥으로 떨어졌고, 눈류는 빠르게 움직였다.

라스트 월드에 접속한 지 4시간이 지난 상태.

그동안 술로 인해 저하되었던 능력치도 모두 회복된 상태였다.

"하아, 이제 가볼까."

시간을 계산하던 눈류는 몬스터들에게서 얻은 아이템을 확인하다 중얼거렸다. 어제 술자리에서 길드 퀘스트를 같이하기로 약속했기 때문이다.

그래서 미리 들어와 계속 사냥을 하고 있었던 것이다. 길드 퀘스트를 하기 이전에 숙취를 없애기 위해서 말이다.

'거울의 숲이라.'

루크에게 들은 정보로는 새롭게 추가된 퀘스트라고 했다. 난이도는 높은 편이지만 보상이 뛰어났으며, 경험치도 많이 준다고 했다.

경험치! 눈류가 퀘스트를 하기로 결심한 이유였다.

그동안 레벨 업이 너무나 느렸기에 사냥 혹은 레벨 업과 관련된 퀘스트를 하고 싶었던 눈류였다.

"눈류님."

아이템을 확인한 뒤, 크로티아 성으로 돌아가려던 눈류에게 음성 채팅이 들어왔다. 바로 루크였다.

"네, 루크님."

"페르탑과 일리아는 게임 시간으로 30분 뒤에 접속한답니다. 지금 어디신지?"

"네, 저도 곧 가겠습니다."

"아, 그렇군요. 알겠습니다."

루크와의 음성 채팅을 끝낸 눈류는 인벤토리를 열었다. 귀환서를 사용해 가려는 생각이었다. 그런데 그때, 살기가 느껴졌다.

'몬스터!'

눈류는 검을 쥐며 황급히 뒤로 돌아섰다. 몬스터들과는 다른 느낌의 살기였지만 분명 무엇인가가 다가오고 있었다.

트트트특!!

그때 한 무리의 존재가 먼지 구름을 일으키며 눈류를 향해 빠르게 달려오고 있었다. 그 수는 총 여섯이었으며 온몸이 피로 물들어 있었다.

'새로운 몬스터인가?'

눈류는 다크 쉐도우를 사용해 다섯 사이로 파고들었다. 멀리서 봤을 때 얼핏 사람의 형상을 하고 있었지만 온몸에서 흐르는 피와 살기로 인해 몬스터라고 생각한 것이다.

"다크 스… 컥!"

눈류는 검을 바닥에 꽂으려다가 황급히 스킬을 취소했다. 가까이에서 쳐다보자 몬스터라 착각한 무리들의 정체를 알게 된 것이다.

"이놈! 감히 몬스터 주제… 허억! 아들아!"

그들은 바로 만취 길드였다.

빠가아아악!!

"……."

눈류는 가자미 눈동자가 되어 박하다를 야려보았다. 자신은 정체를 알아차리자마자 검을 거두었다. 그런데 박하다는 눈류를 발견했으면서도 휘두른 햄머를 제어하지 않았다. 술에 너무 취했기에 몸이 미처 따라주지 못한 것이다.

그 결과 눈류의 이마에서 피가 주르륵 흘렀다.

"아버지……."

안 그래도 블러드 밤을 익힌 뒤, 많은 양의 피를 소유한 눈류였기에 출혈의 양이 적지 않았다. 그 모습에 아린이 서둘러 마법을 발휘해 치료해 주었고, 눈류는 이마를 매만지며 안도의 한숨을 내쉬었다.

만약 스킬을 발휘했더라면? 아니, 크리티컬이라도 터졌다면!

정말 그랬다면 자신은 치명상을 입어 죽었을 것이다.

"그런데 다들 왜 살기를……."

눈류는 모두를 쳐다보며 어이없다는 듯 물었다. 온몸이 피로 물든 것은 이해할 수 있었다. 사냥을 쉬지 않고 하며 마법으로 씻지 않는다면 몬스터들의 피가 많이 묻을 수 있기 때문이다. 그런데 몬스터라 착각할 정도의 살기는 무엇이란 말인가! 그것도 박하다, 진석, 만파뿐 아니라 아린과 라렐, 에시마저 짐승처럼 살기를 뿜어내고 있었다.

"으ㅎㅎ, 우리의 몬스터를 넘보지 말라, 이거지!"

"그럼, 그럼!! 이 땅의 몬스터는 모두 우리 것이다!! 으하하!"

'커억! 이, 이 사람들…….'

눈류는 주춤주춤 뒤로 물러섰다.

아버지인 박하다의 말에 침을 질질 흘리며 대답하는 선배, 에시. 그것은 그들 둘뿐만이 아니었다. 만취 길드라는 것을 증명하듯 여섯 사람 모두 술에 취해 눈이 풀려 있었으며, 짐승 모드가 발동되어 입에서 침을 질질 흘리고 있었다.

아름다운 아린과 라렐마저 말이다!

'아버지랑 같이 어울리더니…….'

눈류는 진정 안타까운 마음으로 고개를 내저었다. 자신도 박하다와 마찬가지라는 것을 깨닫지 못하며…….

"크크큭, 하여튼 우리는 사냥하러 가야 한다!"

눈류가 애도의 마음을 표하는 사이 박하다가 주변에 나타난 몬스터들을 쳐다보더니 외쳤다. 그로서는 가끔씩 하는 사냥이었기에 일분일초라도 아까웠다. 더군다나 아직도 뇌리 속에 박혀 있는 인마 길드와의 대결!

박하다는 분했다. 레벨 업! 한시라도 빨리 강해져야 했다.

술만 끊으면 되는 일이지만… 거기까진 생각 못하는 박하다였다.

"아참, 아버지!"

그러자 눈류는 다급히 박하다를 불렀다.

"왜 그러느냐!"

"아, 저 마방 세트에 장인 옵션 좀 달아주세요."

"옵션?"

눈류는 밝게 웃으며 박하다의 눈치를 살폈다.

이전부터 말하고 싶었지만 최소 한 달은 삐치는 박하다이기에 지금까지 참고 참았다. 그리고 이제야 멸망의 세트에 옵션을 부탁하는 것이다.

"으음."

눈류의 제안에 잠시 망설이는 박하다. 옵션을 추가하는 일은 어려운 일 중 하나였다. 마법 방어 세트 모두에 옵션을 추가하기 위해선 최소 10일간 매달려야 하며 재료들도 필요했다. 물론 그만큼 장인의 옵션이 달린 장비들의 가격도 높아지지만 말이다.

"좋다. 내가 아들을 위해 그 정도도 못해주겠냐!"

박하다의 호언장담! 눈류는 속으로 웃음을 흘렸다.

솔직히 옵션을 추가하나 안 하나 큰 차이는 없었다. 그렇지만 중요한 것은 팔 때의 가격이었다. 한마디로 공짜로 돈을 벌게 된 것이다.

"단! 수고료는 주겠지?"

'크윽!'

박하다의 능글맞은 모습에 눈류는 한숨을 내쉬었다. 역시 아버지 사전에 공짜는 없었다.

"70만 라르크는 줘야 한다. 이것도 너라서 싸게 해주는 것이야."

"그러쇼."

눈류는 고개를 끄덕였다.

70만 라르크면 생각보다 높지 않은 액수. 최상급 마법 방어 세트에 장인의 옵션이라면 최소 150만 라르크는 추가로 받을 수 있었다. 결과적으로 80만 라르크를 벌게 된 셈.

"그런데, 넌 그동안 무엇으로 사냥하려고?"

"네? 전 하급 마방 세트가 있어요. 어차피 스텟이 높아서 하급이라도 충분해요."

"그래? 알겠다. 그럼 우리는 사냥하러 간다!"

"네."

떠나가는 만취 길드를 향해 인사를 한 뒤 돌아선 눈류의 얼굴이 묘하게 변했다.

"크크크큭."

짐승 모드 작렬!

눈류는 인벤토리를 열어 하급이 아닌, 고급 마방 세트를 착용했다. 바로 아버지 박하다에게 사기를 쳐서 얻은 장비들.

늘어나는 돈에 행복함만이 가득한 눈류였다.

"눈류님!"

크로티아 성 2층에 도착하자 루크와 라일라, 페르탄과 일리아, 기적과 레몬이 길드 채팅으로 말하며 반갑게 손을 흔들었다. 눈류의 이름이 알려져 있었기 때문에 눈류 역시 길드 채팅으로 답했다.

"제가 늦었군요."

빨리 온다고 한 것임에도 불구하고 자신이 가장 늦었다는 사실에 미안함을 담아 말하자 루크가 손사래를 쳤다.

"모두 이제야 모였습니다. 그럼 가시죠."

퀘스트에 대해 가장 잘 아는 것이 루크였기에 모두들 루크를 따라 마법진으로 이동했다.

지이이잉.

크로아 남쪽 하단에 위치한 거울의 숲.

그 유례가 알려지지 않은 신비한 곳으로, 나무, 바위, 지면 등 모든 것들이 거울로 만들어져 있었다.

흔히 사람들은 도플갱어의 숲이라 불렸다.

거울의 숲 몬스터 중 자신과 똑같은 모습을 한 도플갱어가 나타나기 때문이다.

"이야, 정말 놀랍군요."

눈류는 거울의 숲을 쳐다보며 자신도 모르게 입을 쩌억 벌렸다.

세상에! 전체가 거울로 만들어진 숲이라니!

"눈을 믿기 힘듭니더."

기적 역시 경악을 금치 못하며 이리저리 둘러봤다. 어디를 쳐다봐도 자신과 일행들이 보여 눈이 어지러울 정도였다.

"저기 퀘스트 존이 보이는군요."

놀람을 금치 못하는 일행들에게 루크가 손가락으로 한곳을 가리키며 말했다. 그곳에는 붉은 마법진이 형성되어 있었고, 바로 길드 퀘스트가 시작되는 곳이었다.

"모두 길드 파티를 맺은 후 마법진으로 이동합니다. 그럼 거울의 숲이지만 전혀 다른 거울의 숲이 나오죠. 저희들만 이용할 수 있는 퀘스트 숲이."

모두들 고개를 끄덕였다. 이미 고대의 산 퀘스트에서 이런 형식을 겪어봤기 때문이며, 눈류 역시 환수의 눈물 퀘스트로 인해 같지만 다른 공간을 알고 있었다.

"길드 퀘스트가 좋긴 좋네예. 행님과 파티도 할 수 있고예."

파티를 하며 기적이 반갑다는 듯 말하자 웃음을 머금는 눈류.

보통 레벨의 급이 다를 경우 파티가 불가능하다. 그것은 길드원들이라도 마찬가지. 하나 길드 퀘스트의 경우엔 달랐다.

길드 퀘스트의 경우엔 제한이 길드원이냐 아니냐지, 레벨이 몇이냐가 아니기 때문이다.

"그럼 가죠."

다들 파티를 맺고 버프마저 끝나자 루크가 앞장섰고 모두는 그 뒤를 따랐다.

잠시 후 일행은 퀘스트 존인 또 다른 거울의 숲에 모습을 드러냈다.

파지지직!!

루크의 주먹이 도깨비를 닮은 푸른 몬스터를 공격했다. 그러자 전류가 흐르며 비명이 숲을 울린다.

"타합! 다 주그라!"

바쁜 것은 루크뿐만이 아니었다. 선봉에 선 기적을 비롯해 레몬, 눈류, 페르탄 역시 몬스터들을 처치하기 바빴고, 뒤에서 라일라와 일리아도 빠르게 힐을 사용하며 힘을 보탰다.

"도플갱어들은 언제 나옵니꺼?"

기적이 궁금한 표정으로 묻자 루크가 막 한 마리를 처치하며 대답했다.

"조금만 더 가면 돼. 거울의 성 근처에서 나온다고 하더라."

거울의 성! 라스트 월드에는 존재하지 않는 곳이며, 길드 퀘스트에만 이벤트로 나오는 곳이었다.

거울의 마녀가 산다는 성으로, 그곳 역시 온통 거울로 이루어졌다고 한다.

"히히, 도플갱어 빨리 보고 싶네예!"

우르르릉!

기적이 검을 바닥에 내려치며 말했다. 그러자 지진이라도 난 듯 땅이 흔들렸고, 몬스터들 일부가 휘청거리다 넘어졌다. 하지만 길드원들은 아무런 영향을 받지 않았다.

"나도, 나도!"

기적의 말에 레몬 역시 동의하며 고개를 끄덕였다.

도플갱어! 현실에서는 많이 들어본 신비한 존재였다. 자신과 똑같은 모습의 존재. 만나면 죽게 된다고 알려진 공포의 존재.

비록 게임 세상 속이지만 그런 도플갱어를 만날 수 있다는 사실은 모두의 마음을 들뜨게 하였다.

그러나 눈류만은 표정이 심각했으니.

"도플갱어의 능력이 어떻게 되죠?"

눈류의 말에 루크가 몬스터들을 다 해치운 뒤 한숨 돌리며 말문을 열었다.

"알려진 바로는 해당 유저들과 똑같은 능력이라 합니다. 만약 눈류님의 도플갱어가 나타난다면 눈류님의 능력과 스킬을 똑같이 사용할 수 있다는 것입니다.”

그랬다. 눈류가 걱정하는 부분이 바로 도플갱어의 능력이었다. 자신들과 똑같은 능력을 보유한 몬스터들! 상대하기가 상당히 까다로울 것이다.

“그렇지만 모든 면이 같지는 않다고 합니다.”

“그건 무슨 뜻이죠?”

“모든 능력과 스킬이 같다면 유저들이 힘들 것이라 판단했는지, 스킬 중 하나는 사용하지 못한다더군요. 아니, 사용하지 못하는 것이 아니라 위력이 아주 약하다고 합니다.”

“그렇군요.”

“단, 저희가 직접 공격을 당하기 전까지는 제약이 걸린 스킬이 무엇인지 알 수 없다는 것이 문제이지만, 도플갱어 역시 그 스킬이 무엇인지 모르고 사용한다고 하니 그나마 다행이죠.”

눈류는 고개를 끄덕였다. 스킬 하나가 제약이 걸린다는 것은 별것 아닌 듯 보이지만, 꽤 큰 부분을 차지한다.

특히 자신의 기술은 위력이 남다르지만 개수가 적다. 그러니 하나라고 해도 위안이 되었으며, 도플갱어들도 모른다고 하지 않는가?

그 말은 도플갱어에게 공격을 당했을 때, 그 스킬이 제약이 걸린 것이라면 피해를 받지 않을 수도 있다는 뜻이었다.

‘문제는 어떤 스킬이 제약에 걸렸느냐는 것.’

눈류는 다크 소드를 발휘하며 빠르게 전진했다.

도플갱어! 어떻게 보면 가장 무서운 몬스터일 수도 있었다.

유저의 레벨이 100이든 300이든 모두가 상대하기 까다로우니 말이다. 그렇지만 그 어떤 존재라 할지라도 눈류는 두렵지 않았다.

―레벨이 오르셨습니다.

―고정 스텟 근력 4가 상승하였습니다.

―랜덤 스텟의 영향으로 근력이 1 상승하였습니다.

―전체 패시브 스킬이 1 상승하였습니다.

오랜만에 들리는 반가운 소리에 눈류는 주먹을 불끈 쥐었다. 잘 오르지 않는 패시브 스킬까지 상승했기 때문이다.

"후우, 으스스하군요."

페르탄이 주변을 쳐다보며 살짝 떨리는 목소리로 말했다. 언제부터인가 주변에 온통 안개가 서리기 시작했고, 날씨가 추워졌다.

"다 온 듯하군요."

눈류가 산 정상을 바라보며 말했다. 그러자 일행들은 눈을 찌푸리며 정상을 보려고 노력했다. 자신들에게는 아무것도 보이지 않기 때문이었다.

"스텟으로 인해 제가 시력이 남다릅니다. 정상에 성이 흐릿하게 보이네요."

"그렇군요. 그럼 빨리 갑시다!"

눈류의 말에 힘을 얻은 루크가 일행들을 재촉했다. 하지만 곧 발걸음을 멈출 수밖에 없었다. 무엇인가가 일행을 향해 다가오고 있었기 때문이다.

“모두 조심하세요.”

가장 먼저 그들을 느낀 눈류가 검을 빼어 들며 앞에 나섰고, 루크는 고개를 끄덕인 뒤 라일라와 일리아를 보호하기 위해 움직였다.

그리고 기적과 레몬, 페르탄은 눈류의 뒤에 서며 앞을 주시했다.

파파파파팟!

빠르게 달려오는 소리에 눈류는 눈을 감았다.

온통 주변이 거울로 이루어져 있기에 눈을 뜨고 있으면 정신이 분산되었고, 스텟으로 인해 차라리 감는 것이 더 나았다.

그러자 달려오는 존재들이 자세히 느껴지기 시작했다.

“일곱입니다. 아무래도… 도플갱어 같군요.”

눈류의 발언에 일행들은 긴장했다. 도플갱어! 드디어 만나게 된 것이다.

처어어어억!!

달려오는 발소리가 멈춤과 동시에 일행들은 눈을 의심했다.

말로만 들을 때와 직접 보는 것은 느낌이 다르다.

그것처럼 눈앞에 자신과 똑같은 모습의 몬스터를 보게 되자 놀라움이 해일처럼 번졌다. 눈류, 라일라, 페르탄, 일리아, 기적, 레몬, 마지막으로 루크까지.

또 다른 레전드 길드원들이 맞은편에 서 있었다.

“워메~ 진짜 똑같네예. 근디 우리 레몬이는 저기서도 예쁘노.”

"아이참, 기적 오빠도……."

"하하, 비록 도플갱어라 할지라도 일리아는 여전히 예쁘네."

"자기가 더 멋져……."

어디서든 발휘되는 그들의 염장 작렬!

눈류와 루크, 라일라는 개념이 탈옥한 넷을 쳐다보며 인상을 찌푸렸다. 몬스터만 해도 힘든 싸움이 될 것 같은데, 내부에서 정신적 데미지까지 주다니!

"일단 부딪치죠."

눈류가 한숨을 내쉬며 말하는 순간이었다.

스스스스슥!

"허억! 모두 피, 피하세요!"

눈류는 비명과도 같은 외침을 내질렀다. 다크 쉐도우! 분명 자신과 똑같이 생긴 도플갱어가 다크 쉐도우를 사용해 순식간에 접근했다.

쿼쿼쿼쿼!

"빌어먹을!"

눈류는 욕설을 내뱉으며 자신 역시 다크 쉐도우를 사용해 적들에게 접근했다. 위험한 것은 안다. 그렇다고 자신이 모두를 막아줄 순 없는 법이었다.

"크으으윽!"

"아아아악!!"

다크 쉐도우를 사용해 도플갱어들에게 접근한 눈류의 뒤로 일행들의 비명이 들렸다. 상대 도플갱어가 다크 스톰을 발휘했기 때문이다.

"죽어라!!"

쿼쿼쿼쿼!!

눈류의 검이 지면에 부딪쳤다. 거울로 이루어진 바닥이지만 깨지지 않고 푸욱! 박혔다.

"다크 스톰!"

눈류 역시 다크 스톰을 발휘하며 도플갱어들 전체를 공격했다. 그리고 곧 모두가 자신들의 스킬을 발휘하며 부딪쳤다.

"감히 우리 레몬이를 건드노!!"

기적은 차마 레몬과 닮은 도플갱어를 공격하지 못하고 그 옆에 있던 루크의 도플갱어에게 스킬을 사용했다.

콰콰쾅!!

하얀빛이 원을 이루며 폭발했다. 그와 함께 루크 역시 기적의 도플갱어를 노렸다.

끼이이이익!!

루크의 주먹에서 뿜어지는 붉은 새!

기적의 도플갱어는 자신의 장점인 방어막을 사용하며 공격을 막았고, 눈류의 외침이 사방을 휩쓸었다.

"크아아아아아!!"

어둠의 포효! 그러자 도플갱어들 전체가 휘청거리며 몇이 스턴에 빠져들었다.

"크아아아아!"

‘젠장!’

하나 마법 방어력이 높은 눈류의 도플갱어는 스턴에 빠지지 않고, 마찬가지로 어둠의 포효를 사용했다.

그러자 일행들은 고막이 찢어질 것 같은 통증에 비틀거렸고 일부는 스턴 상태에 빠져들었다.

‘다크 쉐도우, 다크 스톰, 어둠의 포효!’

눈류는 자신의 도플갱어가 사용한 스킬을 체크했다. 분명 한 가지는 제약이 걸린다.

‘다크 쉐도우!’

눈류의 신형이 자신의 도플갱어를 향해 빠르게 접근했다. 일단 하나라도 빨리 처치하자는 마음! 그렇지만 쉽지 않았다.

“커헉!”

허리를 감은 빛의 원! 라일라의 마법 스킬 중 하나가 곧 폭발했다.

퍼퍼퍼펑!

“크으으윽!!”

눈류의 신형이 비틀거렸다. 비록 삼상 효과는 없었지만 데미지가 상당했다. 신성력이 가미되었기 때문이다.

“오빠!”

눈류가 자신의 도플갱어에게 공격을 당하자 라일라는 걱정과 분노가 가득 담긴 시선으로 고개를 돌렸다.

지금까지 눈류의 도플갱어를 공격하지 못하던 라일라였다.

아무리 적이라 할지라도 눈류와 똑같은 모습이기에 자꾸 망설여진 것이다.

하나 이제는 보고만 있을 수 없었다. 단 한 명이라도 줄여야 싸움이 빨리 끝나며 진짜 눈류의 고통도 줄어드는 것이다.

'미안해요.'

속으로 중얼거리며 신성력을 발휘하는 라일라.

신성력이 가미된 치료 위주인 자신이 다른 도플갱어들을 공격해 봤자 큰 데미지를 주지 못하지만, 성향상 정반대인 눈류의 도플갱어는 달랐다.

"신의 치료!!"

라일라의 외침과 함께 눈류의 도플갱어를 향해 신성력이 가득 담긴 힐이 전달되었다. 그러자 괴로움의 비명을 지르는 도플갱어.

"라일라, 잘했어."

일리아의 치료를 받은 눈류가 미소를 지으며 다크 쉐도우를 사용했다. 분명 방금 공격으로 도플갱어의 생명이 꽤 줄었을 것이다. 자신 역시 당해본 적이 있지 않은가?

"다크 소울!!"

검은 마나가 괴로워하는 도플갱어를 향해 발출되었다.

"다크 소울!!"

콰콰콰쾅!!

허공에서 다크 소울끼리 부딪치며 폭발을 일으켰다.

지이이이잉.

지이이이잉.

눈류가 다크 소드를 준비하자 도플갱어 역시 다크 소드를 발휘했다.

콰아아앙!!

'몇 개 안 남았다.'

눈류는 길게 호흡을 하며 재차 검을 들고 도플갱어와 부딪쳤다. 이제 남은 것은 어둠의 절망과 다크 실드, 블러드 밤뿐이었다.

"크아악!"

그때 루크의 비명이 들렸다. 현재 전투 상황은 각자 자신의 도플갱어와 맞서는 형상이었다. 다른 이를 도우면, 다른 적 역시 힘을 합쳐 한 사람을 공격하기 때문이었고, 그것은 라일라와 도플갱어도 마찬가지였다.

비록 신성력과 치료가 특기인 라일라이지만 공격 스킬이 아예 없는 것은 아니었다.

그런데 루크가 도플갱어에게 큰 부상을 입은 것이다.

"젠장."

눈류는 이를 악물며 방향을 선회했다

"다크 소울!!"

다크 쉐도우로 순식간에 파고든 눈류가 루크의 도플갱어를 향해 검을 움직였다.

차아아악!!

그러자 도플갱어는 기습적인 공격을 막지 못한 채, 한 팔을 날려 버렸다.

'위, 위험하다!'

눈류는 황급히 뒤로 돌아섰다. 그와 동시에 다크 실드를 발휘했다. 온몸을 휘어감는 경고!

지이이잉!!

"크윽!!"

어느새 자신의 곁에 다가와 다크 소드를 발휘한 도플갱어. 눈류는 거친 호흡을 삼키며 재차 마나를 끌어올렸다.

생명과 마나가 얼마 남지 않은 상황. 그것은 도플갱어도 마찬가지일 터!

"어둠의 절망!!"

츠츠츠츠츠!!

공격력이 극대화되는 눈류!

"어둠의 절망!"

하나 도플갱어도 어둠의 절망을 사용하며 눈류에게 달려들었다.

콰아아앙!

검과 검이 부딪쳤다. 마나를 사용하지도 않았다. 하지만 굉음이 터지면서 둘 다 뒤로 물러섰다. 검폭이 발휘되었기 때문이다.

"오빠!!"

그때 라일라의 외침이 귀를 파고들었고 눈류는 이를 악문다. 온몸으로 파고드는 고통! 라일라의 도플갱어가 신성력이 가득 담긴 힐을 사용한 것이다.

"으아악!!"

사지가 찢어지는 듯한 통증에 순간적으로 몸의 균형이 무너진 눈류.

파아아앗!!

"오, 오빠!!"

라일라의 비명에 모두가 눈류를 쳐다보았다.

눈류의 팔이 피를 뿜으며 허공으로 솟구쳤다.

"으으윽!!"

눈류는 이를 악물며 왼손으로 검을 쥐었다. 생명력이 채 800도 남지 않은 상황. 마나가 빠르게 회복되고 있지만 어둠의 절망으로 인해 더욱 빠른 속도로 떨어졌다. 더불어 팔이 잘리며 생명력이 계속 줄어들었다.

"오, 오빠!!"

라일라가 울먹거리며 눈류에게 달려와 힐을 사용하였다. 신성력을 뺀 힐! 위력은 신성력이 가미된 것보다는 부족하지만 그래도 눈류의 생명력을 일부 채워주었고, 눈류는 이를 악물며 두플갱어에게 달려들었다

끼이이익!!

검과 검의 마찰음!!

"이 자식!!"

눈류의 표정에 독기가 서렸다.

자신들보다 약할 것이라 생각했다. 똑같은 능력에 하나의

스킬 제한이 걸린 도플갱어들이다. 그런데 자신들과 차이점이 있었으니, 그건 바로 감정이었다.

자신들은 스스로도 모르게 동료들을 신경 썼다. 그로 인해 빈틈이 생기고, 위험하게 되면 자신의 몸을 돌보지 않으며 도움을 주었다.

하지만 도플갱어들은 그런 것이 없었다. 오로지 자신들의 목표만 죽이기 위해서 달려들었고, 빈틈이 생기면 놓치지 않았다.

"아아악!!"

"라일라!"

눈류는 뒤를 돌아보지 않고 소리쳤다. 분명 라일라가 공격을 당한 것이리라. 자신을 도와주는 사이 라일라의 도플갱어가 가만히 있을 리가 없었다.

"타하압!!"

눈류는 마나를 끌어올렸다. 돌아보면 죽는다! 그래서 라일라를 구해줄 수도 없다. 자신이 할 수 있는 최선은 단 하나뿐. 자신의 도플갱어를 해치우는 것이다.

"다크 소드!!"

"다크 소드!!"

눈류와 마찬가지로 스킬을 발휘하는 도플갱어.

콰아아앙!!

폭발과 함께 눈류의 신형이 멀리 나가떨어졌다. 그것은 도플갱어도 마찬가지였고, 눈류는 자신의 마나를 확인하며 힘겹게 일어섰다.

　그 순간 도플갱어가 빠르게 접근했고, 눈류는 혀를 깨물었다.

　라일라로 인해 회복되었던 생명력이 이제 600 남은 상황. 마나 역시 얼마 남지 않았다.

　푸우우우!!

　눈류의 입 안 가득 모여있던 피가 도플갱어의 얼굴을 덮었다. 그러자 도플갱어 역시 혀를 물어 눈류의 얼굴에 피를 뿜었다.

　"블러드 밤!"

　"블러드 밤!"

　퍼퍼퍼퍼퍼펑!!

　눈류와 도플갱어의 얼굴이 동시에 폭발을 일으켰다. 그러자 일행들이 비명을 지르며 눈류에게 달려왔다.

　눈류가 힘겹게 싸우는 사이, 일행들은 도플갱어를 대부분 제압할 수 있었다. 눈류로 인해 팔이 잘려 나갔기에 루크는 자신의 도플갱어를 제압할 수 있었고, 그런 루크는 다시 라일라를 도와 라일라의 도플갱어를 제압했다. 그렇게 한 명씩 돕게 되자 남은 도플갱어들 역시 처치할 수 있었다.

　그런데 눈류가 죽다니!!

　라일라는 흐르는 눈물을 닦으며 눈류에게 달려갔다.

　게임이라지만 사랑하는 사람이 눈앞에서 팔이 잘렸고, 죽음을 맞이했다. 어찌 슬프지 않겠는가.

　"오빠… 오빠!!"

　라일라의 외침에 모두는 침묵했다. 하지만 그때 눈류의 목소리가 흘러나왔다.

"하아, 하아, 블러드 밤이었군."

연기가 사라지자 일행들은 볼 수 있었다. 힘없이 웃고 있는 눈류의 모습을!

도플갱어들조차 모르는 제약이 걸린 스킬! 눈류의 도플갱어는 블러드 밤이 제약에 걸린 상태라 효과만 같았지, 전혀 데미지를 입히지 못했다.

"마나가 남았으면 힐 좀 해줘."

눈류가 웃으며 말하자 라일라가 다급히 고개를 끄덕이며 힐을 하였다. 그러자 조금씩 차오르는 생명.

그 모습에 안심한 일행들은 서로를 쳐다보며 웃었다. 만약 한 명이라도 파티창을 확인했더라면 눈류가 죽지 않았다는 사실을 알 수 있었을 것이다. 하지만 너무나 당황했기에 그 누구도 확인을 하지 못해서 이런 에피소드가 생긴 것이다.

"일단 좀 쉬죠."

모두가 지치고 부상을 입은 상태였기에 루크의 제안에 다들 바닥에 주저앉았다. 생명은 물론 마나도 거의 떨어진 상황.

"팔은 괜찮습니까?"

루크가 눈류의 잘려 버린 한 팔을 쳐다보며 안타깝다는 듯 말했다.

현재 일행들 중에서 잘려 버린 부위를 붙일 수 있는 능력을 가진 사람은 라일라밖에 존재하지 않았다. 그러나 신성력을 함께 사용해야 가능했고, 일리아는 치료에 특화된 직업이 아니었기에 잘린 상처를 붙이지는 못했다.

결국 퀘스트가 끝날 때까지 눈류는 한 팔이 없는 상태로 진행해야 한다는 것이다. 한 명이라도 죽어버리면 퀘스트는 다시 처음부터 해야 하기에 죽을 수도 없었다.

"어쩔 수 없죠."

눈류가 애써 웃으며 대답했다.

한 팔이 없다는 것이 불편하긴 했지만, 굳이 티를 내서 모두가 신경 쓰게 하고 싶지 않았다.

"퀘스트를 마치고 죽으면 됩니다. 그러니 걱정 마세요."

눈류의 마음을 아는 모두는 고개를 끄덕였고, 음식을 꺼내 허기와 피로도를 회복하였다. 그 후 생명과 마나가 모두 차자 거울의 성을 향해 움직였다.

"정신이 혼미하네에."

산 정상에 위치한 성을 쳐다보며 기적이 중얼거렸다. 거울의 숲도 그랬지만, 드라큘라 백작이 살 것 같은 고성 역시 온통 거울로 만들어진 상태였다.

어지러움을 넘어 현기증이 일어날 것 같은 상태.

"안에도 마차가지일 것 같군."

눈류가 고개를 저으며 마법진 위에 올라섰다. 그러자 일행들 모두 마법진 위에 함께 올라섰고 안으로 이동했다.

"눈류님의 말이 맞군요."

기가 질린 표정의 루크가 말했다.

눈류의 말처럼 성안 역시 온통 거울로 이루어져 있었고, 사방에서 일행들의 모습이 보였다.

"이제 어떻게 하면 되죠?"

빨리 퀘스트를 마치고 싶은 마음을 담아 눈류가 묻자 루크의 손가락이 한곳을 가리켰다.

"네 개의 마법진이 보이죠? 경험자들의 말에 의하면, 두 명씩 한 마법진에 들어갈 수 있다고 합니다. 그렇기에 모두가 한 곳으로 갈 수는 없습니다. 다 나눠져서 개인 퀘스트를 이겨내야 하는 것이죠. 그렇게 각기 다른 마법진을 타고 이동하면 마녀의 방에서 모이게 된답니다."

"네 개라… 그러면 한 곳은 한 명만이 가야 하겠군요?"

"네, 여덟 명이 왔더라면 좋았을 텐데……."

루크가 말끝을 흐리며 모두를 쳐다보았다.

말을 하지 않아도 사실상 짝이 정해진 것과 다름없었다. 기적과 레몬, 페르탄과 일리아, 그리고 눈류와 라일라.

'인생이 서글프구나.'

결국 혼자 남는 것은 자신이란 사실을 깨닫게 되자 우울증이 생기는 루크.

그 모습에 눈류와 일행들 모두는 흠칫했다.

우울했다! 마치 루크의 주변에서 우울이란 연기가 모락모락 피어오르는 것 같다!

더군다나 저 포즈는 무엇이란 말인가? 혼자 등을 돌리고 쭈그려 앉아 손가락으로 바닥에 그림을 그린다!

나는 솔로라고 중얼거리면서!

‘어쩔 수 없군.’

실소를 흘린 눈류는 결심을 하며 라일라를 바라보았다.

그러자 눈류의 한 팔을 붙잡으며 고개를 젓는 라일라.

눈류는 웃음을 머금으며 라일라의 손을 잡아주었고, 곧 루크를 불렀다.

라일라의 마음을 누구보다 눈류 본인이 더 잘 알고 있었으며, 자신도 함께 가고 싶었다. 하지만 상황에 맞춰서 행동해야 했다.

“루크님.”

“네에…….”

기운 없는 목소리.

“라일라와 함께 가세요. 제가 혼자 가겠습니다.”

“네?”

“오빠…….”

눈류의 발언에 루크가 깜짝 놀라며 일어섰고 라일라는 애써 웃음을 보였다. 언제나 그랬다. 눈류의 결정이라면 마음에 들지 않아도 웃으며 받아들였다.

“라일라는 신성력을 발휘할 때 가장 강력합니다. 하지만 저와 함께 가면 신성력을 사용할 수 없게 됩니다. 그러니 루크님이 함께 가세요. 라일라와 저는 상극이기에 함께하면 능력이 반감됩니다.”

눈류가 이유를 말했음에도 루크는 미안한 듯 라일라의 눈치를 보다 중얼거렸다.

“그래도… 라일라와 눈류님이…….”

하나 기쁜 마음은 감출 수 없는지 입이 흐물거렸다. 억지로 웃음을 참고 있는 모습!

“괜찮습니다. 라일라와 함께 가세요.”

“눈류님이 굳이 원하신다면 그러겠습니다.”

그 말과 함께 루크는 돌아섰다. 그리고 미친 듯 웃다가 정색하며 일행들을 쳐다보았다. 매번 솔로란 이름의 왕따로 지낼 경우 사람이 어떻게 되는지 잘 보여주는 모습이었다.

“그럼 모두 조심하세요. 그리고 마녀의 방에서 만납시다.”

눈류의 말에 일행들은 고개를 끄덕였고, 기적과 레몬이 첫 번째 마법진에, 루크와 라일라가 두 번째 마법진, 페르탄과 일리아가 네 번째 마법진에 올라섰고, 마지막으로 눈류는 세 번째 마법진에 올라섰다.

지이이잉.

잠시 후 모두는 붉은 빛무리와 함께 개인 퀘스트 공간으로 이동되었다.

저벅, 저벅.

눈류는 황량한 절벽 사이를 걸어가고 있었다.

높디높은 절벽 한가운데에는 뜨거운 태양이 작렬하고 있었고, 살아 있는 생명체는 존재하지 않았다.

‘그냥 걸어가면 되는 것인가?’

분명 걷다 보면 길은 끝나게 될 것이다. 하지만 이렇게 쉬울리가 없다는 것이 눈류의 생각이었다.

'역시.'

눈류는 긴장을 유지하며 뒤를 돌아봤다.

두두두두두!!

셀 수 없이 많은 존재들이 달려오는 소리가 들렸다.

'많군……'

곧 눈류는 먼지구름과 함께 볼 수 있었다. 수십, 아니, 수백은 될 듯한 몬스터 군단이 자신을 노리며 달려오고 있었다.

객기를 부려 싸우기라도 했다가는 필패! 그 정도로 몬스터들의 수는 많았고, 눈류는 다크 쉐도우를 발휘하며 거리를 벌렸다.

그러나 상황은 쉽지 않았다.

화르르르륵!!

바닥에서 화염이 치솟았다. 그것도 딱 눈류가 지나가려는 타이밍에! 그로 인해 화염을 신경 쓰다 보니 몬스터들과 거리가 좁혀지는 판국이었다.

'젠장.'

눈류의 이마에서 식은땀이 흘렀다.

"어두워."

루크는 칠흑 같은 공간에서 조심스럽게 전진했다. 라일라가 마법으로 빛의 구를 형성한 상태였기에 앞을 보며 걸어갈 수 있었다. 하지만 그것도 바로 지척일 뿐, 먼 곳은 여전히 컴컴했다.

“다들 무사할까요?”

걱정이 가득 담긴 라일라의 목소리에 루크는 애써 밝은 표정으로 위로했다.

“그럼! 모두를 믿고 우리도 전진하자.”

괜히 자신 때문에 눈류와 함께 못하는 라일라를 보며 미안한 마음이 가득한 루크였다.

지이이이잉.

“잠깐.”

그때 루크가 무엇인가를 느끼며 라일라의 손을 붙잡았다.

그러자 아무것도 보이지 않던 어두운 공간에 빛이 들어오며 눈앞에 세 여자가 모습을 드러냈다.

“어머.”

라일라의 얼굴이 붉어졌다.

여자들은 모두 야시시한 차림을 하고 있었기 때문이다.

하얀 천으로 중요한 부위만을 아슬아슬하게 가린 여자들은 음탕한 표정을 지으며 루크를 유혹했다. 그렇지만 라일라는 걱정 없었다.

그동안 보아온 루크는 절대 여자에게 흔들리는 남자가 아니었다.

“루크 아저씨, 우리 해치……”

순간 라일라의 눈이 가자미처럼 변했다.

루크가 흐르는 침을 닦다가 딱 걸렸기 때문이다.

“크흠, 크흠. 자, 어서 해치우자!!”

뒤늦게 정신을 차렸지만 이미 라일라에게 신뢰를 잃은 루크
였다.

"워매~ 많다, 많어."
막 몬스터의 목을 베어버린 기적이 질린다는 투로 말했다.
이미 기적과 레몬이 죽인 몬스터들의 수만 합쳐도 열넷.
그런데 또다시 다섯 마리가 동시에 리젠된 것이다.
"마나도 얼마 없는데."
걱정스러운 표정의 레몬. 그나마 다행인 것은 몬스터들이
그리 강하지 않다는 점이었다.
"일단 부딪쳐 봐야 안 하것냐."
기적이 미소를 띤 채 검을 들고 몬스터들을 향해 달렸다. 그
러자 레몬 역시 어쩔 수 없다는 듯 기적을 도왔다.

"으아아아!!"
"빨리, 빨리!!"
페르탄과 일리아는 끝을 알기 힘든 바다를 빠르게 헤엄치며
건너고 있었다.
"젠장, 어떻게 저놈은 쉬지 않고 덤비냐!"
그 뒤를 상어를 닮은 몬스터가 날카로운 이빨을 빛내며 따
라오고 있었으며, 한참을 헤엄치던 페르탄이 뒤로 돌아 스킬
을 발휘했다.
푸슈우우웅!

　그러자 탄환 같은 빛의 구슬이 몬스터의 커다란 입을 관통
했다.

　차아악!

　몬스터가 피를 흘리며 물속으로 가라앉자 페르탄과 일리아
는 한숨을 내쉬었다. 하지만 쉬운 일이 없었으니……

　"페르탄……."

　"어? 헉."

　표정이 굳어버리는 둘.

　어느새 수십 마리의 몬스터가 리젠된 것이다.

　"마, 마법으로도 상대하기 힘들겠는데."

　"젠장, 윈드라도 걸어줘!"

　페르탄과 일리아, 버프를 사용함과 동시에 재차 죽어라 헤
엄을 쳤다.

　"하아, 하아."

　힘겹게 화염을 피해 몬스터들을 따돌린 눈류는 지친 얼굴로
앞을 쳐다봤다.

　"다 왔군."

　눈류가 서 있는 곳은 절벽이었는데 맞은편 절벽에 마법진이
보였다. 그런데 문제가 있었으니, 건너갈 방법이 없다는 것이
었다.

　"어떻게 하지?"

　바닥에 앉아 고민하는 눈류.

아무리 생각해 봐도 저곳까지 갈 수 있는 수단이 없었다.

'분명히 방법이 있기에 이런 공간을 만들었을 텐데.'

퀘스트상 불가능한 일은 없었다. 분명 건널 수 있을 것이다. 그것을 찾아야 했다.

드드드드드!

"젠장."

눈류는 자리에서 벌떡 일어섰다. 겨우 따돌린 몬스터들이 다시 나타난 것이다.

'상대할 수 없다.'

어마어마한 수의 몬스터 군단! 맞상대할 경우 죽음을 피하지 못한다.

'그렇다면……'

이를 악무는 눈류.

아래를 쳐다보았다. 하염없는 낭떠러지! 떨어지면 100% 죽을 것이다. 하나 다른 방법은 존재하지 않았다.

'환상이다, 환상이다!'

눈류는 방금 전의 상황을 떠올렸다. 솟구치는 불길들! 처음에는 피하려고 노력했지만 한계가 존재했고, 결국 불에 정통으로 부딪쳤다. 그런데 놀랍게도 뜨겁지 않았다. 말 그대로 환상이라는 것.

'제발, 제발!'

눈류를 깊게 심호흡을 한 뒤, 눈을 감으며 마음을 진정시켰다.

두두두두두!

그런 눈류를 향해 몬스터들은 지척까지 접근했고, 그 순간 눈류의 발이 아무것도 존재하지 않는 허공을 향해 움직였다.

지이이이잉!

"됐다!"

눈류는 환호성을 질렀다.

자신의 예상대로 환상으로 만들어진 공간이었고, 허공에는 아무것도 없었지만 걸을 수 있었다. 그 결과 눈류는 마녀의 방에 가장 먼저 도착했다.

'거울이 없군.'

주변을 둘러보던 눈류는 거울이 없단 사실을 깨달으며 미소 지었다. 사실 그동안 거울들 때문에 어지러웠는데 다행이 아닐 수 없었다.

마녀의 방은 전체적으로 어두운 편이었고 텅 비어 있었는데, 벽은 모두 돌로 이루어져 있었다. 그리고 한쪽 벽에는 금빛으로 조각된 거울 하나가 붙은 듯 걸려 있었고, 그 바로 밑에 의자가 하나 존재했다.

지이이잉.

그때 마법진이 형성되며 두 명이 모습을 나타냈다.

"루크님, 라일라."

"눈류님!"

"오빠!"

바로 루크와 라일라였고, 시간이 더 흐르자 기적과 레몬이 도착했으며, 마지막으로 페르탄과 일리아마저 도착했다.

그러자 거울 밑 의자 위로 붉은빛이 형성되었다.

"마녀의 등장이군."

눈류가 긴장의 끈을 놓치 않으며 말하자 모두는 빛이 형성된 곳을 주시했다.

"하아아암."

한 여인이 모습을 드러냈다.

감정 없는 눈빛에 가슴까지 내려오는 붉은 머리카락과 눈동자. 새하얀 피부에 매혹적인 분위기. 바로 거울의 마녀였다.

"그런데……."

"꼬마군요……."

루크와 눈류는 마음이 맞은 듯 말을 연결했다.

예상 밖의 모습! 마녀는 성인이 아닌, 이제 10대 중반쯤 되었을 것 같은 소녀의 모습이었다.

"오랜만의 손님이네. 히히."

마녀가 힘껏 기지개를 켜며 말했다.

"그런데 어쩌지? 나한테 잡아먹힐 것 같은데?"

혀끼지 내밀며 장난스러운 말투이 마녀. 눈류와 일행들은 스킬을 준비했다. 겉보기에는 소녀이지만 느껴지는 기운이 전신을 찌릿하게 만들 정도였다.

"먹히기 전에 죽여주지."

"정말 그럴 수 있을까?"

"없다면 되게 해야지."

눈류의 신형이 빠르게 움직였다. 다크 쉐도우! 절정의 속도!

"어머, 빠르네?"

"다크 소드!!"

어느새 바로 앞까지 도달한 눈류가 검에 마나를 씌우며 빠르게 베었다.

콰지지지직!!

"헤에, 내 실드에 금이 가다니. 무서운데?"

하지만 순식간에 마녀의 전체를 뒤덮은 실드에 가로막히며 사라졌고, 눈류는 입술을 깨물었다. 다크 소드! 자신이 가진 스킬 중 가장 파괴력이 뛰어난 것이었다. 그런데 실드를 깬 것도 아닌 금만 가게 하다니.

스파아앗!

"뭘 그렇게 넋 놓고 있어?"

찌리리리릿!

눈류는 뒷골이 오싹 서는 것을 느끼며 황급히 다크 쉐도우를 발휘했다. 돌아서서 막기에는 늦었다. 그렇다면 아예 자리를 피하는 것이 최선.

"어디로 가?"

"허억!"

눈류의 입에서 터져 나오는 경악성.

마녀는 어느새 다크 쉐도우를 사용한 눈류의 뒤에 나타나 장난기 가득한 표정으로 손을 휘둘렀다.

파아아앗!!

바람! 단지 손으로 인해 만들어진 바람이었다. 하나 그 위력은 무시무시했다.

"크으윽!!"

퍼어어억!!

힘을 견뎌내지 못한 눈류의 신형이 돌로 만들어진 벽에 부딪쳤고, 쩌저적! 소리와 함께 금이 갔다.

"너희들도 덤벼."

눈류를 쓰러뜨린 마녀가 헤헤, 웃으며 일행들에게 말했다.

"타하압!!"

그러자 루크와 페르탄, 레몬, 기적이 마녀를 향해 달려들었고, 라일라는 황급히 눈류에게 달려갔으며, 일리아는 일행들의 뒤를 보조했다.

쩌저저적!!

"겨우 이 정도야?"

마녀의 손이 기적의 몸에 닿자 한순간에 얼어붙으며 바닥으로 추락했다.

쿠우우웅.

"소삐!!"

그 모습에 레몬이 분노하며 검에 불꽃을 발휘했다.

화르르륵!

"무서운데?"

하지만 마녀는 여전히 장난을 치듯 일행들을 가지고 놀았고, 그 절대적인 힘 앞에 모두는 태풍 앞의 낙엽처럼 휩쓸렸다.

"다크 소울!!"

파아아아앗!!

"헉!! 위험하잖아!!"

"젠장."

눈류는 이를 악물었다. 방금 전의 공격! 정말 힘도 쓰지 않은 것 같은데 잠시 움직임이 불편할 정도였다.

거기에 다크 소울마저 가볍게 피해 버리는 스피드.

"이봐, 우리가 만만하냐?"

"아닌데?"

허공에 뜬 채 고개를 젓는 마녀. 그러나 여유로운 표정이 만만하다는 것을 말해주고 있었고, 눈류는 일행들을 쳐다보며 검에 마나를 불어넣었다.

되든 안 되든 동시에 공격하는 것이 최선!

"가죠."

눈류의 말에 모두가 고개를 끄덕였다.

"히잉~ 무서워."

"정말 무섭게 해주마."

"기대해 볼까?"

여유로움이 가득한 마녀의 대답. 눈류의 신형이 솟구쳤다.

"다크 소드!"

휘이이익!!

"치이."

눈류는 한숨을 내쉬었다.

다크 소드의 위력 때문인지 다른 이들의 스킬들은 다 실드로 막으면서 자신의 스킬만 재빠르게 피했다. 결국 눈류로서는 아까운 마나를 계속 낭비하는 형국이었다.

"죽어라!!"

마녀가 계속해서 다크 소드를 피하자 기적이 사방에서 빛을 뿌리며 압박해 갔다. 하지만 마녀의 실드에 무위로 돌아가고, 그사이 루크의 주먹에서 나온 붉은 새가 마녀를 물었다.

"사라져!!"

그러자 미처 실드를 치지 못한 마녀의 입에서 괴성이 터져 나왔으며, 루크의 새는 가루가 되어 사라졌다.

'기합만으로 스킬을 소멸시키다니…….'

눈류는 진정 놀라며 마나를 모았다.

"타하아압!!"

일행들의 공격은 멈추지 않았다. 루크의 새가 사라지자 바로 페르탄의 범위 스킬이 마녀를 덮쳤고, 일리아의 불꽃의 폭풍이 그 자리를 휩쓸었다.

그러나 모두들 마녀의 실드로 인해 데미지를 주지 못했으니……

스팟!

"루크님!!"

눈류는 다급히 다크 쉐도우를 발휘하며 루크의 뒤로 움직였다. 하지만 마녀의 속도가 더 빨랐다.

"커허억!!"

마녀의 손톱에 옆구리 살점 일부가 떨어져 나간 루크.

"죽어!!"

퍼퍼퍼퍼펑!!

그 주변으로 폭탄이 떨어지듯 지면이 쉬임없이 폭발했다.

"크아아악!!"

루크의 처절한 비명! 일리아가 서둘러 힐을 썼다.

"어디서 감히!"

그렇지만 그것도 잠시, 마녀의 목표는 루크에서 일리아로 바뀌었고, 마녀가 손을 내뻗자 머리를 감싸 안으며 괴로워하는 일리아.

"아이스!!"

마녀가 외쳤다. 그러자 유일하게 마녀를 따라다니던 눈류의 두 다리가 얼어붙었다.

쩌저저적.

'마방이 높은 내가 얼어붙다니. 크윽!'

눈류는 신음을 흘렸다. 자신을 제외한 모두는 마녀의 빠른 속도를 쫓아가지 못했고, 결국 한 명씩 무너져 내렸다.

'제발, 제발! 움직여라!!'

기도를 하는 심정으로 두 다리에 힘을 주는 눈류.

트트트트특.

그러자 조금씩 금이 가기 시작했다.

"라일라!!"

하지만 그러는 와중에도 일행들은 모두 공격을 받고 있었으니……

"아아아악!!"

두 팔뚝에 주먹만 한 구멍이 생기며 바닥에 쓰러지는 라일라. 그 구멍에서는 하염없이 피가 흘러나왔고, 뒤늦게 마법에서 벗어난 일리아가 다급히 회복 마법을 시전하였다.

"젠장!!"

그때 드디어 눈류가 얼음에서 빠져나오며 다크 쉐도우를 발휘했다.

촤아아아악!

마녀의 뒤로 파고든 눈류의 검에는 마나와 함께 분노가 담겨 있었고, 마녀는 위험을 느끼며 빠르게 공격을 피했다.

"언제까지 피하나 보자! 다크 소울!!"

눈류의 검에서 반월형의 마나가 피한 마녀를 노렸다. 하나 마녀는 다시 재빠르게 피해 버렸으니……

쌔애애액!! 쩌저저저적!!

"이익!"

마녀의 입에서 신음이 흘러나왔다. 그와 함께 눈류의 머릿속이 복잡해졌다.

'왜지? 도대체 왜?'

다크 소울을 피한 마녀가 순식간에 다시 다크 소울 앞으로 이동하여 실드로 막았다. 이미 피해놓고 다시 돌아가 막은 이유! 그것을 알아야 했다.

'거울!'

마녀의 뒤를 바라보는 눈류의 눈동자에 이채가 감돌았다.

마녀가 그런 행동을 했다는 것은 분명 지켜야 할 무엇인가가 있다는 뜻이고, 마녀의 뒤에는 거울밖에 존재하지 않았다.

'거울의 숲, 거울의 성, 거울의 마녀. 그렇다면 마녀를 쓰러뜨리는 방법이 거울을 부수는 것인가?

빠르게 추리를 시작한 눈류.

"감히!"

마녀의 눈에 분노가 감돌았다.

"다 죽어버려!"

그와 함께 마녀의 작은 손바닥이 허공으로 치솟았다. 그러자 모두의 신형이 허공 높이 솟아올랐다가 추락했다.

"크아아악!"

"커헉!!"

"아아악!!"

꽤 높은 곳에서 떨어졌기에 일행들 모두는 피를 토하며 몸을 부여잡았다. 그러나 눈류는 정신력으로 버티며 길드 채팅을 하였다.

"크윽, 잠깐이라도 마녀를 붙잡을 수 있다든가 시선을 분산시킬 수 있어?"

눈류의 질문에 라일라가 힘겹게 대답한다.

"잠시라면, 아주 잠시라면 머, 멈추게 할 수 있어요."

그때 일리아도 말문을 열었다.

"저는 정신을 흐트릴 수 있어요. 아주 잠깐이지만요."

눈류는 고개를 끄덕이며 자신의 생각을 전달하였다.

"아아아악!!"

그사이 마녀가 노래를 하듯 비명을 질렀다. 그러자 모두는 귀를 잡고 뒹굴었다.

주르르륵.

통증과 함께 고막에서 피가 흘러나왔다.

"젠장!!"

고통과 맞서 싸우며 자리에서 일어선 눈류. 수없는 지옥을 견뎌낸 자신이었다. 마녀가 아무리 강하다 할지라도 죽지 않는 이상 고통 따위에 무너질 수는 없었다.

"하압!!"

눈류의 신형이 마녀를 향해 움직였다. 그러자 씨익 웃으며 손가락 끝에서 불꽃을 형성하는 마녀.

헬 파이어! 지옥의 불꽃이었다.

"신이 나와 함께할지어니, 사악한 무리를 가둬주소서!"

그때 들리는 라일라의 외침! 현재 남은 모든 마나를 소비하는 기술이지만 마녀의 능력을 고려했을 때 5초 이상은 붙잡기 힘들었다.

"이, 이년이!"

결박이라도 당한 듯 자신의 몸이 움직이지 않자 마녀는 당황하며 온몸의 마나를 끌어올렸다. 하지만 그때 눈류가 다크 소울을 준비하였으니!

"다크 소울!!"

눈류의 검에 맺힌 마나가 뒤편에 있는 거울을 노리며 빠르게 파고들었다.

트드드득!

하나 그 순간 라일라의 결박을 깨버린 마녀. 눈류와 거울의 가운데 지점에서 실드를 두른 채 다크 소울을 막아버렸다.

"어림없… 뭐지?"

얼굴 가득 미소를 짓던 마녀의 표정이 굳었다.

"우리의 승리다."

그때 힘겨운 표정의 눈류의 목소리가 마녀의 귓속으로 파고들었다.

"아, 안 돼!!"

다급히 고개를 돌리며 움직이는 마녀. 그러나 이미 거울 앞에 선 눈류의 한 팔이 움직였다. 강렬한 다크 소드를 머금은 채.

챙가아앙!!

"아아아악!!"

마녀의 처절한 비명이 방 안을 가득 채웠고, 반가운 소리가 모두에게 들렸다.

─거울의 숲 길드 퀘스트를 완수하셨습니다.

─명성이 20 상승하였습니다.

─1,000,000라르크를 습득하셨습니다.

─레벨이 오르셨습니다.

─고정 스텟 근력 4가 상승하였습니다.
─랜덤 스텟의 영향으로 근력이 1 상승하였습니다.
─레벨이 오르셨습니다.
─고정 스텟 근력 4가 상승하였습니다.
─레벨이…….
'4렙 업.'

눈류는 만족스런 미소를 지었다. 투자한 시간에 비해 괜찮은 레벨 업이었다. 그리고 라르크 역시 적지 않았다. 비록 100만 라르크를 일곱 명이서 나눠야 하지만 말이다.

"하아, 힘들었군요."

눈류가 힘없이 웃으며 일행들에게 말하자 모두들 웃음을 머금은 채 고개를 끄덕였다.

라일라와 일리아의 도움이 없었더라면 힘들었을 것이다.

라일라가 마녀를 잠시 봉쇄한 사이, 마녀는 몰랐지만 일리아의 마법이 발휘되었다. 바로 정신계 마법 환각!

마녀의 뛰어난 능력으로 인해 걸릴지 의문이었지만, 라일라와 눈류에게만 모든 정신을 쏟던 마녀였기에 빈틈이 생겼고, 자신두 모르는 사이 환각에 빠져들었다. 비록 몇 초였지만 그 정도면 충분한 시간!

그 결과 환각에 빠진 마녀는 헛것인지도 모른 채, 거울을 지켜야 한다는 생각으로 가짜 눈류의 다크 소울을 막기 위해 움직였으며, 그때 눈류는 다크 쉐도우를 사용해 거울에 접근한 것이었다.

거울이 아닌 마녀에게 사용하여 베어버릴 수도 있었지만,
마녀의 능력을 모르는 상태에서는 위험한 도박이었고, 필사적
으로 거울을 지키려는 모습으로 인해 거울을 부수었다.

'다행스럽게도 예상이 맞았어.'

눈류는 아찔할 정도로 강했던 마녀를 떠올리며 재차 웃음을
흘렸다. 그런데 그 순간,

―마녀의 상자를 습득하셨습니다.

"어?"

눈류는 의아한 표정으로 손바닥 크기의 황금색 상자를 손에
쥐었다.

"정보."

[마녀의 상자]
마녀가 소중하게 간직하던 물품이 들어 있는 상자.
무엇인지는 알 수 없다.
상자를 열기 위해서는 크로아 왕궁 도서관에 있는 마녀의 주
문을 알아야 한다.

"왜 안 떨어지나 했더니……."

루크가 상자를 쳐다보며 설명해 주었다.

"마녀의 상자는 퀘스트를 완수하면 얻게 되는 아이템인데,
무엇이 들었는지는 아무도 모릅니다. 랜덤으로 아이템이 나온
다 하더군요. 뭐, 그 아이템에 희망은 없습니다. 많은 이들이

거울의 숲 퀘스트를 깼지만, 마녀의 상자를 연 길드는 채 다섯
도 되지 않습니다."

"왜죠?"

"왕궁 도서관에 들어갈 수 없기 때문이죠. 현재 왕궁 도서관
을 이용할 수 있는 유저는 열 명도 채 되지 않습니다."

눈류는 안타까운 심정으로 고개를 끄덕였다. 왕궁 도서관에
들어가려면 귀족의 작위를 받아야만이 가능했다. 그런데 유저
로서 귀족의 자리를 얻는 일은 거의 불가능했고, 그 외로는 친
밀도를 높게 쌓거나 혁혁한 공을 세우는 방법이 있었지만, 그
역시 쉽지 않았다.

그러나 이 모든 것은 일반적인 사례였으니…….

눈류는 누군가를 떠올리며 루크에게 물었다.

"혹시 카르엔 공작과 친분이 있으면 들어갈 수 있습니까?"

"네? 카, 카르엔 공작과 친하다면 당연히 들어갈 수 있겠지
요. 하지만 유저가 어찌…….."

"그래요?"

눈류의 입가에 웃음꽃이 핀다.

"시신 가면이 기사 전직 퀘스트를 하며 카르엔 공작을 알게
되었습니다. 잘하면 열 수 있을지도 모르겠군요."

"정말입니까?"

끄덕끄덕.

눈류의 확답에 루크는 놀람과 기쁨을 느끼며 벌떡 일어섰
다.

　사실 상자가 아니더라도 라르크나 경험치가 좋은 퀘스트라 한 것이었는데, 잘하면 상자 속 아이템도 얻을 수도 있다니.

　"일단 가도록 하죠."

　눈류가 자리에서 일어서자 모두들 뒤따라 일어섰고 곧 퀘스트가 끝나며 형성된, 마을로 돌아가는 마법진 위에 올라섰다.

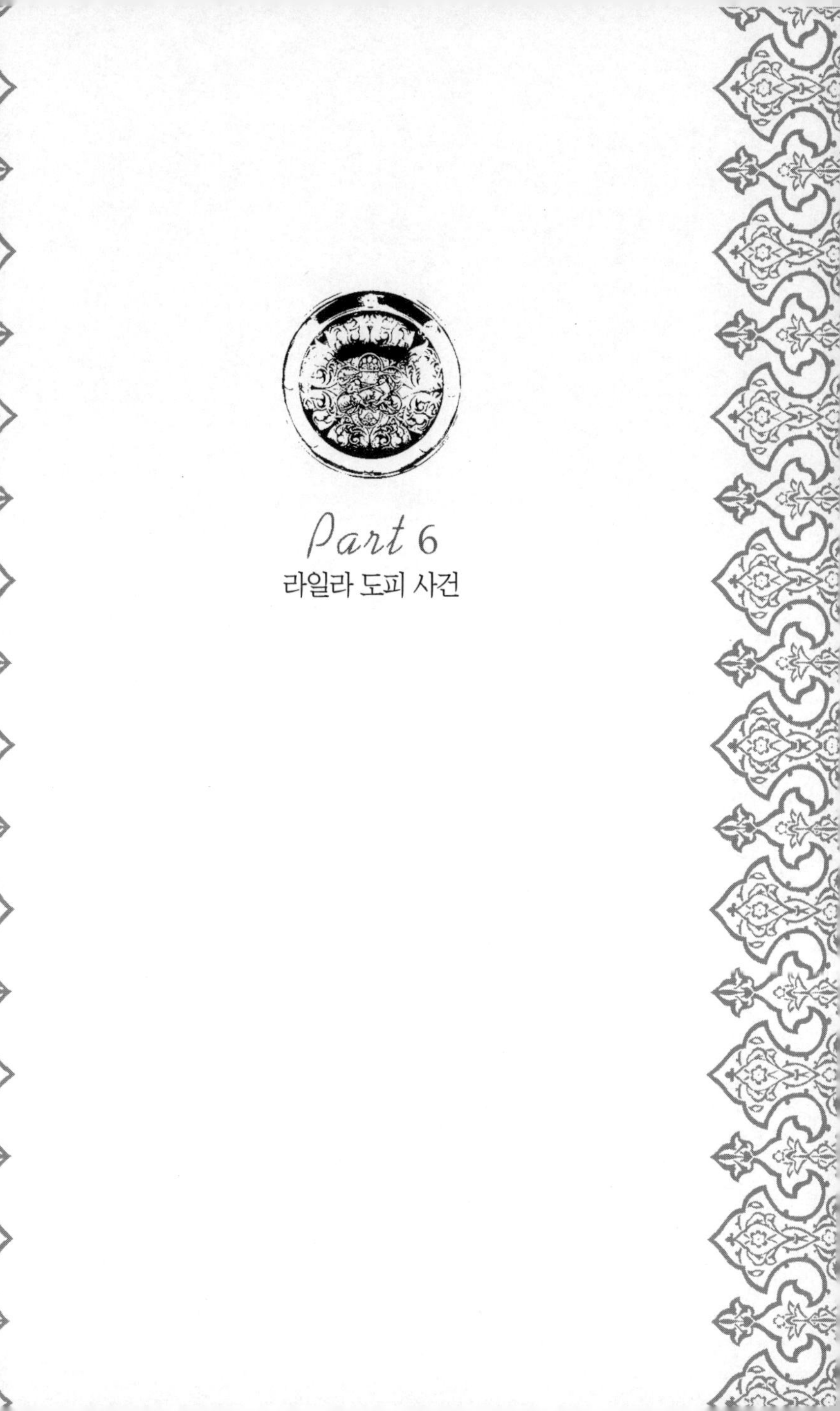

Part 6
라일라 도피 사건

The Knight of Mask

트르르륵.

눈류가 술집 문을 열고 들어서자 루크와 라일라, 기적과 레몬, 페르탄, 일리아가 시야에 들어왔고, 곧 모두는 눈류를 발견한 뒤 의자를 건넸다.

"괜찮아요?"

그런 눈류를 향해 조심스럽게 묻는 라일라. 눈류는 미소를 머금는 것으로 대답을 대신했다.

마녀를 해치운 뒤 일행들은 크로티아 성으로 돌아왔고, 모두 주점으로 향했다. 눈류가 볼일이 있었기에, 휴식도 취할 겸 술을 마시며 기다리기로 한 것이다.

그렇게 모두가 술집으로 들어간 사이 눈류는 팔을 복구하기 위해 일부러 죽음을 맞이하고 돌아온 것이다.

꿀꺽, 꿀꺽, 꿀꺽.

눈류는 자신의 앞에 놓인 술을 시원하게 비웠다. 그러자 몸 전체가 짜릿했다.

취할 만큼 마시면 능력치 저하 등의 패널티가 있지만 그 이전까지는 무리가 없었고, 만취 길드가 마시는 남자의 눈물도 아니기에 눈류는 재차 술을 마신 뒤 눈앞에 앉아 있는 펫을 쳐다봤다.

일행들은 길드 퀘스트 하는 도중엔 펫을 꺼내지 않았다. 그 이유는 펫이 언제 죽을지 모르기 때문이었다.

파티를 맺고 몇 마리씩 상대하는 일반 사냥에서는 펫을 지킬 여유가 있지만, 거울의 숲 길드 퀘스트의 경우 자신조차 지키기 힘겨운 판에 펫을 꺼낸다는 것은 미련한 행동이다.

진화를 하기 전의 펫은 아무런 능력이 없다고 봐야 하며, 도플갱어 같은 몬스터의 공격이라면 단 한 번에 죽기 때문이다.

만약 펫이 죽게 된다면 일주일간 소환할 수 없다는 패널티가 존재했다.

"음, 펫의 경험치는 잘 오릅니까?"

눈류가 궁금한 표정으로 물었다. 아직 자신은 펫을 얻지 못했기에 아는 부분이 별로 없었다. 그러자 일리아가 고개를 저으며 대답했다.

"잘 안 올라요. 이러다 언제 진화를 할 수 있을지… 그래도 사냥할 때 소환만 시켜놓아도 경험치가 오르니 그 부분에서 만족해야죠."

"그렇군요."

만약 펫이 사냥을 직접 해야 경험치와 숙련도가 오른다면 키우기가 정말 어려울 것이었다. 진화 전까지는 오히려 짐만 되는 존재이기 때문이다.

유저의 경험치를 가져가지는 않지만, 하루에 두 번 정도 소환해 음식과 물을 꾸준히 먹여줘야 했고, 소환을 하면 피로도가 빨리 쌓이기에 계속 신경 써야 한다.

그런데 사냥까지 해야 경험치와 숙련도가 오르는 시스템이었다면? 생각만 해도 짜증이 날 것이다.

눈류는 그나마 다행이라고 생각하며 재차 술을 가득 따라 마신 뒤 자리에서 일어섰다.

다른 일행들이 쉰다고 자신마저 쉴 수는 없었다. 해야 할 일이 있기 때문이었다.

"저는 카르엔 공작을 만나보고 오겠습니다."

공작이라는 NPC의 지위 때문에 눈류는 일부러 길드 채팅으로 말하였다. 그러자 일행들의 얼굴엔 아쉬운 표정이 역력했다.

카르엔 공작! 말이 공작 급이지, 시신 앙시라 불려도 다름없는 존재였다. 크로아 제국이 왕국으로 변하면서 실질적으로 모든 업무를 도맡은 장본인이었으며, 스스로 왕이 될 수 있음에도 불구하고 공작의 자리에 머물고 있는 NPC.

유저들은 얼굴 한 번 보기도 힘든 존재였다.

그렇기에 일행들은 내심 함께 가고 싶은 마음이 있었지만,

눈류가 혼자 다녀오겠다고 말하니 아쉬워도 토를 달 수 없는
노릇이었다.

"같이 가고 싶지만 저 역시 친분이 두터운 관계가 아니기에
이해를 부탁드립니다. 사실 만남 자체도 확신할 수 없는 부분
입니다. 기사의 후예가 되며 얼굴을 스친 것이 전부이기에."

일행들의 마음을 알아차린 눈류는 애써 웃으며 상황을 설명
하고는 곧 주점을 빠져나왔다.

"덥구나."

밖으로 나온 눈류는 살짝 더위를 느꼈다. 화염의 섬과 가까
운 크로아 왕국이기에 다른 나라보다 온도가 조금 더 높은 편
이었으며, 눈류는 시원한 물로 목을 축인 뒤 뛰기 시작했다.

카르엔 공작을 만나기 위해서는 걷거나 뛰는 수밖에 없었
다.

바로 이동되는 마법진이 없기 때문이었다.

물론 다른 방법으로도 이동이 가능했다. NPC들이 타고 다
니는 마차라든가 마법 스크롤 혹은 마법사들의 텔레포트 마
법, 마지막으로 유저도 탈 수 있는 말 등이 있었다.

하지만 말을 타기 위해서는 먼저 일정 시간을 투자해 타는
방법을 배워야 했고, 아쉽게도 눈류는 배우지 못한 상황이었
다.

그렇다면 뛰는 것이 나았다.

숙련도를 올리지 못한 유저가 말을 탄다는 것은 자살 행위
나 다름없었으며, 특히 산도 아닌 이런 길거리에서 탈 경우 다

른 유저들이나 NPC들에게 피해를 줄 수 있었다.

'몸이 최고지!'

피로도가 쌓이면 빵과 물을 먹으며 회복하고 오로지 달리기! 남들이 보면 무식하다 할지라도 눈류에게 있어서는 가장 좋은 방법이었다.

"하아, 다 왔군."

크로티아 성 근처에서 달리기를 시작한 지 어언 2시간이 흐르고 나서야 눈류는 거대한 저택 앞에 도착할 수 있었다.

입구에는 경비병들이 주변을 주시하고 있었는데 호흡을 진정시킨 뒤 눈류는 그들에게 접근했다.

"무슨 일이십니까?"

경비병이 사무적인 어투로 말했다.

"카르엔 공작님을 뵙고 싶어서 찾아왔습니다."

"약속을 하셨습니까?"

카르엔 공작 같은 이를 만나기 위해서는 신분도 필요하겠지만 약속이 가장 중요했다. 약속이 되지 않은 상대라면 비록 백작 등의 귀족이라 할지라도 마음대로 만날 수 없었다.

"약속은 하지 않았습니다. 하지만 뉴류라고 하면 아실 것입니다."

"눈류?"

경비병이 고개를 갸웃거렸다. 왠지 낯익은 이름! 곧 경비병의 두 눈이 놀란 토끼처럼 커졌다.

"서, 설마 기사님의 후예이신?"

자신을 알아보는 경비병으로 인해 표정이 밝아지는 눈류.

"네, 맞습니다."

"그, 그러시군요. 이렇게 뵙게 되어 영광입니다. 공작님의 지시가 있었습니다. 언제든지 눈류라는 분이 찾아오면 알려 달라고 하셨습니다."

"아!"

눈류는 진정 기뻐하며 탄성을 내뱉었다.

사실 만남 자체도 불확실했다. 퀘스트로 인해 안면을 익혔지만 공작과의 개인적인 친분은 없었기에.

그런데 자신을 신경 써주고 있었다니.

가면의 기사. 그의 존재가 더욱 부각되는 순간이었다.

끼이이익.

눈류는 처음 카르엔 공작을 만나기 위해 기다렸던 방으로 들어와 자리에 앉았다. 그러자 안내해 준 아름다운 시녀가 차를 따라주었다.

쪼르르르륵.

김이 모락모락 피어올랐으며 전체적으로 와인색을 띤 차는 달콤한 맛이었다.

'언제 오려나.'

시녀마저 나간 자리. 눈류는 한숨을 내쉬며 눈을 감았다.

현재 카르엔 공작은 왕궁에 있어서 잠시 기다려야 했다. 그래서 그 시간 동안 라스트 월드 세상이라 할지라도 명상을 하려는 것이다.

스으으으윽.

눈류가 명상을 시작한 지 40분 정도가 흘렀을 때 굳게 닫혀 있던 문이 열렸고, 기척을 느낀 눈류는 자리에서 바로 일어나 고개를 숙였다.

그러자 눈류와 만나기 위해 기사들도 대동하지 않고 들어온 카르엔 공작은 미소를 지었다.

"오랜만이군. 자네가 나를 먼저 찾다니… 그래, 황녀님의 위치를 알아낸 것인가?"

눈류는 쓰게 웃으며 고개를 저었다.

"죄송하지만 아직 황녀님의 위치를 찾아내지는 못했습니다."

"그래? 그렇다면 무슨 일이지?"

자리에 앉는 카르엔 공작. 그러자 어느새 나타난 시녀가 따스한 차를 따라주었고, 공작은 호기심 가득한 표정으로 눈류를 쳐다봤다.

"부탁드릴 것이 있습니다."

"부탁?"

"네, 왕궁 도서관을 이용하고 싶습니다."

"왕궁 도서관 말인가? 이유를 물어도 되겠나?"

공작의 깊은 눈빛을 쳐다보던 눈류는 고개를 끄덕이며 재차 말을 이었다. 숨길 만한 얘기도 아니었지만 거짓말은 애초에 하지 않는 것이 좋다.

"거울의 마녀를 동료들과 함께 처치하였습니다. 그런데 마녀의 유품 중 봉인된 상자를 열기 위해선 주문이 필요합니다.”

“그 주문이 적힌 책이 왕궁 도서관에 있다?”

“그렇습니다.”

카르엔 공작이 생각에 잠기자 눈류는 마음속으로 기도했다.

랜덤 아이템! 쪽박을 찰 수도 있겠지만 생각하지 못한 대박을 얻을 수도 있었다. 그 모든 것이 카르엔 공작에게 달린 것.

만약, 카르엔 공작이 안 된다고 하면 제아무리 눈류라 할지라도 도서관에 침범할 수는 없었다. 비록 레전드인 가면의 기사이지만 왕궁 기사들의 능력은 눈류를 훨씬 상회하기 때문이다. 아니, 당장 눈앞에 있는 카르엔 공작 역시 눈류보다 강했다.

“흐음.”

감겼던 카르엔 공작의 눈이 떠졌다. 무엇인가를 결심한 듯한 표정!

“자네… 혹시…….”

“네?”

눈류는 조마조마한 심정으로 카르엔 공작의 다음 말을 기다렸다.

제발, 제발, 제발.

“밥은 먹었는가?”

“…….”

잠시 휘청거린 눈류. 다급히 진정을 되찾으며 고개를 저었다.

"아직 먹지 못했습니다."

"그런가? 그럼 우리 함께 식사라도 하지 않겠나? 사실 내가 배가 고파서 그러네. 배가 고프니 생각도 잘 안 되고 말이야."

"네? 아, 알겠습니다."

거절할 이유가 없는 제안. 눈류는 바로 승낙을 하였다.

그러자 카르엔 공작은 마법 호출기를 눌렀고, 곧 미모의 시녀가 노크와 함께 들어왔다.

"부르셨습니까?"

"음식을 이곳으로 차려오게. 자네도 괜찮지?"

"네, 괜찮습니다."

식당이 아닌 테이블 위에서 음식을 먹는다는 것은 귀족들에겐 있을 수 없는 일이었지만, 카르엔 공작은 예외였다.

자유로운 귀족, 규율에 얽매이지 않는 자! 그가 바로 카르엔 공작이었고, 눈류는 공작의 새로운 모습을 발견하며 살짝 웃음을 흘렸다.

"어떤가?"

잠시 후 테이블 위에는 여러 음식이 차려졌지만 대부분 야채로 만든 스프나 요리였고 양도 적었다. 그리고 고기는 카르엔 공작과 눈류 앞에 각각 한 접시뿐이었다. 그것도 흔한 닭고기 요리로.

"맛있습니다."

눈류는 눈앞에 놓인 완두콩 스프를 한입 먹은 후 진심을 담아 말했다. 비록 재료는 소박할지라도 그 맛은 정말 일품이었고, 그 모습에 카르엔 공작 역시 활짝 웃으며 답했다.

"나도 그렇게 생각한다네. 특히 엘빗을 좋아하지."

엘빗은 현실에서 파와 비슷한 모양과 맛의 야채로, 살짝 바삭하게 튀겨서 나온 상태였다.

"자, 그럼, 일단 먹게나."

그 말과 함께 카르엔 공작은 음식에 집중했고, 눈류 역시 잊지 못할 놀라운 맛에 허겁지겁 먹어치웠다.

공작과 유저의 신분으로 만났지만 격식이란 존재하지 않는 둘이었다.

"왕궁 도서관이라… 좋네. 자네라면 출입을 허용하지. 단, 그곳에서 얻은 정보는 절대 밖에서 말하면 안 될 것이며, 자네가 필요한 정보만 봐야 하네."

"알겠습니다. 감사합니다."

눈류는 환하게 웃으며 고개를 끄덕였다. 다른 정보들도 탐이 났지만 어쩔 수 없다면 빠르게 포기해야 했다. 그리고 가장 중요한 마녀의 주문은 볼 수 있지 않은가?

"그리고 나 역시 부탁이 있다네."

"네?"

눈류는 의아한 표정으로 되묻는다.

"사실 안 그래도 자네를 부를까 생각했네. 일이 생겼는데 마땅한 적임자가 없어서 말이네."

"어떤 일인지……."

온몸을 휘어감는 불안감.

설마 또다시 레벨 업을 못하고 퀘스트에 매달려야 하는 것인가?

"브라크 마을을 아는가?"

"네."

눈류는 얼핏 지도에서 본 위치를 떠올리며 대답했다.

브라크 마을은 크로아 왕국 중앙에 위치한 작은 마을이었다.

"그곳에서 요즘 도둑놈들이 판을 치고 있다네. 돈은 물론 여자들마저 납치한다는 정보일세. 어떤가? 자네가 도둑놈들을 잡아보겠는가? 만약 이 일을 해결한다면 자네에게 좋은 정보를 줄 수도 있네. 그 어디서도 듣기 힘든 정보를……."

카르엔 공작의 말에 눈류는 고민에 빠졌다.

분명 비밀 퀘스트다. 그것도 공작이 주는 비밀 퀘스트! 거기에 좋은 정보라면… 게임에 큰 도움이 될 것이다.

그러나 문제는 역시 레벨 업인데…….

'좋게 생각하자. 길드 퀘스트 역시 레벨 업이 잘되었지 않은가.'

비록 현재까지는 레벨 업이 좋은 비밀 퀘스트를 얻지 못했지만, 모든 비밀 퀘스트가 그럴 것이라는 보장은 없었다.

그렇다면 놓치기 힘든 기회.

눈류는 마음을 결정하며 조심스럽게 물었다.

"거래입니까?"

이 일이 왕궁 도서관과 연결이 되어 있느냐는 뜻이었다.

"개인적인 부탁이라고 보면 되네."

표정이 부드러워지는 카르엔 공작. 눈류는 만족스런 미소를 지었다.

왕궁 도서관과 별개의 일이라면 자신도 거절할 이유가 없었고, 마음의 부담도 적었다. 만약 왕궁 도서관을 빌미로 한 거래라면 어차피 해야 하겠지만 실패하게 될 경우, 왕궁 도서관에도 들어가지 못하는 것이 아닌가?

"어떤가? 자네가 해보겠는가?"

[카르엔 공작의 비밀 퀘스트]

브라크 마을이 도둑들로 인해 눈물을 흘리고 있다. 어서 찾아가서 도둑들의 두목인 벨타를 처치한 뒤 카르엔 공작에게 돌아오자.

제한:카르엔 공작과 친밀도가 높은 유저.

혜택:비밀 정보.

―퀘스트를 수락하셨습니다.

생각할 것도 없이 퀘스트를 수락한 눈류.

"제가 하겠습니다."

그러자 카르엔 공작은 밝은 표정이 되어 입을 열었다.

"자네가 할 일은 그들 모두를 처치하는 것이 아닐세."

끄덕끄덕.

퀘스트 정보를 통해 이미 알고 있는 사실. 그래서 기분이 더

욱 좋은 상태였다. 도둑들 전체가 아닌 두목만 처치하면 되기
에.

　"아무리 자네라 할지라도 그들 모두를 상대하기에는 무리
네. 그러니 그들의 지도자만 없애면 되는 것이네."

　흔히 한 단체의 지도자는 큰 비중을 차지한다.

　어떤 지도자를 만나느냐에 따라 그 단체는 세상에 이름을
떨칠 수도, 혹은 아무도 모르게 사라질 수도 있다.

　그렇기에 도둑이라 할지라도 좋은 두목을 만나면 군대가 될
수도 있는 것이고, 그런 수장을 잃게 된다면 다시 오합지졸로
돌아가게 된다.

　왜냐하면 일차적으로 두목이 사라진 경우, 그만한 인물을
다시 찾기 힘들었고, 두 번째로는 분명 그 자리를 차지하기 위
한 내부 다툼이 생기기 때문이다.

　"그런데 문제는 접근 자체가 쉽지 않다는 것이네. 그래서 내
가 방법을 생각해 봤는데, 벨타가 여자를 밝힌다더군. 그리고
여자만이 벨타의 아지트로 함께 들어가 단둘이 있을 수 있네."

　"……."

　눈류의 표정이 자신도 모르게 굳어지기 시작했다. 알 수 없
는 불안감!

　그 모습에 왠지 사악해 보이는 미소와 함께 귓속말을 하는
카르엔 공작.

　"내가 생각한 방법이네. 그 방법이란……."

　카르엔 공작의 설명은 한참이나 걸렸고, 모든 말이 끝나자

눈류는 간절한 표정으로 공작을 쳐다봤다.

정말… 이렇게까지 해야 한다는 말인가?

"자네의 능력으로는 벨타를 이기기 힘드네. 그러니 그런 눈빛으로 보지 말게나. 나도 마음이 불편하다네…….”

'당신의 얼굴은 즐기고 있잖아!!'

눈류는 속으로 진심을 담아 외쳤지만 대놓고 말할 수는 없었다.

"후우우."

입 밖으로 터져 나오는 한숨.

"알겠습니다. 하도록 하죠.”

처음부터 결정된 상황. 포기하기에는 비밀 정보가 너무 탐이 났다. 공작 급 NPC가 주는 비밀 퀘스트라면 분명 흔한 보상이 아닐 것이다.

"이걸 받게나.”

카르엔 공작이 보라색 물이 가득한 포션 한 병을 내밀었다.

—성전환 포션을 습득하셨습니다.

—좌표 추적기를 습득하셨습니다.

"잊지 말게. 포션을 마시고 일주일 안에 일을 끝내야 한다는 것을.”

눈류는 재차 한숨과 함께 고개를 끄덕인 뒤 공작의 저택을 빠져나왔고, 발걸음을 돌려 일행들이 기다리는 주점으로 향했다.

‘살다 살다 별짓을 다하게 되는구나.’

요구르트 병만 한 포션을 만지작거리는 눈류의 표정이 슬픔에 물들었다. 그때 라일라에게서 들어오는 음성 채팅.

눈류는 의아한 표정으로 수락했다.

라일라는 평소 자신에게 음성 채팅을 잘 하지 않는 편이다. 퀘스트 혹은 다른 일이든 방해를 하기 싫은 마음 때문이다.

“라일라, 왜?”

“오빠, 아직 대화 중이세요?”

조심스럽게 묻는 라일라. 눈류는 라일라가 보이지도 않지만 온화한 표정으로 미소를 머금고 대답했다.

“아니, 끝났어. 지금 돌아가는 길이야.”

“그래요? 오빠, 저기… 오지 마세요.”

“어?”

“사실 저도 지금 힘겹게 도망쳤는데요. 오지 마세요…….”

“왜?”

“그, 그게. 사람들이 술에 너무 취해서…….”

뒷말을 듣진 않았지만 눈류는 대충 상황이 눈앞에 그려졌다.

“그렇군. 그래서 넌 어딘데?”

“지금 주점 앞에서 오빠 기다리고 있어요.”

“알았어, 그리로 갈게.”

“네!”

눈류는 실소를 흘리며 음성 채팅을 종료한 뒤 발걸음을 재촉했다.

"라일라."

"오빠."

눈류의 목소리에 고개를 돌린 라일라는 환한 표정이 되었고, 눈류는 그런 라일라의 머리를 쓰다듬어 주었다.

"오빠, 이제 뭐 하실 거예요?"

"나? 퀘스트하러 가야 하는데."

"그래요?"

시무룩해지는 라일라.

그 모습에 눈류 역시 마음이 편치 않았지만 퀘스트를 미룰 수는 없었다. 시간은 금이기에.

"자주 같이 있어주지 못해서 미안해. 대신 서버 점검 있는 날에 만나서 하루 종일 같이 놀자."

"정말요?"

순식간에 기뻐하는 라일라를 보며 눈류는 고개를 끄덕였다.

"그런데, 안은 어때?"

"그, 그게 직접 보시는 것이 이해가 빠를 거예요."

한숨을 내쉬는 라일라의 모습에 눈류는 어깨를 으쓱한 뒤 조심스럽게 주점 문을 열었다.

'커억!'

눈류는 눈을 비비며 다시 쳐다보았다.

"으하하하!!"

“훌라! 훌라!”

‘저, 저 사람들이!!’

주점 안의 풍경은 가관이었다.

윗도리를 벗은 채 훌라춤을 주고 있는 루크와 페르탄, 기적! 그 옆에서 안주를 마이크 삼아 노래를 부르는 레몬과 일리아!

그것도 자신들의 자리가 아닌, 주점 한가운데에서 쇼를 벌이고 있었다!

‘라일라가 도망친 이유가 있었군.’

라일라를 제외한 모두의 코와 볼이 붉은 것으로 보아 술에 취한 듯 보였고, 눈류는 실소를 흘리며 주점 문을 닫았다.

“대단하군. 새로운 만취 길드의 탄생인가?”

눈류의 말과 함께 웃음을 터뜨리는 라일라.

“이만 가보세요.”

애써 자신을 위해주는 라일라의 발언에 눈류는 고개를 끄덕였고, 곧 브라크 마을로 가기 위해 움직였다.

“형님! 엉덩이를 더 흔들어야 해요!”

술에 취해 일굴을 복숭이처럼 붉게 물들인 채 루크한테 조언을 하는 페르탄.

페르탄 역시 훌라춤을 그렇게 잘 춘다고 할 수는 없었지만, 그래도 30대보다 20대의 허리 놀림이 좋다는 것을 보여주고 있었고, 이미 술 취한 개 모드로 돌입한 루크는 진지한 표정으로 페르탄의 춤을 감상했다.

휘릭! 휘릭!

부드러우면서도 빠른 허리 놀림!

"오오!"

감탄하는 것은 루크뿐만이 아니었다. 술병 두 개를 양쪽 귀에 대고 머리를 흔들고 있던 기적 역시 놀람을 가득 담아 탄성을 내질렀다.

춤이라고는 볼 수 없었지만 허리 놀림 하나는 예술이었기 때문이다.

휘릭! 휘릭!!

시선이 집중되자 기분이 좋은지 페르탄은 병나발을 불며 더욱 열심히 허리를 돌리기 시작했고, 루크와 기적이 그의 뒤에서 함께 허리를 돌렸다. 또한 노래를 부르며 음주가무를 즐기던 레몬과 일리아 역시 그들의 옆에서 함께 추었으니… 마치 댄스 그룹과도 같은 모습이었다.

"하하, 우리, 팀 만들어서 가수해도 되겠는데요?"

얼마나 술을 마셨는지 말도 안 되는 소리를 해대며 페르탄은 연신 웃음을 지었고, 그 모습에 주변 유저들은 한숨을 내쉬었다.

주점이라는 공간이 원래 시끄럽고 시장 같은 분위기이기에 시비를 걸거나 싸움만 하지 않는다면 상관없었다. 오히려 그들에게는 재미있는 풍경이다.

그렇지만 춤이 너무 민망했다.

세 명의 남자, 그리고 두 명의 여자가 똑같이 허리를 돌리며 팅기고 있지 않은가!

술을 과도하게 마시면 인간이 어떻게 되는지 잘 보여주는 모습이었고, 유저들은 스샷과 촬영하기에 바빴다.

이런 재미난 광경을 혼자 볼 수는 없었다.

"어? 어르신한테 음성 채팅 신청이 왔다."

한참이나 허리를 돌리고 난 뒤, 주변 유저들의 박수를 받으며 자리에 앉아 술을 마시던 루크가 일행들에게 말했고, 곧 음성 채팅을 마치며 재차 말문을 열었다.

"지금 사냥하고 계시다는데 같이 하재. 어때?"

"좋죠!"

"좋지예!!"

"기적 오빠가 좋으면 나도 좋아요!"

"우리 페르탄, 자기가 가는 곳이면 어디든 함께!!"

루크의 표정이 심각하게 일그러졌다. 그러고 보니 자신을 제외하고는 모두 염장 커플! 어느새 라일라도 사라졌으며, 눈류는 아직 돌아오지 않고 있다. 더군다나 술 취하기 전에는 염장 수준에서 끝나던 애들이 이제는 서로에게 딱 달라붙어 아주 끈적거렸다.

'이런 상황에서도 염장 발언을 하다니!'

술로 인해 이성을 잃은 루크의 눈동자가 불타올랐다.

터벅터벅.

'어쩌지? 으음.'

라일라는 한숨을 내쉬며 힘없이 거리를 걷고 있었다.

로그아웃을 하자니 혼자서 별달리 할 일도 없었다. 레몬 역시 술을 마시며 라스트 월드를 하고 있기에.

그렇다고 다른 길드원들과 사냥하자니 그것도 마땅치 않았다. 루크와 일행들이 술에 취하면서 점점 짐승으로 변해 도망치지 않았던가? 그런데 다른 길드원들이라면… 언제나 술에 취해 플레이하는 만취 길드!!

'그, 그럴 수는 없어.'

세차게 고개를 젓는 라일라.

그나마 루크 등등은 가끔씩 짐승이 되지만, 길드 속 길드인 만취 멤버들은 언제나 짐승 모드로 거리를 활보했다.

'뭐, 혼자 해야지.'

라일라는 어깨를 으쓱하며 크로티아 성으로 발걸음을 돌렸다. 낯을 많이 가리는 성격 탓에 전혀 모르는 사람들 속에서 파티 플레이를 하고 싶지는 않았다. 그렇다면 방법은 솔로 플레이 하나뿐.

비록 치료에 특화된 직업이지만 공격 마법이 없는 것도 아니었고, 자신에게는 신성력이 존재했다. 그렇다면 언데드 몬스터들에게 더 큰 데미지를 입힐 수 있었다.

크로티아 성에 도착해 잠시 갈등하며 사냥터를 정하던 라일라는 곧 결심과 함께 마법진에 올라탔고, 잠시 후 더러운 숲에 모습을 드러냈다.

더러운 숲.

언데드 몬스터들이 주로 기거하는 숲이었으며, 깊은 곳으로 갈수록 강력한 언데드 몬스터들이 출몰했다.

그로 인해 여러 레벨 대에서 솔로 혹은 파티 플레이를 할 수 있었다.

'일단 길드 채팅을 제한하고.'

사냥을 시작하기 전, 라일라는 인벤토리에서 포션을 확인한 뒤 길드 채팅을 잠가 버렸다. 이러지 않으면 분명 자신을 찾을 것이고, 성격상 거절을 못하기에 어쩔 수 없었다.

적어도 길드원들이 술에서 깨기 전까지는 피할 생각인 것이다.

'오빠는 퀘스트하러 갔으니 음성 채팅도 잠가야지.'

눈류가 퀘스트를 시작하면 음성 채팅이 힘들다는 사실을 잘 알기에 음성 채팅까지 잠근 라일라는 기지개를 한 번 힘껏 켜더니 마법 지팡이를 꺼내 강하게 쥐었다.

언제나 레몬 혹은 길드원들과 사냥을 해왔고, 솔로 플레이는 처음이기에 긴장된 것이다.

"댐 브라스!"

"일루전!"

"파워 스크라이트!! 타합!"

키에에에엑!!

쿠아아아아악!!

입구 마법진에서 안을 향해 걸어가자 여기저기에서 사냥을 하는 유저들의 모습이 보였으며, 라일라 역시 뿔이 솟은 해골

모습에 붉은 검을 든 언데든 몬스터를 향해 빠르게 마법을 시
전했다.

"바인디! 블레이즈!!"

라일라의 외침과 함께 땅이 흔들거리더니 언데드 몬스터의
다리를 붙잡아 버렸고, 회전하는 바람의 칼날이 몸을 강타했
다.

키에에엑!!

그렇게 두 번의 공격이 이어지고 나서야 몬스터는 괴로움에
가득 찬 포효를 내지르며 바닥에 쓰러졌다.

라일라의 공격 마법은 뛰어난 편이 아니지만, 숲 입구라서
레벨 차이가 크게 나기 때문에 벌어지는 현상이었다.

그렇게 라일라는 한 마리씩 마법으로 처치하며 조금씩 전진
했다.

레벨 차이가 심한 몬스터는 잡아봐야 큰 도움이 되지 않기
때문이었다.

"으아아악!! 이 사악한 염장 몬스터들! 다 죽어버려라!!"

퍼억! 퍼억! 우지끈! 퍼퍼퍼펑!!

눈이 반쯤 풀린 채 침을 질질 흘리며 몬스터들을 학살하는
루크의 모습은 마치 악마를 보는 것 같았다.

그는 무엇에 그리 분노했는지 꼭 두 마리씩 붙어 있는 몬스
터들에게 염장이라 외치며 처절하게 구타하였고, 뒤에서 그
광경을 지켜보는 기적과 레몬, 페르탄과 일리아는 침을 꿀꺽

삼키며 눈치를 살폈다.

마치 자신들을 향해 말하는 것 같지 않은가!

"으하하! 다 죽어버려!! 커플은 사라져야 해!!"

퍼퍼퍼펑!

키에에에에엑!!

쿠오오오오오!!

누가 봐도 둘 다 수컷으로 보이는 외모의 몬스터들은 고통에 젖은 외침과 함께 죽음을 맞이했고, 루크는 굶주린 짐승처럼 주변을 두리번거렸다.

또 다른 먹잇감을 찾는 행동!

평소 순한 양 같던 루크의 모습은 더 이상 찾아볼 수 없었다.

'정말 술 취하면……'

'사람이 돌변하는구나……'

기적과 레몬은 눈빛만으로 서로의 의견을 맞추었다. 자신들 역시 술에 만취한 상태이며 제정신이 아닌 행동을 보이고 있었지만, 루크는 그런 그들에게도 범접할 수 없는 꼬장의 진수를 부리고 있었다.

"혀, 형님!!"

결국 보다 못한 페르탄이 나서며 루크를 붙잡았다. 하나 그럼에도 루크는 한동안 '몬스터! 너희들이라도 나와 함께 솔로로 지내자!' 라며 두 마리씩 붙어 있는 몬스터들을 학살했고, 일행들은 잠시 술이 깨는 것을 느끼며 다짐했다.

‘절대……’
‘루크 오빠 앞에서……’
‘염장을……’
‘지르지 말자!!’
서로를 쳐다보며 고개를 끄덕이는 넷!
하지만 지켜질 확률이 극히 낮은 결심이었으며, 발광하는
루크만이 그동안 얼마나 마음고생이 심했는지를 잘 보여주고
있었다.

스르르륵.
라일라는 발밑에서 무엇인가가 접근하는 것을 느끼며 황급
히 뒤로 물러섰다. 몬스터는 전체적으로 어두웠고 반투명했는
데, 라일라의 키와 비슷한 크기에 덩어리 같은 모습이었다. 얼
굴이나 팔 같은 것도 존재하지 않았고, 마치 젤리 같은 느낌을
주었다.
그것도 한두 마리가 아닌 총 다섯 마리였다.
‘치이……’
라일라는 애가 탔지만 위급하면 블링크를 쓸 생각을 하며
지팡이를 꽉 쥐었다. 처음 보는 몬스터들. 이곳까지 사냥을 하
면서 대충 파악되는 레벨은 200대 초반.
“정… 헉!”
정보라도 확인하려던 라일라는 자신을 향해 달려드는 몬스
터들로 인해 서둘러 뒤로 물러섰다.

스르르륵! 스르르륵!

믿기지 않는 속도로 뱀같이 달려드는 몬스터들!

촤아아악!

온몸에서 촉수 같은 것이 여럿 발출되었고, 라일라는 황급
히 실드를 생성했다.

"그레이트 실드!"

라일라의 외침과 함께 주변을 감싸 안는 빛의 결계!

파파파파팍!!

'허억!'

하지만 오래 버티지 못하며 곧 깨어졌고, 라일라는 황급히
공격 마법을 시전하며 거리를 벌렸다.

촤아아악!

"아아아악!!"

한순간의 방심! 아니, 뒤에서 리젠된 몬스터를 미처 파악하
지 못했다.

라일라는 어느새 뒤에 나타난 몬스터의 촉수에 어깨를 스치
며 신음을 흘렸다.

수르특!

피가 꽤 많이 흐르는 것이, 얕지 않은 상처인 듯했다.

데구르르르.

촤아아악!!

쾅쾅쾅!!

이리저리 촉수를 피하며 상처를 치료한 뒤 마법을 난사하는

라일라와 그에 맞서며 쉬지 않고 촉수를 움직이는 몬스터들.

그들의 전투는 이미 결과가 정해져 있었다.

라일라가 비록 평소보다 포션을 많이 챙겼다 하지만 그것은 평소와 비교했을 때이며, 이곳까지 오면서 대부분 사용을 한 상태였다.

'도망가야겠어.'

결국 체념하며 블링크를 시전하려는 순간이었다. 맞은편 숲속에서 사람들의 웃음소리가 들려오며, 짐승이라 착각할 정도로 빠르게 뛰어와 몬스터들을 공격했다.

"으하하하! 모두 죽어라!!"

왠지 낯익은 목소리와 모습.

"아저씨! 저의 버프를 받으세요!"

"오냐, 오냐! 만파, 이놈아. 뭐 하냐? 빨리 잡아라. 크하하!"

"으하하! 난 씹어 먹고 있다! 이놈! 껌 같구나!"

라일라의 표정이 창백하게 물들었다.

그들은 바로 술에 만취해 짐승 모드인 박하다와 만파, 진석과 라렐, 아린이었다.

'어, 어떻게 해!'

힘들게 루크와 일행들을 피해 도망쳤다. 그런데 더 큰 산…… 아니, 짐승 분들을 만나다니!

비록 몬스터들을 다 해치워 주는 것은 고맙지만, 만약 자신이 아닌 다른 사람이 사냥을 하는 중이었다면 엄연한 스틸이었다.

이 모든 것이 길드 속 길드인 만큼 길드를 보여주듯 그들 모두가 술에 취해 있다는 것을 뜻했고, 라일라는 그들이 몬스터에게 정신이 팔려 있을 때 블링크 마법을 시전하여 그 자리를 빠져나왔다.

술에 취한 길드원들과 함께하다가는 무슨 봉변을 당할지 알 수 없는 일!

그 착하고 얌전하던 라렐과 아린, 그리고 루크로 인해 미래를 충분히 예측할 수 있는 라일라였다.

하지만 행운의 여신은 라일라를 버렸으니…….

"으하하! 어! 라일라!!"

"……."

걸어온 방향으로 블링크를 사용하며 빠르게 이동하다 마나가 다 떨어져 회복을 하던 라일라는 울상이 되어 고개를 들었다.

"크하하! 여기 있었구나!"

"어디 갔었노? 채팅도 안 되던디!!"

"……."

그들은 바로 박하나와 만나기로 한 루그의 일행들이었고, 몬스터를 사냥하며 약속 장소로 이동하던 도중에 쉬고 있던 라일라를 발견한 것이다.

"크크크! 같이 가자!"

페르탄이 초점이 맞지 않는 눈으로 외쳤다.

아까 전, 루크의 모습을 보며 정신을 차렸던 것은 말 그대로 잠시였다.

한여름에 오싹한 것을 보면 일시적으로 서늘함을 느끼듯 페르탄 역시 잠깐 정신을 차렸던 것이며, 다시 술기운에 정신을 지배당한 상태였다.

아직 술이 깰 만큼 시간이 지나지도 않았지만 너무 많이 마신 탓이었다.

"또 도망치면 혼난다!! 히히!"

그리고 어깨를 꽉 부여잡고 협박 아닌 협박을 하는 레몬의 모습에 한숨과 함께 고개를 끄덕이는 라일라.

만약 또다시 도망을 친다면 가만두지 않겠다! 라는 눈빛을 보내고 있었기에 거절할 수도 없는 노릇이었다.

그렇게 라일라의 도피 사건은 짧은 시간 만에 체포되며 끝이 나버렸다.

Part 7
공작의 퀘스트

The knight of mask

지이이이잉.

마법진 위로 한 아리따운 여자가 모습을 드러냈다.

비단결 같은 붉은 머리카락을 허리까지 길렀으며, 매혹적인 붉은 눈동자와 새하얀 피부, 달걀형의 얼굴… 너무나 매혹적이었다.

키 역시 165㎝ 정도로 보기 좋았고, 몸매는 들어갈 곳은 들어가고 나올 곳은 나온… 환상 비율을 자랑했다.

라스트 월드 유저들이 워낙 미남, 미녀로 플레이를 하기에 크게 부각되지는 않지만 쉽게 눈을 돌리기도 힘든 수준이었다.

그런데 특이한 점이 하나 있었으니, 왜 그렇게 기분이 안 좋은지는 알 수 없지만 얼굴 가득 인상을 찌푸리고 있었다.

그녀는 바로 눈류였다.

'젠장, 이 영감탱이!'

눈류는 자신의 변한 모습을 쳐다보며 다시 한 번 속으로 욕설을 내뱉었다.

세상에! 아무리 게임이라 할지라도 여자로 변하게 되다니! 정말 별의별 일을 다 겪는 팔자였고, 눈류는 이젠 화내는 것도 지치는 듯 기운이 빠진 모습으로 터벅터벅 발걸음을 옮겼다.

'이제 시작해야 하나.'

마을의 입구가 가까워지자 눈류는 깊은 한숨을 내쉬었다.

그날 카르엔 공작과 많은 대화를 나누며 이렇게밖에 할 수 없다는 사실도 잘 알고 마음 역시 하라고 소리를 지르고 있었지만 몸이 쉽게 따라주지 않았다.

'하지만 보상이……'

결국 눈류는 분명 큰 보상일 것이라 생각하며 결심을 굳혔고, 주변을 둘러보며 무엇인가를 찾았다.

"저기 있군."

새하얗고 작은 손바닥에 가득 들어오는 짱돌!

휘익! 휘익!

눈류는 주변을 둘러보며 사람이 있는지 없는지를 확인한 뒤, 자신의 손으로 새하얀 원피스 형식의 천으로 만들어진 옷을 군데군데 찢어버렸다.

그러자 탐스러운 육체 일부분이 드러나고, 그것으로도 모자라 흙먼지가 가득한 바닥에 몸을 굴렸다.

휘익! 휘익!

1차 작업을 마친 눈류는 재차 주변을 경계했다. 다행스럽게도 브라크 마을은 유저들이 거의 찾지 않는 곳이었으며 NPC들도 마을 밖에서는 보이지 않았다.

촤아아악!

아무도 없단 사실을 확인한 눈류는 곧 마을 근처에 있는 풀숲에 뛰어들어 몸을 감췄다. 잠시 후면 촌장이 돌아올 시간이었기 때문이다.

카르엔 공작을 통해 많은 정보를 입수했기에 가능한 행동이었고, 눈류는 손에 짱돌을 쥔 채 촌장이 돌아오기만을 기다렸다.

공작의 계획대로라면 그냥 마을을 구하러 왔다고 해도 큰 문제는 없었다. 하지만 마을 안에 배신자가 있을 수도 있다 했기에 우연을 가장해서 잠입하려는 것이며, 계획의 개연성을 위해 촌장의 도움을 받아야 했다.

터벅터벅.

그렇게 풀숲에 숨은 지 10분 정도가 지났을 때, 눈류의 발단된 청각에 희미한 발소리가 들렸다. 한 명이 아닌 여럿!

'다크 쉐도우!'

스킬을 발휘한 눈류의 신형이 순식간에 마을 옆에 자리한 언덕 위로 이동하였다.

'이제……'

눈류는 슬픈 눈빛으로 손에 들린 짱돌을 쳐다보다 입술을 꽉 깨물었다.

결심을 한 모습!

원하지 않았다. 정말 더 이상 고통을 느끼고 싶지 않았다. 그것도 자신의 손으로 말이다!

하지만 세상은 냉혹했고, 퀘스트는 잔인했다.

결국 눈류의 손이 빠르게 움직였다.

빠가가각!!

'커헉!!'

눈류는 통증으로 인해 나오는 비명을 애써 삼키며 이마를 움켜잡았다.

주르르르륵.

얼마나 세게 쳤는지 자신의 바람대로 붉은 피가 흘렀고, 2차 전직을 하며 양이 많아진 피는 얼굴을 넘어 옷까지 적셨다.

'가자!'

굳은 표정의 눈류는 아주 큰 목소리로 외치며 아래를 향해 뛰기 시작했다.

"사, 살려주세요!!"

남자일 때와는 전혀 다른, 귀엽고 앙증맞은 목소리! 하지만 그 속에서는 위급함이 절절히 느껴졌으며, 촌장의 가족들이 볼 수 있는 위치에 도착했을 때는 바닥을 한 바퀴 굴러주는 센스를 발휘했다!

데구르르르!

"아흑, 사, 살려주……."

절정의 연기력!!

언덕에서 굴러 풀숲에서 몸이 반 정도 빠져나왔을 때, 떨리는 목소리로 간절하게 외치며 바닥에 털썩 쓰러졌다.

그러자 비명으로 인해 언덕에서 눈류를 발견하고 황급히 달려온 촌장과 가족들은 당황하며 서로를 쳐다봤다.

"뭐 하느냐! 빨리 업어라!"

흰 수염을 가슴까지 기른 촌장이 서둘러 말하자 아들로 보이는 50대의 중년인이 고개를 끄덕이며 눈류를 업었다.

그 곁에는 갈색 머리카락을 허리까지 기른 주근깨의 아름다운 촌장의 손녀가 함께하고 있었고, 눈류는 끝까지 기절한 척을 하며 촌장의 집 안으로 진입할 수 있었다.

차아. 차아.

기절한 척을 유지하며 침대에 누워 있던 눈류.

곁에서 수건을 물에 적시는 소리와 함께 이마에 시원한 느낌을 받았다. 물수건이 이마에 올려진 것이다.

"아직 일어나지 않았니?"

그때 검은 머리카락의 강직하게 생긴 한 중년인이 걱정스런 표정으로 들어왔다. 촌장의 아들인 파라였다.

그러자 파라의 유일한 혈육인 아로라는 안타까운 마음으로 고개를 끄덕였다.

"흐음, 마법사를 부를 형편도 되지 못하니 이 일을 어쩐다?"

파라는 눈류의 곁에 다가와 안타까운 목소리로 재차 말했다.

"일단 치료를 했으니 깨어나기만을 기다려야겠구나."

잠시 눈류를 바라보던 파라는 아로라를 향해 애써 웃으며 말했다.

너무 마음이 여린 딸이었다. 남의 일을 자신의 일처럼 생각하는 딸이었다. 분명 지금도 크게 걱정하고 있을 것이다.

그렇기에 일부러 위로의 말을 건넨 파라는 곧 낡은 나무 문을 열고 방을 빠져나갔고, 아로라는 눈류의 손을 붙잡았다.

무슨 봉변을 당했는지는 알 수 없었다.

하지만 온통 찢어지고 더럽혀진 옷과 심한 부상으로 인해 대단히 위급한 상황이었다는 것은 알 수 있었다.

'빨리 깨어나세요.'

아로라는 처음 보는 사람이었지만 자신의 지인처럼 걱정하며 곁을 지켰고, 그사이 눈류는 무슨 핑계를 댈까 고민하고 있었다.

'몬스터에게 당했다고 할까? 아니야, 아니야.'

이곳에 오기 전 카르엔 공작을 통해 대충 마을의 상황을 들었다. 그때 분명 이 근처에는 몬스터가 없다고 하였다. 그것이 유저들도 이곳을 찾지 않는 이유 중 하나였다.

퀘스트도 변변치 않은 곳인데, 근처에 몬스터도 없었으며 중요한 지역으로 가기 위해 거쳐야 하는 마을도 아니었다.

'흐음, 좋아. 그걸로 하자.'

잠시 고민 끝에 결정을 내린 눈류는 천천히 눈을 떴다. 이제 깨어나야 할 시간이었다.

"으음."

눈류의 입에서 작은 신음이 흘러나왔다.

그러자 곁을 지키고 있던 아로라는 걱정 반, 기쁨 반의 표정을 지으며 조심스럽게 말문을 열었다.

"정신이 드세요? 괜찮아요……?"

"으윽, 여, 여기가 어디죠?"

아주 힘겹게 깨어난 듯한 눈류의 연기는 일품이었다.

"이곳은 저희 집이예요."

"그렇군요……."

힘겨운 표정이었지만 그래도 정신을 차리고 두리번거리는 눈류의 모습에 아로라는 안도의 한숨을 내쉬며 옅은 미소를 지었다.

"아차, 이거 드세요."

아로라는 옆에 놓인 물과 흰색의 약을 눈류에게 내밀었다.

"상처 회복에 도움이 되실 거예요."

치료와 함께 모든 상처가 회복된 눈류였지만, 옅은 미소와 함께 고개를 끄덕인 뒤 약을 먹었다.

'며칠 동안은 붕대를 풀면 안 되겠군.'

이마의 붕대를 매만지며 눈류는 주변을 재차 주의 깊게 바라보았다.

낡은 초가집. 크샨의 집과 비교하기엔 양호했지만 그렇게 좋아 보이지는 않았다.

"그런데… 왜 이렇게 되셨는지 물어봐도 될까요?"

그때 아로라가 조심스럽게 물었고, 눈류는 준비했던 생각을 슬프고 겁에 질린 표정으로 풀어내기 시작했다.

"저는 크로티아로 가던 중이었어요. 평소 알고 지내던 남자 둘이 제 말을 듣고 함께 가준다기에 동행하던 중이었고요. 그런데… 그런데……."

일부러 말을 끊어주는 센스를 발휘하며 잠시 침묵을 지킨 눈류는 재차 말문을 열었다.

"갑자기 짐승처럼 돌변하며… 저를 덮쳤어요. 저는 너무나 놀라 손까지 물어뜯으며 반항했고, 만만치 않다고 느꼈는지 한 명이 저를 때렸는데 쓰러지면서 돌에 이마를 부딪쳤어요. 그러자 피가 흘렀고… 그들은 잠시 당황하더군요. 결국 전 그 사이에 힘겹게 도망쳤어요… 그들이 더 이상 따라오지 않는다는 사실도 모른 채 소리를 지르면서요."

온몸까지 부들부들 떨어주는 눈류.

그러자 아로라가 터져 나오려는 눈물을 애써 참으며 눈류를 끌어안았다.

여자로서 가장 치욕적이며 고통스러운 일!

더군다나 현재 마을에서도 그와 같은 일이 벌어지고 있지 않은가.

마치 자신의 일처럼 느껴지는 아로라였고, 막상 함께 끌어안고 있지만 속마음은 전혀 다른 눈류였다.

'이 여자도 루크 씨처럼 하염없이 좋은 사람이군.'

눈류의 시각에는 세상 살아가기 힘든 사람으로밖에 보이지 않았다.

"다 됐어요!"

"오오, 아로라… 네, 네가 웬일로 요리를 한 것이냐?"

"그, 그러게 말입니다."

조촐한 식탁과 음식들.

그 주위에는 촌장인 타라와 아들 파라, 그리고 눈류가 앉아 있었다.

"오랜만에 솜씨 한번 발휘해 봤어요!"

하염없이 순박한 미소를 터뜨리는 아로라. 하지만 함께 웃고 있는 타라와 파라의 표정은 썩 좋아 보이지 않았고, 눈류는 그 모습에 불길한 과거가 스쳐 지나갔다.

'서, 설마… 일리아처럼 극악한 요리 솜씨?!'

그때 타라와 눈빛을 마주친 파라가 맛있는 냄새를 풍기는 노란 죽을 눈류에게 내밀었다.

"많이 먹어야 빨리 낫습니다. 어서 드세요."

얼굴 가득 인자한 미소를 짓고 있지만 눈류의 예상이 확신으로 변했다.

자신을 이용해서 맛을 테스트하겠다는 뜻!!

'제, 젠장.'

마치 실험용 동물이 된 기분을 느끼며 눈류는 한숨과 함께 숟가락을 쥐었다. 하나 부들부들 떨리는 손은 막을 수 없었고,

마치 수전증에 걸린 듯 힘겹게 목구멍으로 넘겼다.

'하악!'

잠시 가슴을 부여잡는 눈류.

'하악!'

순간적으로 여자가 된 사실을 잊고 있다가 물컹한 느낌에 재차 놀라며 손을 뗐다.

'제, 젠장.'

눈류는 아로라를 쳐다보았다. 정말 화가 났다. 적어도 일리아는 자신의 요리 솜씨가 형편없다는 사실은 알고 있었다!

하지만 아로라는 달랐다. 타라와 파라의 반응으로 봐서는 분명 지금까지 맛있다고 해줬을 것이다.

그래서인지 아로라 역시 기대에 가득 찬 시선을 보내고 있었다. 맛을 평가해 달라는 무언의 압박!

그동안의 경험으로 쉽지는 않았지만 표정 관리를 기적적으로 하고 있었던 눈류. 환하게 웃으며 재차 스프를 퍼 먹었다. 그리고는……

"정말 맛있군요!"

해맑은 표정! 반짝거리는 눈동자! 순수한 얼굴!

그 어디에도 거짓은 찾아보기 힘들었고, 아로라는 기쁜 얼굴로 파라와 타라를 쳐다보았다. 마찬가지로 먹고 평가를 해 달라는 모습!

'정말…….'

'맛있다는 말인가!'

눈류의 예상을 벗어난 평가에 타라와 파라는 서로를 바라보다 한 스푼 가득 펐다. 배가 고팠다. 평소라면 조심스럽게 맛을 보겠지만 손님이 먹고 맛있다고 하지 않았던가?

아로라의 요리 솜씨는 익숙한 자신들도 견디기 힘들 정도인데… 평소의 맛이라면 절대 저런 평가를 할 수 없을 것이다.

그렇다면 단 하나뿐!

'오늘 요리는…….'

'정말 맛있나 보구나!'

꿀꺽, 꿀꺽!

밝은 표정으로 한입 가득씩 퍼 먹은 타라와 파라!

'으윽.'

'허억!'

예상치 못한 맛에 눈류를 쳐다봤다가 곧 애써 웃으며 아로라를 바라봤다.

"마, 맛있구나!"

"그래, 정말 맛있어!"

그 모습을 보며 눈류는 마음속으로 미친 듯 웃었다.

'크크큭, 나 혼자 당할 것 같냐?

상대를 잘 파악하지 못했던 타라와 파라의 실수였다.

"하아~"

짙은 어둠이 내린 저녁. 눈류는 밖으로 나와 빛을 뿜어내는 달을 쳐다봤다.

타라와 파라를 한 번 더 고생시키기 위해 일부러 아프다며 방으로 돌아가 누워 버렸다. 그러자 먼저 일어서려던 타라와 파라는 어쩔 수 없이 자리에 앉아 남은 음식을 모두 먹어야 했다.

힘겹게 만들었는데 자신들마저 먹지 않는다면 아로라에게 너무나 미안하기 때문이었다.

그렇게 한참 침대에 누워 있다 밖으로 나와 달을 바라보던 눈류는 마을을 돌아다녔다.

보통 시골을 연상하게 하는 작은 마을이었다.

정확히 파악하기 힘들었지만 100가구도 되지 않는 촌동네란 것은 정확히 알 수 있었다.

'그런데 왜 이런 마을을 터는 것이지?

생각에 잠기는 눈류.

퀘스트를 위한 스토리이기에 굳이 깊게 파고들 필요는 없지만 분명 이유가 있을 것이다. 그렇지 않고서야 그렇게 철저하고 뛰어난 도둑 집단이 이런 작은 마을을 노릴 이유가 없었다.

누가 봐도 돈도 없는 곳이었고, 여자들 모두가 빼어난 미모를 자랑하는 곳도 아니었다.

물론 잡혀간 여자들 중 아로라처럼 예쁜 이들도 있을 수 있겠지만 어디든 마찬가지였다. 당장 큰 마을이나 도시에만 가도, 수많은 NPC들이 미모를 자랑하고 있지 않은가?

'뭐, 생각해 봐야 답이 나오는 것도 아니고.'

이곳저곳을 돌아다니며 생각에 잠겼던 눈류는 곧 어깨를 으쓱하며 촌장의 집으로 발길을 돌렸다.

밖으로 나오기 전, 아로라를 통해 상처가 다 나을 때까지 이곳에 있어도 된다는 말을 들었기 때문이다.

짹짹짹짹.

참새의 울음소리와 함께 눈류는 게임에 접속했다.

현실에서 졸린 것도 이유였지만 결정적인 것은 바로 함께 자려고 하는 아로라 때문이었다.

잘사는 형편이 아니기에 손님 방이 없었으며, 눈류가 여자의 모습을 하고 있기에 아로라로서는 당연한 발언이었지만, 눈류의 입장에서는 또 달랐다.

아무리 게임이고 NPC라지만 다른 여자와 잠을 자다니! 그것도 그녀는 자신을 여자로 알고 있지 않은가?

그럴 수는 없었다.

그렇기에 눈류는 아로라가 잠든 틈을 이용해 촌장의 집에서 조금 떨어진 곳으로 벗어나 로그아웃을 하였고, 현실에서 한숨 잔 뒤 들어온 것이다.

'뭐라 하겠군.'

눈류는 쓴웃음을 지으며 발걸음을 옮겼다.

잠든 사이에 없어진 것을 알면 그 성격에 분명 걱정하고 있을 것이 뻔했다.

아로라에게 자신은 연약하고 상처도 낫지 않은 여자일 뿐일 테니.

'빨리 가봐야겠군.'

눈류는 발걸음을 재촉하며 촌장의 집으로 향했다.

그러자 입구에 나와 있는 아로라의 모습이 보였고, 잠시 후 눈류를 발견한 아로라는 걱정과 화가 교차한 얼굴로 말했다.

"어디를 갔다 오신 거예요?"

"네? 아… 산책 좀 하고 왔어요."

"에휴, 얼마나 걱정했는지 아세요? 몸도 안 좋으신데 산책이라뇨… 그리고 어디를 갔다 오셨길래 이렇게 오래 걸려요?"

"그냥 가만있으려니 답답해서 좀 멀리……."

애교 가득한 웃음을 발휘하는 눈류. 현실 시간이 3배가 적용되는 라스트 월드이기에 6시간밖에 자지 않았지만, 이곳에서는 18시간이 지난 상황. 산책이라고 하기엔 너무나 긴 시간이었다.

그러자 상황을 회피하려는 미소란 사실을 알면서도 아로라는 한숨을 내쉬더니 함께 웃어주었다. 돌아온 것만으로도 다행이기에…….

"알겠어요. 혹시나 해서 제가 음식을 남겨놨으니 어서 들어와서 드세요."

밝던 얼굴이 한순간에 일그러지는 눈류였다.

그렇게 시간은 하루 이틀 지나갔다. 어느덧 눈류가 촌장의 집에서 머무른 지 3일째.

그동안 눈류는 로그아웃을 하지 않은 채 낮에는 아로라를 도와 집안일도 하였고, 밤에는 아로라가 잠들면 다른 지역으로 가서 몬스터를 사냥하다 아침이 되기 전에 다시 돌아왔다.

"언제쯤 오려나……."

지옥 같은 저녁 음식을 먹고 먼저 방으로 들어와 휴식을 취하던 눈류는 자신도 모르게 중얼거렸다.

포션의 유효 기간은 일주일.

이제 4일밖에 남지 않은 상황임에도 도둑들은 나타나지 않았고, 점점 눈류는 초조해졌다. 그렇다고 시간이 끝나기 전에 자신이 직접 찾아갈 수도 없는 노릇이다.

아지트의 위치 자체를 모르기에.

'아무도 모른다라…….'

한숨을 내쉬는 눈류.

며칠이란 시간이 흐르는 동안 자신이 먼저 아로라와 친해지기 위해 노력했고, 그 결과 여러 사정들을 듣게 되었다.

그 사정은 도둑들에 관한 것이 대부분이었는데, 아로라는 물론 마을 사람들 모두가 그들의 정체를 모른다고 하였다.

그들이 처음 나타난 것은 다섯 달 전. 검은 복장 일색이 한 남자가 찾아와 돈을 요구했다고 한다.

그러자 촌장을 비롯한 마을 사람들은 당연히 거절했고, 남자는 웃으며 돌아갔다.

그날 저녁 다시 찾아온 남자. 그 수가 다섯 명으로 늘어난 것을 제외하면 다른 점은 없었으며, 마찬가지로 매달 돈을 상납하기를 요구했다.

그 모습에 마을 사람들 역시 똑같은 태도로 거절하였고, 그 날 밤 피가 마을을 덮었다.

몬스터라 해도 이렇게 강하고 잔인하지는 못할 것이다.

수많은 청년들이 각자 무기를 들고 덤벼들었지만 다섯 남자는 아무런 상처도 입지 않고 그들 모두를 죽여 버렸으며, 결국 촌장은 돈을 건네주었다.

하지만 포기한 것은 아니었다.

비록 작고 힘없는 마을이라 할지라도 분명 누군가 도움을 줄 것이라 믿었다.

하나 그것은 마을 사람들의 헛된 기대였다.

영지에 전혀 도움도 안 되는 작은 마을.

그들을 도와줄 이는 존재하지 않았고, 영주나 귀족들에게는 귀찮은 일일 뿐이었다.

결국 처절하게 버림받은 브라크 마을은 결심하게 되었다.

정체를 알 수 없는 도둑들은 매달 상납을 요구했다. 하지만 마을에는 그럴 여유가 존재하지 않았다.

하루 벌어 하루 먹기 바쁜 가난한 마을에서 무슨 돈이 있겠는가?

그래서 맞대응을 결심했으니, 바로 용병들을 모집한 것이었다. 모두가 힘을 합쳐 모은 돈으로 꽤 많은 수의 용병을 불러들였다.

그런데 문제가 생겼으니, 도둑들의 실력이 용병들을 뛰어넘는다는 것이었다. 어떻게 알았는지 이전과 달리 100명이 넘는 도둑들이 마을에서 쉬고 있는 용병들을 기습하였고, 자신들만 믿으라던 용병들은 단 한 명도 살아남지 못했다.

그리고 마을 사람들은 더욱 큰 곤혹을 치러야 했다.

조건이 돈과 함께 매달 젊은 처녀를 바치라는 것으로 변경된 것이다.

촌장은 안 된다고 외쳤지만 그들은 피도 눈물도 없었고, 할 수 없다고 대답할 때마다 한 명씩 목숨을 잃었다.

결국 마을 사람들은 도둑들의 힘 앞에 무릎을 꿇을 수밖에 없었다.

그런 그들에게 기적이라 말할 수 있는 것이 있다면 바로 카르엔 공작을 아는 이가 이 주변을 지나가다 정비를 위해 마을에 들른 것이었으며, 그 사연을 안타깝게 생각한 그가 카르엔 공작에게 알린 것이다.

그 결과 카르엔 공작은 기사 몇과 병사들을 파견시켰다. 그러자 어떻게 알았는지 도둑들은 더 이상 나타나지 않았고, 한 달 동안 헛되이 시간을 보낸 기사와 병사들이 돌아가자 다시 모습을 드러냈다.

그리고 이번에는 여자들까지 포함해 많은 이들이 목숨을 잃었다.

그 후, 벌써 세 명의 처녀가 상납이란 이름으로 끌려간 상황이었고, 언제나 단 한 명이 찾아와 처녀를 데리고 마법 스크롤로 사라진다고 하였다.

그래서 아무도 그들의 아지트가 어디에 있는지 모르는 것이었다.

'공작도 답답했겠군.'

마을의 사정이 안타까워도 많은 기사나 혹은 마법사들을 보내기가 힘들었을 것이다.

공작이란 위치는 전체를 봐야 한다. 특히 기사와 마법사들은 그 수가 많지도 않은 고급 병력이었으며, 보내봐야 나타나지도 않으니 이러지도 저러지도 못했을 것이다.

더군다나 마법진을 그려서 이동하는 것이 아닌, 마법 스크롤을 사용했기에 위치 추적도 불가능했다.

그리고 워낙 많은 일을 처리하는 카르엔 공작이었기에 브라크 마을만 신경쓸 수도 없는 노릇이었으며, 그런 순간에 자신이 찾아갔으니 잘됐다 싶은 심정으로 일을 맡긴 것이다.

카르엔 공작은 성전환을 감수할 수 있으며 실력이 되고 믿을 수 있는 이를 원했으니 말이다.

'나쁠 것은 없지.'

눈류는 복잡한 생각을 털며 자리에서 일어섰다.

공작과 자신은 거래를 한 것이다. 서로가 서로에게 좋은 거래를 말이다.

공작은 일을 해결할 수 있게 되었고, 자신은 게임을 플레이하는 데에 있어서 좋은 정보를 얻게 될 것이니.

'나머지는 상관없어.'

어차피 모든 것이 설정.

아무리 비극적이고 참혹한 상황이라도 크게 신경 쓰지 않았으며, 보상에 따라 마음씨 좋은 천사가 되기도, 차가운 악마가 되기도 하는 눈류였다.

"유아!!"

눈류는 문을 나서다 움찔하며 아로라를 쳐다본다.

유아는 이름을 묻는 아로라에게 가짜로 알려준 이름이었다.

"저기 제가 피곤해서……."

"피곤한 사람이 어딜 나가려고 그래?!"

"아니, 그게……."

눈류의 이마에서 식은땀이 맺혔다. 아로라가 왜 저러는지 잘 알기 때문이다.

'어떻게 같이 씻겠니…….'

친해진 후 몇 번이나 같이 씻자고 조르던 아로라. 외동딸로 살아왔기에 동생과 함께 씻는 것이 평소 바람 중 하나였고, 눈류를 자매처럼 생각하고 있었다. 하지만 눈류의 입장에서는 절대 그럴 수 없었다.

비록 현재의 체형은 여자일지라도 원래는 자신은 남자가 아닌가! 번한 자신의 일품도 아직 본 적이 없었다.

"저는 아직 부상도 다 낫지 않았고……."

눈류는 부상 부위를 손으로 가리키며 귀여운 표정으로 동정심을 호소했다. 하나 그것도 먹히지 않았으니…….

"부상 부위에는 물 안 닿게 하면 돼. 넌 좀 씻어야 해. 벌써 며칠째야? 여자가 그러면 안 돼. 너 혼자 씻게 하면 분명 대충 대충 할 것이니… 이리 와. 같이 씻게.”

아로라가 눈류의 손을 붙잡고 주위를 나무로 대충 가린 우물로 끌고 갔다. 그러자 눈류는 당황했다. 이러다가는 정말 같이 씻어야 될지도 모르는 일!

“어, 언니!”

파앗!

나무판 안으로 들어간 눈류는 일단 손을 뿌리쳤다.

그러자 아로라의 눈가가 촉촉해졌다.

‘후우~’

절로 한숨이 새어 나오는 눈류.

그동안 가까워지면서 대충 아로라의 성격 파악을 한 상태였다. 한마디로 루크처럼 착한 사람이었고, 하나가 더 추가되었으니 바로 울보라는 점이다.

아무렇지 않게 내뱉은 말에도 신경을 쓰며 걱정하는, 자신보다 남을 생각하며 혼자 상처받는 그런 사람.

‘오늘따라 왜 이러는 거야?

뚱한 표정의 아로라를 쳐다보던 눈류는 결국 고개를 끄덕였다. 아로라가 이렇게까지 나온다는 것은 자신을 너무나 씻기고 싶다는 뜻이고, 사실 어려운 일도 아니었다.

단, 한 가지 조건을 걸어야 했다.

“저 혼자 씻을게요.”

“왜? 내가 싫어?”

“아니요. 그런 것은 아닌데 그냥 부끄러워서 그래요. 그러니 이해해 줘요."

"흐으으음!!"

아로라의 눈빛이 새침해졌지만, 눈류는 혀까지 살짝 내밀며 귀여운 표정으로 간절하게 쳐다보았다. 그 모습에 아로라는 잠시 움찔했고, 곧 고개를 도리도리 저으며 환한 웃음과 함께 대답했다.

"알았어. 대신 구석구석 잘 씻어야 해!"

그동안 눈류가 안 씻은 것이 정말 싫었던 듯 아로라는 손가락까지 내밀며 확답을 받기 위해 노력했고, 눈류는 그렇게 하겠다는 대답과 함께 겨우 혼자 씻을 수 있었다.

물론 밖에 있는다 할지라도 서로의 얼굴이 보이는 형식이었지만.

스르르르륵.

눈류는 하얗고 두꺼운 천과 같은 옷을 벗었다.

아로라가 입던 옷이었는데 눈류의 몸에 딱 맞았고, 옷이 벗겨지자 새하얀 알몸이 드러났다.

만약 다른 남자들이 봤더라면 눈이 뒤집힐 만큼의 아름다운 광경이었지만… 눈류는 보지 않기 위해 노력했다.

'하아~ 이게 뭔 꼴이람.'

밖에서 열심히 씻어야 된다며 감시하는 아로라의 목소리와 함께 실소를 흘리는 눈류.

'많은 것을 경험하게 해주는군.'

눈류는 웃음을 머금으며 둥근 바가지를 이용해 물을 가득 퍼 올렸다. 그리고 몸 위에 쏟아 붓자 시원함이 느껴졌다. 하지만 손으로 몸을 씻지는 않고 물만 몸에 퍼붓는 격이었다.

아무리 게임 상황에 현재 자신의 육체이지만 만지기 불편한 것은 어쩔 수 없었고, 까치발로 그 모습을 몰래 지켜보던 아로라는 양팔의 소매를 걷어붙이며 나무 문을 벌컥 열고 안으로 들어섰다.

막 눈류가 물을 머리카락에 뿌리려던 시점이었다.

"컥!"

눈류는 예상하지 못한 상황에 다급히 손으로 한 곳을 가렸다.

그러자 의아한 표정이 되는 아로라.

'아… 난 지금 여자이지.'

뒤늦게 양손으로 위아래를 가리며 말하는 눈류.

"왜, 왜 들어오셨어요?"

"네가 물만 뿌리고 씻지를 않으니까. 이리 와!"

스르르륵.

아로라는 말을 마치자마자 자신의 옷을 거침없이 벗었고, 눈류는 황급히 고개를 돌렸다.

"여자끼리 왜 그래? 부끄러워?"

알몸의 아로라가 다가오자 눈도 뜨지 못한 채 눈류는 고개를 끄덕였다. 그렇다고 이런 차림으로 도망가기도 뭐한 상황이었다.

"괜찮아. 언니라 생각하라고 했잖아. 자매는 같이 씻기도 하는 거야."

아로라의 부드러운 손길이 느껴졌다. 그러자 붉게 달아오르는 눈류의 얼굴.

"빠, 빡빡 씻을게요!"

눈류는 그 말과 함께 혹여나 아로라가 씻겨주기라도 할까 봐 온몸을 손으로 박박 밀었다.

물컹물컹.

이전 자신의 육체와는 다른 느낌에 계속 신경이 쓰이고 식은땀마저 흐를 지경이었지만, 어쩔 수 없기에 최대한 빨리 끝내자는 생각으로 마무리를 했다. 만약 퀘스트로 인한 작전만 아니었다면 뿌리치고 나갈 수도 있었겠지만, 아직은 좋은 관계를 유지해야 했다.

그러자 그런 눈류의 모습에 아로라는 온화한 표정으로 미소를 지었다.

며칠이란 시간밖에 지나지 않았지만 평소 여동생을 그리워하던 아로라였기에 눈류에게 많은 정을 주고 있었고, 그런 모습이 하염없이 귀엽기만 하였다.

촤아아악.

눈류가 순식간에 씻고 나가자 차가운 물을 몸에다 뿌리며 아로라는 계속 수다를 떨었고, 눈류는 밖으로 나와 나무에 등을 기댄 채 경청하였다.

"그래서… 아저씨랑 내가 어떻게 했냐면… 푸픕, 재미있지?"

눈류의 고개가 끄덕여졌다. 비록 얼굴은 웃고 있지 않았지만 아로라가 볼 수 없기에 상관없었다.

"그런데 아저씨도 웃긴 게……."

"언니."

그때 눈류가 아로라의 말을 끊으며 말문을 열었다.

"언니는 왜… 떠나지 않았어요?"

그 말과 함께 더 이상 물소리는 들리지 않았고, 잠시 동안의 정적만이 둘을 지배했다.

눈류가 이런 질문을 한 것은 어쩌면 아로라와 가까워져서인지도 모른다. 게임이고 NPC라 하지만 감정이 생기지 않는 것은 아니다.

온라인 게임에서 서로의 얼굴을 보지 않고 캐릭터로만 함께 해도 감정이 생기지 않는가.

물론 눈류의 입장에서는 큰 감정이 아니다. 그냥 알게 된 존재, 그 정도뿐. 하지만 답답한 것은 어쩔 수 없었다.

게임이 만들어지며 성격 역시 설정된 것이라지만 모두가 떠난 마당에 자신 혼자 지키고 있다니?

눈류가 마을을 돌아다니며 특이하다고 생각한 점이 바로 여자가 없다는 것이었다. 아니, 여자가 없다는 것보다는 처녀가 없다는 말이 정확했다.

어린애들과 아주머니들을 제외하면 젊은 여자는 아무도 없는 상황이었다. 그것은 당연했다. 도둑들에게 여자를 바치고 있는데 남아 있을 리가 없지 않은가.

그런데 아로라는 남아 있었다. 자신이 바쳐질 수 있다는 것을 알면서도 말이다.

"내가 할 수 있는 유일한 일이잖니……."

아로라의 목소리가 바람에 실려 눈류의 귀를 간지럽혔다. 착한 사람. 너무나 착해서 화가 나게 하는 사람.

"난 아무것도 할 수 없었어. 마을 사람들이 죽어가는데… 다른 이들이 끌려가는데… 나는 단지 바라만 볼 수밖에 없었고, 그것이 싫었어. 나에게 힘이 있다면… 나에게 힘이 있다면… 모두를 도와줄 수 있을 텐데… 하지만 다 마음뿐이었지."

어쩌면 바라만 볼 수밖에 없는 이가 더 슬픈 것인지도 모른다.

"하나둘 아는 친구, 동생, 언니들이 점점 떠났어. 그래도 난 그들을 붙잡을 수 없었어. 남아 있으면 어떤 꼴을 당할지 잘 알기 때문에… 그렇게 시간이 흐르자 어느새 내 또래는 아무도 없더라. 그래서 나만이라도 남아 있자고 다짐했지. 나마저 떠나면 그 보복은 마을 사람들에게 돌아갈 테니… 이렇게라도 내가 할 수 있는 일을 하자고… 한 달이라도 마을 사람들이 편하게 살 수 있도록……."

재차 흐르는 침묵. 아로라는 다시 말문을 열었지만 메인 목소리였다.

"헤헤, 바보 같은 소리를 했네. 이제 얼마 남지 않은 것 같아… 나 잘하는 걸까?"

아로라는 알고 있었다.

눈류가 떠나든 자신이 잡혀가든 이제 얼마 남지 않았다는

사실을… 그래서 오늘 더욱 함께하려고 했던 것인지도 모른
다.

그 생각이 들자 눈류의 입에서 쓴웃음이 나왔다.

다혈질에 마음대로인 자신. 그런데 간혹 쓸데없는 감정에
휘둘리고는 했다. 지금도 기분이 좋지 않았다. 단지 NPC의 스
토리 때문에.

'정신 차리자.'

스스로를 다잡는 눈류. 감정의 남용은 삶에서든 게임에서든
좋지 않다. 물론 감정을 스스로 컨트롤하기는 어렵다. 사랑이
라는 신의 축복이자 저주만 봐도 그렇지 않은가.

하지만 이렇게라도 해야 한다. 마인드컨트롤. 비록 효과는
미미할지라도 안 하는 것보단 낫기 때문이다.

"누군가 그런 말을 했어요."

"응?"

눈류의 시선이 하늘에 머무른다.

─죽고 싶을 때… 너무나 죽고 싶을 때, 하늘을 쳐다봐. 살
고 싶었던 자들의 눈물이 흐를 테니.

"비록 오늘이 힘들지라도 다른 이에게는 모든 것을 줘서라
도 바꾸고 싶은 하루라고. 그 하루가 슬픔과 절망에 가득 차
있어도 그 다음날은 그들이 바라던 소중한 하루가 될지도 모
르는 법이라고."

아로라는 아무런 대답을 하지 않은 채 눈류의 말에 귀를 기
울였다.

"많이 힘드시겠죠. 하지만 그 아픔이 언제까지나 지속되지는 않아요. 언젠가는 꼭 웃을 수 있을 거예요. 그러니 쓰러지지 말고, 포기하지 말아요. 그렇다면 떠오르는 태양을 볼 수 있을 테니."

"그래……."

가까이에서 들리는 목소리에 눈류는 고개를 돌렸다. 그러자 눈물이 가득 맺혔지만 웃고 있는 아로라의 모습이 보였고, 자신 역시 함께 웃어주었다.

"하늘을 볼까?"

눈류의 말을 학습이라도 하듯 하늘을 향해 고개를 드는 아로라.

위에는 나무가 없기 때문에 별들이 반짝이는 하늘이 시야에 들어왔고, 곧 두 눈을 감았다.

'살고 싶었던 자들의 눈물……'

한 번도 생각하지 못했던 부분이다.

모두가 괴롭고 힘들다고 하는 일상. 그런데 세상을 떠난 사람들에게는 그 하루조차 축복이란 생각이 들자… 더욱더 힘을 내서 이겨내야 한다는 다짐이 들었다.

투투툭.

아로라는 빗방울을 느끼며 눈류를 쳐다보았다.

"비가 내리나 봐. 아니, 그들의 눈물일까?"

그런데 눈류의 표정이 이상했다. 보였기 때문이다. 스텟 심안이 아니더라도 이렇게 가까운 위치라면 볼 수 있었다.

빗방울이… 빗방울이…….

"언니… 새똥이에요……."

"……."

다음날 아침, 식탁에는 새 구이가 올라왔다.

그날 오후, 마을이 소란스러워졌다. 도둑 집단에서 심부름꾼이 왔기 때문이다. 마을 사람들은 도둑 집단에서 찾아오는 이를 심부름꾼이라 칭했고, 다급히 회의가 열렸다.

회의는 타라를 중심으로 연장자들이 모두 모인 상태였고, 아로라에 대해 토론을 펼치고 있는 중이었다.

"보내야 합니다! 안 그러면 모두가 죽어요!!"

푸른 머리의 듬직한 체형을 소유한 아사가 외치자 많은 이들이 동의하며 고개를 끄덕였다. 그러나 타라는 차마 그럴 수 없었다.

알고 있다. 아로라를 보내야 모두가 한동안만이라도 편해질 수 있다는 사실을. 그리고 그것이 유일한 방법이라는 것도.

더 이상 자신들에게는 돈도 존재하지 않았다.

하지만… 유일한 손녀딸이기에 결정을 내리지 못하는 것이다.

이성과 감정! 그 사이에서 타라는 아로라를 쳐다봤다. 원래 아로라는 참석할 수 없지만 오늘은 예외였다. 어차피 아로라 밖에 갈 사람이 존재하지 않았고, 아로라 본인이 직접 참여하고 싶다고 부탁했기 때문이다.

끄덕끄덕.

아로라가 환하게 웃으며 고개를 끄덕였다.

망설이지 말아달라는 뜻이었다. 이 마을을 위해 얼마든지 자신이 가겠다는 의지였다.

'아로라……'

타라의 눈시울이 붉어졌다.

살아오며 남에게 눈물을 보이지 않은 그였다. 그러나 지금은 도저히 참을 수 없었다.

아로라가 불쌍했고, 안타까웠으며, 유일한 손녀를 지켜주지 못하는 자신에게 화가 났고 억울했다.

"아로라……."

타라의 떨리는 목소리에 애써 힘겹게 주장하던 마을 사람들의 표정이 숙연해졌다. 그들 역시 보내고 싶지 않은 마음은 같았기 때문이다.

덜컹!!

그때 회의실 문이 벌컥 열리며, 모든 이들의 시선이 한곳에 집중됐다.

"이니, 너는!"

타라가 놀란 표정으로 외쳤다.

이미 심부름꾼은 아닐 것이라 예상했다. 그는 언제나 회의를 할 땐 기다려 주었기 때문이다. 그런데 전혀 예상 밖의 인물.

바로 눈류였다.

"드릴 말씀이 있어서 무례를 범하게 되었어요."

눈류는 안타까운 표정을 지으며 말을 시작했다.

"상황은 들어서 알고 있습니다. 그래서 제가 부탁을 드리고 싶습니다."

"부탁이라니? 유아야, 무슨 말이야?"

아로라의 당황한 목소리. 눈류는 고개를 끄덕이며 대답했다.

"제가 아로라 언니를 대신해서 가고 싶어요."

"유아야!!"

"뭐, 뭐라?"

"쟤가 미친 것 아냐?"

"너, 거기가 어디인 줄은 아니?"

모두가 미친년을 바라보듯 어이없는 표정으로 한마디씩 했다. 사실상 그들에게 있어 눈류의 발언은 미친 사람, 딱 그것이었다!

그곳에 간다는 것은 말 그대로 몸과 마음, 자유 모두를 버리게 된다는 뜻인데 스스로 가겠다니? 하지만 눈류의 표정은 진실했고, 뜻 역시 바뀌지 않았다.

"저는 어차피 갈 곳이 없는 몸이에요. 그리고 이미 죽었을 수도 있었고요. 그런 저를 구해주고 잘 보살펴 준… 아로라 언니를 그런 곳에 보낼 수 없어요. 제가 갈게요. 부탁이에요."

눈류는 애써 웃으며 아로라를 쳐다봤다. 어느새 자신의 앞에 달려온 아로라.

“안 돼! 그러지 마… 바보야, 네가 가면… 난… 난…….”

와락!!

아로라를 힘주어 끌어안는 눈류.

“언니… 저에게도 보답할 수 있는 기회를 주세요… 부탁이에요.”

눈류의 떨리는 목소리. 마을 사람들이 듣기에는 울고 있는 것처럼 느껴졌고, 그사이 눈류는 눈에 힘을 주며 눈물을 맺히게 하기 위해 노력했다.

'젠장, 좀!!'

하지만 쉽게 맺히지 않는 눈물. 그로 인해 아로라와의 포옹이 길어졌으며 그사이 드디어 눈물이 맺혔다.

그동안 위치상 눈류의 등만 봐야 했던 마을 사람들은 포옹이 끝나고 붉게 충혈된 눈으로 아로라를 쳐다보는 눈류의 모습에서 진심을 확인할 수 있었다.

'분명 배신자도 의심하지 않을 것이다.'

눈류가 이렇게까지 하는 이유가 바로 배신자란 존재 때문이었다. 그가 누구인지는 알 수 없지만 정보가 빠져나가는 것을 보면 분명 이 중한 사람일 것이다.

그렇기에 일부러 다쳤고, 치료를 받으며 아로라와 가까워졌다. 만약 그러지 않고 바로 도움을 주겠다고 하면 의심을 받을 것이 뻔했고, 그쪽에서 그로 인해 대비를 할지도 모른다.

물론 시기가 빠른 감도 있지만 의심의 여지는 줄였기에 눈류는 속으로 만족을 느끼며 간절하게 타라를 쳐다보았다. 그가 결정권을 가진 인물이었기 때문이다.

'왜 망설여? 당신들에게는 좋은 기회야. 빨리 대답해.'

눈류는 속으로 외치며 고개를 끄덕였다. 그러자 타라의 눈빛이 변했다. 결심을 한 것이다.

타라나 마을 사람들의 입장에서는 눈류가 안타깝겠지만 거절하기 힘든 유혹이었다. 눈류는 며칠 함께한 이방인이고, 아로라는 아기 때부터 함께한 가족이었기 때문이다.

"후회하지 않겠나?"

타라가 마지막으로 조심스럽게 물었다.

그러자 눈류는 결의에 찬 목소리로 대답했다.

"후회 안 해요."

"유아야… 안 돼! 할아버지, 안 돼요!!"

"언니… 부탁이야."

눈류가 아로라의 손을 꼬옥 잡아주었다. 그리고 그때 타라의 목소리가 들렸다.

"알겠다. 모두 동의하는가?"

끄덕끄덕!

아로라를 제외한 모두가 고개를 끄덕였다.

"할아버지!! 아저씨, 아줌마!! 아빠!!"

아로라가 주변을 둘러보며 울먹거렸다. 그녀의 입장에서는 있을 수 없는 일이다. 어떻게 자신을 대신해 다른 사람을 희생시킨다는 말인가?

"언니……."

"유아야… 제발……."

하지만 그녀로서도 눈류의 고집을 꺾기는 힘들었고, 마을 사람들은 그런 아로라를 붙잡았다.

"밖으로 가세……."

착찹함이 깔린 타라의 목소리. 하지만 눈류는 신경 쓰지 않고 낡은 나무 문을 열었다.

끼이이익.

그러자 검은색 일색의 한 남자가 눈에 들어왔다. 이미 들어오면서 봤지만 재차 봐도 눈빛이 살벌했고, 마치 죽은 자와 같아 보였다.

'어쩌면 나보다 강하다…….'

몸에서 알리는 경고음.

눈류는 내심 티내지 않으며 타라와 남자의 말이 끝나기를 기다렸고, 곧 남자가 자신을 쳐다보자 애써 겁에 질린 표정을 지으며 한 걸음 뒤로 물러섰다.

"알겠소. 마스터에게도 그리 말하리다."

남자는 말을 끝냄과 동시에 눈류의 가녀린 팔목을 붙잡고는 품속을 뒤적거리더니 무엇인가를 꺼냈다.

'스크롤!'

그것은 바로 마법 스크롤! 추적을 힘들게 하는 이유였다. 더군다나 하나의 스크롤로 둘을 이동시킨다는 것은 중급 이상이라는 말이었고, 이로 인해 상당한 실력의 마법자가 도둑 집단에 있다고 확신하는 눈류였다.

지이이이잉.

차마 고개를 들지 못하는 타라와 아로라의 울부짖음을 들으며 눈류는 눈을 감았다. 마법진의 빛 때문이었다.

'동굴인가.'

마법 스크롤로 인해 이동한 눈류는 빠르게 주변을 둘러봤다.

투욱.

"걸어라."

그런 눈류를 남자는 뒤에서 한 손으로 툭, 밀었고, 눈류는 이어진 통로를 향해 몸을 움직였다. 동굴을 개조한 듯한 내부의 모습은 개미굴처럼 여러 갈래의 길이 나왔으며, 그럴 때마다 남자가 뒤에서 손으로 치며 위치를 알려주었다.

'이러니 찾기가 힘들지. 아니, 찾는다 해도 쉽지 않겠군.'

이들은 단순한 도둑 집단의 수준을 넘어선 상태였다. 당장 뒤에서 길을 안내하는 남자만 봐도 자신보다 뛰어난 능력을 가지고 있었다.

'과연 완수할 수 있을까?'

눈류는 하염없이 걸으며 생각에 잠긴 채 입술을 잘근잘근 씹었다. 왠지 예상보다 어려울 것 같다는 느낌 때문이었다.

"와하하하!!"

"하아, 하아."

"아훙, 아훙."

"이년아! 제대로 안 해?!"

"아아아악!!"

얼마나 걸었을까? 살짝 어둡던 동굴 안이 점점 빛으로 인해 밝아진다고 느낀 순간, 눈류는 자신도 모르게 이를 악물었다.

넓은 홀과 같은 공간에는 도둑으로 보이는 수십 명의 남자가 존재했는데, 각기 다른 방법으로 즐기고 있었다.

몇은 술을 마시고, 몇은 대화를 나누었다. 그리고 일부는 여자와 관계를 하고 있었고⋯ 몇은 여자를 고문하고 있었다.

그렇게 도둑들에게 당하는 여자들의 수가 총 20명은 넘어 보였기에 브라크 마을뿐 아니라 다른 곳에서도 비슷한 방법으로 피해를 당한다고 추측할 수 있었다.

위이이이잉.

그때 눈류를 데리고 온 남자가 품속에서 작은 사각형 형태의 돌을 꺼냈다. 그리고 마나를 주입하자 빛이 나기 시작했고, 잠시 누군가와 대화를 하는 것 같더니 눈류에게 돌을 비추었다.

"들어가라."

얘기가 끝난 듯 돌을 품에 넣은 남자가 다시 눈류를 재촉했나.

그러자 눈류의 신형은 도둑들이 자리 잡고 있는 넓은 홀 안으로 들어갔고, 순간 적막이 흘렀다.

눈류와 같이 온 자의 위치 때문이기도 하지만, 너무나 아름답고 도도한 눈류의 매력 탓이 컸다.

'죽여 버리고 싶다.'

눈류는 살인 욕구를 느꼈다.

한가운데에서 다크 스톰을 발휘하고 싶었다.

하지만 스스로를 진정, 또 진정시켰다.

그래야만 했다. 만약 그러지 못하고 감정에 지배당할 경우 100% 자신이 죽는다. 아무것도 해보지 못하고 말이다.

눈류는 이를 악물며 걸었고, 잠시 뒤 홀의 끝에 위치한 커다란 문 앞에서 멈췄다.

그러자 남자는 자신의 임무가 끝난 듯 순식간에 사라졌고, 커다란 문이 조금씩 열리기 시작했다.

끼이이이익.

마찰음과 함께 문이 열렸다.

그러자 그 안에는 또 다른 공간이 펼쳐졌다. 다시 이어지는 길들.

이곳을 만들기 위해 그들이 얼마나 노력했는지 알 수 있었으며, 멀뚱히 서 있는 눈류에게 세 명의 여자가 접근했다.

붉고, 푸르고, 노란색의 머리카락과 눈동자 색을 소유한 그녀들은 하나같이 미인인 데다 개성이 있었다.

"이리 오세요."

입은 웃고 있지만 눈동자는 처량했다. 곧 울 것 같은 표정… 그녀들의 심적 상태를 보여주는 모습. 눈류는 말없이 뒤를 따랐다.

그리고 도착한 곳은…….

'정말 어제부터 왜 이러는 거야.'

눈류는 짙은 한숨을 내쉬었다. 설마 또다시 옷을 벗게 될 줄은 몰랐다.

"주인님께서 기다리고 계십니다. 어서 옷을 벗어주세요."

그녀들은 도둑들의 마스터에게 길들여진 듯 주인님이라 칭하며 서두를 것을 요구했다. 눈류는 그런 여인들의 모습에 결국 옷을 벗었다.

분명 자신이 씻지 않는다면 문제가 생길 것이고, 여자들 역시 곤욕을 치를 것이다. 더군다나 이미 한 번 경험이 있기에 처음처럼 힘들지도 않았다.

뭐든지 처음이 힘든 법이니.

스르르륵.

눈류가 옷을 벗자 여자들은 거품이 가득한 커다란 나무 통 안으로 안내했고, 눈류는 아무런 저항도 하지 않은 채 시키는 대로 물속에 몸을 담갔다.

그러자 눈류의 입장에서 난처한 일이 발생했다.

여인들 역시 알몸이 되어 통 안으로 들어오는 것이 아닌가.

"저희들이 씻겨 드리겠습니다."

그녀들은 눈류가 미처 대답을 하기 전에 이곳저곳을 부드럽게 만지며 깨끗하게 씻겨주기 시작했다.

'제, 젠장.'

얼굴이 붉어지는 눈류.

여자들은 부위를 가리지 않고 만지며 마사지를 했기에 부정하고 싶지만 야릇한 느낌을 받은 것이다.

'하아, 이게 뭐 하는 꼴이야.'

잠시 시간이 지나자 아예 자포자기한 심정으로 몸을 맡긴 눈류는 이곳 마스터인 벨타를 생각했다. 그는 분명 뛰어난 능력의 소유자일 것이고, 생각 이상의 야망을 갖고 있을 것이다.

'그리고 나와 관계를 가지려고 하겠지.'

오기 전부터 예상할 수 있었다. 여자를 밝힌다고 하였고, 납치한다고 하지 않았는가.

'하지만 난 유저라 너와 관계할 수 없다.'

라스트 월드는 유저의 관계를 금지하고 있다. 그렇지 않더라도 관계하기 전에 죽일 생각을 하는 눈류였다.

아무리 여자의 육체를 가지고 있다 할지라도 자신은 남자. 그런데 남자에게 당해야 하다니? 생각만 해도 살심이 솟구쳤다.

"다 되었습니다."

그때 여자의 목소리가 들렸고 눈류의 몸은 물로 재차 씻겨진 뒤, 이곳에서는 보기 드문 부드러운 재질의 옷을 몸에 걸쳤다.

속이 살짝 비치는 야시시한 옷이었고, 허벅지와 가슴 윗부분이 노출되어 있었다.

"이리로 오세요."

은은한 향이 나는 향수까지 몸에 뿌리고 모든 준비가 끝나자 여자들은 눈류를 안내했고, 잠시 뒤 또 다른 큰 문을 볼 수 있었다.

그리고 입구에는 두 명의 남자가 흑색의 옷을 입은 채 경비를 서고 있었는데, 둘은 여자에게 관심이 없는지 눈류에게 아무런 반응이 없었고, 순간 한 명이 잠깐 안에 들어갔다 나왔다.

"들어가라."

그 말과 함께 열린 문을 통해 안으로 들어가는 눈류.

조심스럽게 주변을 살피던 눈류는 곧 한 남자를 발견했다.

금빛 드래곤이 새겨진 테이블에 앉아 술을 마시며 손짓하는 남자. 눈류는 겁에 질린 표정을 지으며 조심스레 다가갔다.

끝까지 방심하게 만든다. 그것이 눈류의 작전이었다.

"그렇게 겁먹을 것 없다."

벨타는 능글맞은 미소를 지으며 눈류에게 앉기를 권했다.

붉은 머리카락과 눈동자에 턱수염을 살짝 기른 상태였으며 근육질의 몸에 호감형의 얼굴이었다.

'나이는 대략 40살 정도겠군.'

눈류는 자리에 앉으며 벨타를 관찰했다. 물론 겁먹은 얼굴로 힐끔거리면서.

"한 잔 마셔라."

쪼르르륵.

벨타가 푸른색의 술을 권했다. 하지만 눈류는 마시지 않는다.

"뭐 하느냐? 어서 마셔라."

잔을 들고 위압적인 목소리로 말하는 벨타. 그제야 눈류는 술잔을 손에 쥐고 입에 댔다. 비록 자신의 입장에서는 도수가 그렇게 높다고 생각되지 않았지만 술을 못 마시는 것처럼 일부러 인상을 찡그렸다.

"하하, 귀엽구나. 원래는 며칠 감옥에 갇힌 채 기다려야 하지만 네년은 너무 아름다워서 그럴 수가 없었다. 이리 오너라."

벨타가 양손을 벌렸다. 알몸인 그였기에 눈류는 속으로 온갖 욕설을 내뱉었지만 부들부들 떨면서 눈치를 보는 척했다.

"부끄러워 말고 어서 오거라!"

회유가 안 되면 지배한다. 그것이 벨타의 방식이었고, 여자에게도 마찬가지였다.

그러자 눈류는 조심스럽게 벨타의 품에 안겼으며, 얼굴이 안 보이는 사이 인상을 찡그렸다.

벨타의 손이 엉덩이를 주물렀기 때문이다.

"네년… 정말로 흥분되는구나."

벨타의 허벅지 위에 앉은 눈류는 아랫부분에서 무엇인가를 느끼며 온몸에 소름이 돋았다.

'크, 크윽.'

마치 몸 전체에 벌레가 기어다니는 것 같은 느낌.

당장이라도 검을 뽑아 죽여 버리고 싶은 심정!!

'하지만……'

눈류는 마음을 한 번 더 다잡았다.

그리고 부드러운 재질의 침대에 몸이 눕혀졌다. 벨타가 양팔로 안아서 옮긴 것이다.

"크크큭."

소름 끼치는 미소와 함께 다가오는 벨타. 눈류는 황급히 상체를 일으켰다.

이런 패턴으로 가면 방심을 유도하기도 전에 검을 뽑아야 했다. 그렇기에 죽어도 싫지만 자신이 행동하려는 것이었다.

"제, 제가 해보겠습니다……."

혈압이 올라서이지만 벨타의 입장에서는 붉어진 눈류의 볼이 술에 취해 쑥쓰러워서라는 생각이 들었고, 만족스런 미소를 지으며 침대에 대자로 편하게 누웠다.

간혹 이런 여자들이 있었다.

대부분은 울거나 살려 달라고 하지만 이렇게 자신이 먼저 움직이는 여자들. 한마디로 어떻게 해야 자신이 살아남을 수 있는지를 잘 알고 있는 것이다.

"크큭, 좋지."

눈류의 손길이 발에서 허벅지로 올라가자 벨타는 두 눈을 감고 쾌감을 즐겼다. 점점 눈류의 손은 빠르게 움직였고, 몸까지 이용해서 벨타에게 쾌락을 선사했다. 물론 남자의 중요한 부분은 건드리지 않았으며, 속으로 온갖 욕을 내뱉으면서 말이다.

그렇게 잠시 시간이 지나자 벨타는 점점 고조되는 쾌락에 빠져 버렸고, 그때 눈류의 눈동자가 빛났다.

'지금이다!'

최상의 선택은 관계를 하는 도중이겠지만, 아무리 게임이라도 거기까지는 할 수 없기에 눈류는 빠르게 움직였다.

스파아앗!

다급히 검을 소환한 뒤 있는 힘껏 움직였다.

채애애앵!!

'뭐, 뭐냐!'

하지만 예상과는 다르게 검은 무엇인가에 막혀 버렸고, 눈류는 뒤로 물러섰다.

"놀랍군. 마법검인가?"

게임이란 사실을 모르는 벨타. 갑자기 소환된 검을 쳐다보며 차가운 얼굴로 말했다. 감히 자신에게 도전하다니. 용서할 수 없는 일이었기에 든든한 부하를 바라봤다.

바로 눈류를 데리고 온 남자였다.

'젠장, 방심했다.'

눈류는 속으로 자신을 질책했다.

당연히 아무도 없을 것이라 생각했다. 도대체 누가 자신이 관계를 하는 장면을 보여주겠는가? 하지만 벨타는 달랐다.

모든 면에서 안전을 중요시했기에 가장 능력이 뛰어난 부하를 언제나 방 안에 머무르게 하였다.

그것이 벨타가 걱정하지 않고 관계를 즐기는 이유였다.

만약 여자가 그런 마음을 먹는 순간, 자신의 부하가 움직이기 때문이다.

"크큭, 용기가 가상하군."

재차 테이블에 앉아 술을 따르는 벨타.

“타라가 시켰나?”

“아니.”

“그렇다면 누가 시킨 것이지?”

“내가 원해서다.”

마을에서와 달라진 눈류의 말투. 더 이상 자신을 감출 필요가 없기 때문이었다.

“하여튼 재미있는 동네야. 작은 동네라 신경도 쓰지 않았더니 공작이 일에 관여하지를 않나… 나를 죽이려고 마법검을 든 여자가 나타나지를 않나. 타라가 아니면 카르엔 공작이겠군.”

눈류는 더 이상 대답하지 않은 채 궁금한 점을 물었다.

“왜 그런 힘없는 마을을 괴롭히는 것이지?”

“크큭, 죽는 길에 사실을 알고 가는 것도 나쁘지 않겠지. 나는 이 세상을 원한다. 그러기 위해서는 힘이 필요하며, 힘을 얻기 위해서는 돈이 필요하다. 그래서 비밀 공간을 만들게 되었고, 브라크 마을뿐 아니라 수십 개의 마을이 우리의 지배하에 있다. 왜 힘없는 마을을 괴롭히냐고 물었나? 이유는 간단하다. 힘이 없기에 그들을 도와주는 이가 없기 때문이다. 비록 우리의 능력이 뛰어나다 할지라도 아직은 감춰야 된다. 더욱더 세력이 커질 때까지 말이다. 그런 이유로 건드려도 무시받는 마을들 위주로 활동하고 있지. 각 마을마다 한 명씩 우리편으로 만든 다음에 말이야. 물론 여기서 더욱 힘을 키운다면 우리는 더 넓은 곳으로 진출하겠지만.”

쉬지 않고 술을 마시며 벨타는 말했고, 눈류는 고개를 끄덕였다.

자신과 카르엔 공작의 추측과는 달리 그들은 브라크 마을과 개인적인 이해관계가 없었다. 단지… 무시받고 도움을 받지 못하는 마을이라는 점, 그것뿐이었다.

'무서운 자군.'

어느새 갑옷과 가면, 문신을 소환한 눈류는 혀를 내둘렀다. 이렇게 조금씩 전진하는 것은 쉽지 않다.

이 정도 집단이라면 얼마든지 더 큰 목표를 결심할 수도 있지만, 조금이라도 꼬리를 밟히기 싫어서 지루하지만 안전한 길을 택한 것이다.

눈류의 입장에서 그나마 다행이라면 벨타가 여자를 밝혀 여자들을 함께 받는 것이었다.

'계획이 틀어졌다. 일단 저자부터 상대해야 하는가.'

원래 눈류의 계획은 벨타를 해치운 뒤, 좌표 추적기로 위치를 알리려고 했다. 좌표 추적기는 한 장소에 놔두고 5분이 지나야 실행이 되는데, 좌표를 알려줌은 물론 텔레포트를 가능하게 해주는 장비였다.

흔히 구하기 힘든 장비 중 하나이며, 고레벨의 마법사일수록 텔레포트를 이용할 수 있는 사람의 수가 많아진다.

현재 눈류가 가지고 있는 좌표 추적기는 300명이 이동 가능한 수준이며, 눈류가 인벤토리에서 꺼내는 순간 카르엔 공작이 가진 좌표 추적기가 울리고, 5분 사이에 모든 준비를 마치도록 계획되어 있었다.

그래서 눈류는 벨타를 죽인 다음 좌표 추적기를 설치하고 이곳을 빠져나가려 했다. 나머지는 좌표 추적기로 이곳에 도착할 300명의 기사와 마법사들의 몫이기 때문이다.

그런데 처음부터 틀어져 버렸다.

일단 좌표 추적기를 눈치 못 채게 떨어뜨려야 했으며, 만약 발각될 경우 5분이란 시간 동안 버텨야 했다. 더군다나 벨타도 죽여야 하지 않는가.

'더럽게 꼬였어.'

재차 자신을 질책하는 눈류.

만약 자신의 육감에 조금이라도 집중했다면 부하의 존재를 알 수 있었을지도 모른다. 그리고 단칼에 벨타를 죽인 다음 좌표 추적기를 떨어뜨리고 바로 이동할 계획이었기에 밖에 있는 둘도 큰 문제가 아니었다. 하지만 이미 틀어진 일.

일단 벨타의 부하를 이겨야 한다. 그래야 벨타를 죽일 수 있다.

"죽이지는 마라."

그때 벨디의 목소리가 들렸다. 잠시 고민한 것이다. 죽여야 할지, 말아야 할지.

원래대로라면 죽여야 마땅하지만… 그러기에는 미모가 너무 뛰어났다. 그리고 자신에게는 약이 있었다. 아예 생각 자체를 못하게 바보로 만드는 약이…….

'약을 먹이고 즐겨주지.'

만약 여자에 관한 집착만 없었더라면 누구도 무시할 수 없는 존재가 되었을지도 모르는 벨타였다.

채애애애앵!!

파파파파파팟!!

"크으으윽!"

눈류는 이를 악물었다. 모든 장비를 착용하여 전체 능력도 높아졌기에 자신감 역시 많이 오른 상태였다. 하지만 상대는 더욱 뛰어났고, 결국 하염없이 밀리는 추세.

빠르고, 빠르다! 옆구리에서 온다고 생각되어 검을 이동하면 어깨를 노렸고, 어깨라 판단하면 허벅지를 파고든다.

데미지는 감당하기 어려운 정도가 아니지만 속도가 말로 표현하기 힘들 정도였고, 눈류는 다크 쉐도우를 발휘해 그자의 바로 옆으로 접근했다.

"다크 소드!!"

검에 맺히는 어둠의 기운!

그 모습에 남자는 물론 여유롭게 술을 마시며 관찰하던 벨타마저 두 눈이 경악으로 물들었다. 세상에 어린 여자가 마나를 사용하다니!

콰아아아아앙!!

"으윽."

처음으로 남자에게서 신음이 흘러나왔다.

"다크 소드!!"

재차 이어지는 눈류의 공격! 빈틈이 생겼을 때 처치해야 한다. 만약 그러지 못하고 마나가 모두 떨어진다면 자신의 필패!

치이이익!

"젠장."

하지만 두 번째 공격은 옷깃만 스쳤을 뿐이었고, 뒤에서 느껴지는 오싹한 기운에 황급히 다크 쉐도우를 발휘했다.

정말 속도 하나만큼은 탄성을 자아내게 했다.

파파파파팡!

쾅쾅!

눈류와 남자의 끝없는 접전!

하지만 점점 결말이 눈에 드러나고 있었다.

눈류는 점점 지쳐 가고 있었고, 마나 역시 떨어져 가는 상태였으며, 갑옷으로 보호되지 않는 부분에서는 피가 흘러나왔다.

파아아아앙!

결국 결정타를 복부에 허용한 뒤 벽을 향해 쏜살같이 부딪쳐 버린 눈류.

"커어어억!"

입에서 피가 토해졌다. 장기들이 뒤틀린 것 같은 통증이 전신을 벌의 침에 쏘인 것처럼 쏘아붙였다.

상대는 강했다. 단지 그 논리로 자신이 패한 것이다.

'크크큭.'

입에서 피를 흘리며 힘겹게 일어서려는 눈류.

너무나 화가 나고 분했기에 자신도 모르게 웃음이 새어 나왔다.

챙그랑.

손에 들린 검마저 남자로 인해 떨어뜨린 눈류는 재차 공격을 받고 바닥에 주저앉았다. 그때 벨타가 만족스러운 얼굴로 접근했다.

"크큭, 대단한 실력이군. 로우를 저리 힘들게 하다니."

벨타의 말처럼 로우 역시 상태가 좋아 보이지는 않았다.

"이제 나의 개가 될 시간이다."

눈류의 턱을 매만지는 벨타.

그 순간 눈류의 두 눈동자에 이채가 감돌았다.

라스트 월드의 장점이자 단점 중 하나! 바로 능력의 차이가 있어도 단 한 번에 죽일 수 있는 치명타가 있다는 것이다.

푸우우우!!

눈류의 입 안 가득 고인 피를 얼굴에 가득 뒤집어쓴 벨타.

그 모습에 눈류가 씨익! 웃었다.

만약 벨타가 다가오지 않았더라면 자신은 이길 수 없었다. 하지만 벨타는 자만했고, 그랬기에 기회가 왔다.

단 한 번에 상황을 역전시킬 수 있는 기회가!

그리고 조금 전 로우와의 대결 중에 타격을 받고 침대를 부수며 부딪치는 순간, 좌표 추적기도 떨어뜨린 상태였다.

"감히 네년이!!"

벨타는 분노에 가득 차서 마나를 목소리에 담아 폭발시켰다.

그러자 눈류는 온몸이 짜릿한 것을 느꼈다.

확연히 알 수 있었다. 벨타는 자신의 생각 이상으로 강하다
는 것을!

하지만 이미 게임은 끝난 것과 다름없다.

"어둠의 절망."

파아아아앗!!

극대화되는 눈류의 공격력!

그 모습에 로우가 당황하며 빠르게 접근했다.

하나 눈류의 외침이 한 발 앞섰다.

"블러드 밤!"

퍼퍼퍼퍼퍼펑!!

벨타의 얼굴이 초토화되며 폭발했고, 눈류는 떨어뜨린 검을
잡아 인벤토리에 집어넣은 뒤 귀환서를 사용했다.

―공작의 비밀 퀘스트를 완료하셨습니다.

퀘스트의 끝을 알리는 알림말!

눈류는 미소를 지으며 로우를 쳐다봤다. 갑자기 죽어버린
자신의 주인으로 인해 잠시 움직임을 멈춘 채 멍해졌던 그는
치밀어 오르는 화를 이기지 못하며 눈류에게 달려들었다.

시이이이잉!

귀환의 빛이 사방을 감싸 안는다.

하지만 그때 눈류로서는 믿기 힘든 알림말이 들렸으니…….

―마법 결계로 인해 귀환서를 사용할 수 없습니다.

'허, 허억!!'

믿을 수 없는, 믿고 싶지 않은 알림말!!

눈류는 당황하여 급하게 검을 뽑아 들려고 했지만 이미 한 발 늦은 상태였고, 로우의 공격을 피하지 못했다.
촤아아아악!!

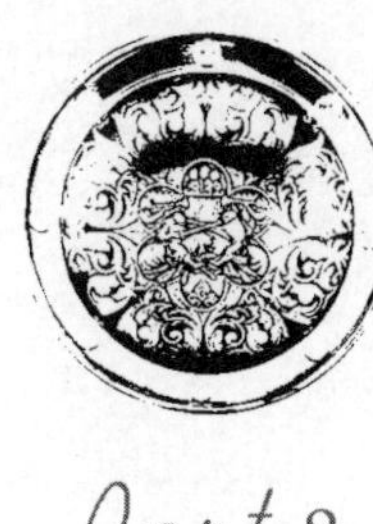

Part 8
이유 없는 이유

　결국 죽어서야 마을로 돌아온 눈류는 먼저 브라크 마을로 향해 아로라를 만났다. 바로 카르엔 공작에게 갈 수도 있었지만, 분명 아로라가 자신 때문에 걱정하고 슬퍼할 것이 뻔했다. 그렇기에 일부러 찾아가 안전하다는 것을 확인시켜 준 뒤 이별을 하였고, 곧 크로티아 성으로 향했다.

　'보상, 보상!'

　눈류는 한껏 부푼 가슴을 안고 공작이 기거하는 곳을 향해 빠르게 뛰었다. 며칠 동안 한 퀘스트로 얻은 것이 아무것도 없었다. 이제 기대를 품을 수 있는 것은 단 두 가지. 공작의 정보와 마녀의 상자였다.

　'분명 뛰어난 것이겠지!!'

큰 기대와 함께 눈류의 표정이 변했다. 여자의 모습에서 나타나는 짐승 모드!!

"으흐흐흐!!"

너무나 아름다운 미녀였다. 하지만 짐승 모드가 발동되자 주변 유저들은 흠칫거리며 물러섰고 눈류는 쉬지 않고 달렸다.

"하하, 자네, 왔구먼!"

눈류가 왔다는 소식을 들은 카르엔 공작은 이전에 비해 무척 밝아진 얼굴로 반겨주었다.

"자네 덕분에 일을 성공할 수 있었네. 정말 고맙네!"

자리에 앉기도 전에 카르엔 공작은 눈류의 손을 붙잡으며 고마움을 표시했고, 눈류는 고개를 끄덕였다. 그런 눈류의 두 눈동자는 보상에 대한 기대로 초롱초롱! 빛나고 있었다.

"다행스럽게도 방이 크더군. 100명씩 들어갈 수 있었어."

벨타의 방을 떠올리는 눈류.

카르엔 공작의 말처럼 운동장이라 불려도 될 만큼 넓은 곳이었다. 하지만 300명을 수용하기에는 힘든 크기였고, 그런 것들을 예상한 카르엔 공작은 100명씩 보낸 것이었다.

선두로 100명이 방 안에 도착한 뒤, 상황을 정리하고 벽 자체를 부수며 밖으로 나간다. 그럼 그 자리에 또다시 100명이 이동된다.

그런 방식으로 모두 이동한 카르엔 공작의 정예부대는 도둑들을 대부분 해치울 수 있었다.

"정말 장하네!!"

카르엔 공작은 이번 일을 해결한 것이 정말 기쁜 듯 재차 눈류에게 고마움을 표시했다.

"그 벨타라는 놈이 여자를 밝혀서이지, 제가 한 일이 뭐가 있겠습니까."

겸손을 살짝 떨어주는 센스!

"아닐세. 그래도 해내기 힘든 일을 자네가 해낸 것이야."

"그렇게 봐주시니 감사합니다."

눈류는 웃음을 머금으며 대답한다.

사실 자신의 공로가 가장 크겠지만 벨타의 밝힘증 역시 큰 몫을 했다.

사람은 누구나 절대로 버리지 못하는 것이 하나씩은 있다. 하면 안 된다! 포기해야 된다! 아무리 외쳐도 끝내 손에서 놓지 못하는 것이 있다.

벨타에겐 그것이 여자였다. 너무나 완벽하고 추적조차 힘들었으며, 시간이 더 지난다면 무시무시한 세력이 될 수 있었겠지만… 여자로 인해 모든 것이 무너졌다.

"아참, 내 정신 좀 봐. 자네에게 정보를 준다 해놓고 말이야."

차를 마시며 잠시 대화를 나누던 공작이 아차 하는 표정으로 말을 꺼냈다. 그러자 눈류는 괜찮다는 듯 얼굴은 웃고 있었지만 속으로는 '단세포 영감! 뇌세포가 집단 자살했냐!!' 등 안 좋은 기억력에 대해 온갖 욕을 하고 있었다.

보상! 그것 하나 때문에 하지 않았던가!

"이 얘기는 누구에게도 말하면 안 되네. 지금 사람을 시켜서 조사를 하고 있는데 알려지면 위험한 내용이기 때문이네."

"알겠습니다."

도대체 무슨 얘기인지는 몰라도 바짝 긴장을 하게 만드는 공작으로 인해 눈류의 기대감은 더욱 높아졌다.

"얼마 전에 들어온 정보인데… 여자 둘이 찾아왔다고 하더군."

"여자 둘이요?"

"그렇다네. 그런데 그 중 한 명이 놀라운 말을 했어. 자신의 몸이 이상해졌다는 것이지."

카르엔 공작은 붉은 차를 한 모금 마시더니 재차 말을 이어나갔다.

"어떤 물을 마시게 되었는데, 그 후 힘이 놀랄 정도로 세지고 체력도 높아졌다는 것이야. 더군다나 상처를 입어도 금방 회복이 된다더군. 그래서 의뢰를 받은 마법사가 실험을 해봤다네. 그리고 놀랍게도 그녀의 말은 사실이었네. 어떤 상처가 생겨도 순식간에 회복되었으며, 주먹으로 돌을 부쉈고, 12시간을 쉬지 않고 달려도 숨 한 번 거칠어지지 않았다네."

눈류는 호기심이 동했다.

무슨 능력이 있지 않은 이상 그것은 불가능한 일이었고, 상처 회복은 더욱 탐나는 얘기였다.

만약 그런 능력을 유저가 갖게 된다면 게임 플레이에 큰 도움이 될 것이다.

“그래서 마법사가 물었지. 도대체 무슨 물을 마신 것이냐
고? 그랬더니 여자는 잊혀진 존재에 대해 얘기하더군.”
“잊혀진 존재라면?”
“자네는 환수에 대해 알고 있나?”
“네?”
눈류의 표정이 묘하게 변했다.
환수의 얘기까지 나오자 여자 두 명이 자신이 알고 있는
NPC들과 겹쳐졌기 때문이다.
“들어는 본 적 있습니다.”
“그런가? 환수에 대해 아는 이들은 거의 없는 현실인데, 대
단하구먼. 하여튼 얘기를 마저 끝내겠네. 그녀가 마셨다는 물
은 바로 환수의 눈물이라네. 전설의 존재, 전설의 물이지. 그
물을 마신 사람은 다시는 병에 걸리지 않으며 놀라운 능력을
얻게 된다고 하네. 그런데 그 환수의 눈물이 나타난 것이네.”
‘젠장.’
겉은 웃고 있지만 속은 눈물로 인해 바다가 되어버린 눈류다.
공작의 비밀 정보가 고작 환수의 눈물이었다니!!
두 여자는 분명 메이와 아로라일 것이다.
“그리고 그녀를 통해 들은 얘기로는, 환수의 눈물을 구해준
사람은 한 남자였고, 자신들 역시 그 남자와 환수의 눈물이 어
디에 있는지 모른다고 하더군. 참 아쉬웠지. 하지만 우리가 누
군가? 그녀들에게 들은 얘기를 종합하여 한곳을 예측할 수 있
었네. 바로 하늘과 맞닿은 곳! 고대의 산이지.”

“……”

“아마, 그곳에 환수의 눈물이 있을 것이라 추측되네. 어떤가? 자네도 한번 가보지 않겠는가? 원래 극비인 정보이지만 자네이기에 알려주는 것이네. 환수의 눈물을 마실 경우, 마나 역시 증가한다고 하네. 그리고 그 얘기들을 전해 듣고 내가 여자들을 직접 만나 확인해 봤네. 놀랍게도 그녀의 몸엔 상당한 양의 마나가 존재하더군. 만약 찾는다면 자네에게도 큰 도움이 될 것이네.”

“놀라운 정보군요…….”

힘없는 눈류의 대답. 카르엔 공작은 의아스러웠지만 묻지 않았다. 자신에게는 시간이 많지 않기 때문이다.

“그만 일어나 따라오게나. 도서관에 데려다 줄 테니.”

눈류는 넋이 나간 얼굴로 고개를 끄덕이며 자리에서 일어섰다.

‘환수의 눈물… 환수의 눈물… 환수의 눈물… 으아아아악!!’

만약 공작의 앞이 아니었다면 바닥을 뒹굴며 괴로움에 몸부림 쳤을 것이다.

아니, 땅바닥을 치며 눈물을 흘렸을지도 모른다.

세상에, 이렇게 억울할 수가!! 그 고생을 해서 얻은 정보가 이미 깨버린 퀘스트에 관한 정보라니!!

‘그리고 왜 유저는 상처 회복 등의 효과가 없어!!

더군다나 자신은 생명력과 마나만 늘어난 상태다. 죽기 직전에 환수의 눈물을 마신 아로라처럼 여러 혜택을 받지 못한 것이다.

유저와 NPC로 인해 나타난 차이겠지만 눈류의 입장에서는 분하고 배가 아팠다.

'크흐으윽, 이제는 게임조차 나를 시기하는구나. 잘난 것이 죄다.'

제정신인지 의심스러운 눈류였다.

지이이이잉.

얼굴은 웃고 있지만 머릿속에서 분노와 후회, 억울함, 배신감, 끝내는 내가 왜 사냐!! 라는 극단적인 결론을 짓고 있는 눈류를 향해 카르엔 공작이 말했다.

"여기네."

그러자 겨우 눈의 초점이 돌아온 눈류가 거대한 왕궁 도서관을 쳐다봤다.

왕궁 도서관은 왕궁 안에 위치해 있었는데, 그 크기가 놀라울 정도였다. 겉으로 보이는 수준만 해도 작은 성 하나의 크기였으니 뭔 말이 더 필요하겠는가.

"따라오게나."

그런 눈류를 잠시 지켜보던 카르엔 공작은 앞장서서 걸었고, 아직도 보상으로 인해 충격에서 빠져나오지 못한 눈류는 휘청거리며 그 뒤를 따라갔다.

'예상 밖이군.'

안으로 들어가자 아주 넓은 내부가 펼쳐질 것이라 예상했던 눈류는 실소를 흘리며 주변을 둘러보았다.

열 명이 설 수 있는 작은 공간. 그곳에는 로브를 입은 노인이 홀로 의자에 앉아 책을 보고 있었고, 사방에는 마법진이 새겨져 있었다.

마법진은 언제든 위험이 닥쳤을 때 기사들이 바로 투입할 수 있도록 설치된 것이었고, 도서관을 이용하기 위해서는 입구를 지키고 있는 노마법사에게 허락을 받아야 했다.

만약 노마법사를 죽이거나 허락을 받지 못하면 그 누구도 이용할 수 없었다.

물론 왕족과 공작 급은 제외였다.

"자네가 필요한 것이 거울의 마녀와 전설의 20인에 관한 책이지?"

공작이 묻자 눈류는 고개를 끄덕였다. 과욕은 화를 부른다. 필요한 것만 얻으면 되는 것이었고, 그리고 공작은 많은 정보를 허락하지 않았다.

"그 두 권을 부탁하네."

카르엔 공작이 노마법사에게 말하자 곧 눈앞에 두 권의 책이 소환되었다.

'마법은 정말 편리하군.'

라스트 월드를 플레이하면서 내내 느낄 수 있었다.

현대의 과학도 편리했지만, 게임 속의 마법 역시 놀라운 수준이었다. 오히려 마법이 더 뛰어난 부분이 많았다.

"나는 약속으로 인해 이만 가봐야 하네. 왕궁 도서관의 자료는 밖으로 가져갈 수 없으며, 그 정보 또한 누출해서는 안 되네. 그리고 다음에 또 보세."

카르엔 공작은 인자한 웃음과 함께 말을 끝낸 뒤 곧 사라졌고, 눈류는 두 권의 책을 들고 의자에 앉았다.

책을 받자마자 의자 역시 하나가 소환되었기 때문이다.

'레전드라…….'

먼저 20명의 전설에 관한 책을 펼치는 눈류.

한국어를 선택하면서 글 역시 한국어로 눈에 들어오기에 고문서라 할지라도 얼마든지 읽을 수 있었고, 책에는 그들에 대한 많은 정보가 담겨 있었다. 장점과 단점은 물론 식성과 취미까지 말이다.

'가면의 기사, 다크 쉐도우, 혼돈의 군주, 소울 브레이커, 다크 스나이퍼, 대마법사, 피의 귀족, 카오스, 파멸의 사자…….'

현재까지 공개된 총 9명의 레전드는 물론, 공개되지 않은 11명의 레전드에 관한 정보까지 모두 꼼꼼히 읽는 눈류.

지금 이 정보는 훗날 다른 레전드들과 전투를 하게 될 때 큰 도움이 될 것이었다.

"하아, 이제 거울의 마녀."

그렇게 3시간이 흐르고 레전드들에 관한 책을 덮은 눈류는 곧바로 마녀에 관한 책을 펼쳤다.

주문! 마지막 남은 희망! 대박 아이템!!

눈류는 빠르게 주문을 찾기 시작했다. 거울의 마녀는 다시 만날 일이 없기 때문에 모두 읽을 필요가 없었고, 10분 정도가 지났을 때 주문을 발견할 수 있었다.

"형님!!"
"눈류님, 주문을 알아내셨다고요?"
"네."
주문을 발견하자마자 길드 채팅으로 사실을 알린 눈류는 크로티아 성 근처의 바람이 머무는 곳이란 주점에서 기적과 레몬, 페르탄과 일리아, 루크와 라일라를 향해 웃는 얼굴로 대답했다.
"행님! 다른 정보는 뭐 보셨습니꺼? 왕궁 도서관이면 비밀 정보도 많은 텐디!!"
주변을 의식해서 길드 채팅으로 대화를 나누는 일행들.
기적의 질문에 눈류는 고개를 저었다.
"보지도 않았지만 봤어도 말 못해. 여기는 현실이 아니야. 유저에 관해서 알아내려면 대화까지 모두 확인할 수 있지. 왕궁 도서관의 자료는 누구에게도 발설하면 안 된다는 것이 조건이야. 그러니 이해해라."
눈류의 말에 모두는 고개를 끄덕였다.
그동안 왕궁 도서관을 몇 명이 이용했지만 아무 정보가 알려지지 않은 것도 이러한 조건 때문이었다.
그것은 게임 내에서도 마찬가지이며, 게임 밖에서도 다를 것이 없었다.
인터넷에 글을 남기는 것도 불가능했다. 만약 조건을 어긴다면 다른 사람이 볼 수 있는 자료는 즉시 삭제되며, 상당한 불이익을 당하게 된다. 현재 시대에서는 사람을 추적하는 것은 일도 아니기 때문이다.

그로 인해 정보를 알아도 친한 사람들에게조차 말을 하지 않는 것이 관례였다.

만약 말을 했는데 그 사람이 정보를 퍼뜨린다면?

피해는 왕궁 도서관을 이용한 자신에게 고스란히 돌아온다.

하지만 현실에서 어떻게든 퍼뜨리려고 한다면 자신을 숨긴 채 할 수 있겠지만, 아직까지 그런 유저는 확인되지 않았다.

물론, 지금까지 도서관을 이용한 몇 명의 유저가 괜찮은 정보들을 알렸을 수도 있다. 그렇기에 왕궁 도서관에도 특혜라 불릴 만큼의 정보는 존재하지 않았고, 유저의 입장에서 확인할 수 있는 것은 남들보다 비밀스럽거나 조금 더 많은 정보일 뿐, 왕궁 도서관에 오기 위해 노력한 것에 비하면 사실 혜택이라 보기에 부족한 수준이었다.

"그런데 행님… 참으로 예쁘시네예."

이런저런 대화를 나누는 그때 기적이 쑥쓰러운 얼굴로 말했다.

그러자 왠지 온몸에 소름이 돋는 눈류.

"반하겠습니더!"

"그러게. 아주버니! 너무 아름다워요. 히히."

"저도 동감이예요……."

"저도……."

"마찬가지라는…….."

"제 생각도 같습니다."

모두가 돌아가면서 미모를 칭찬하자 당사자인 눈류는 한숨을 깊게 내쉬었다.

약을 마신 지 아직 일주일이 지나지 않은 상황.

퀘스트가 끝났다고 해서 풀리지도 않았으며, 강제로 풀 수도 없었다.

'시간아, 빨리 지나가라.'

속으로 한탄과 함께 시간을 원망하던 눈류는 곧 일행들과 함께 밖으로 나와 인적이 드문 숲으로 향했다.

드디어 마녀의 상자를 열어야 했기 때문이다.

"일단 파티를 맺어주세요."

혹시 경험치 등이 나올 수도 있기에 파티를 맺은 일행들.

모두가 파티를 맺은 것을 확인한 눈류는 마녀의 상자를 바닥에 꺼내 주문을 외웠다. 그러자 붉은빛이 상자에서 퍼져 나오더니 반가운 알림말이 들려왔다.

―1,000,000라르크를 습득하셨습니다.

"커억!"

눈류의 입에서 터져 나온 소리! 그것은 다른 일행들도 마찬가지였다.

"……."

"배, 백만 라르크……."

"그러게……."

사실 상당한 보상을 기대하고 있었다.

퀘스트는 많은 이들이 깰 수 있지만, 주문을 알아내는 것은 대단히 어려운 일이었다.

그런데 겨우 백만 라르크라니!

일곱 명이서 나누면 14만 라르크가 좀 넘는 수준이었다.

"아, 아무래도 최하로 받은 것 같군요."

마녀의 상자는 랜덤 아이템이었다.

지금처럼 라르크를 받는 경우도 있지만 아이템이 나올 수도 있었고, 대박 여부는 운에 달린 것이었다.

그런데 백만 라르크라면 최하라고 생각해도 될 정도의 보상이었다.

눈류는 비틀거리며 바닥에 주저앉았다.

기대했던 공작의 비밀 정보와 마녀의 상자.

그런데 하나는 이미 완수한 퀘스트의 정보였고, 다른 하나는 한 명당 고작 14만 라르크를 줬다.

정말 해도 해도 너무했다. 며칠 동안의 일이 주마등처럼 스쳐 지나갔다.

여자가 되어야 했고, 언니라 소리까지 하며 여자처럼 행동했다. 억지로 남자에게 몸을 비비기도 하였고, 강한 적을 만나 죽임까지 당했다.

더군다나 며칠 동안 레벨 업도 못했다!

그런데… 그런데……

"크흐으으윽!!"

결국 서러움을 이기지 못한 채 바닥을 펑펑 치는 눈류!

술이 땡기는 하루였다.

"어서 오세요!"

일하는 여자 분의 인사에 진하는 고개를 끄덕인 뒤 빈 자리에 앉았다.

퀘스트 보상에 좌절한 후 어느덧 현실 시간으로 이틀이 지난 상황이었다.

진하는 그동안 열심히 레벨 업을 위해 사냥만 하였고, 오늘은 라스트 월드 서버 점검이 있는 날이라 약속을 지키기 위해 나온 것이었다.

선예한테 서버 점검 때 하루 종일 같이 놀자고 했던 그 약속을.

지이이잉.

"어서 오세요!"

생각에 잠시 빠져 있던 진하는 여자의 목소리와 함께 입구를 쳐다보았다. 그러자 선예의 모습이 눈에 들어왔다.

계절은 가을에 접어들었지만 아직까지는 얇은 옷을 입어도 추운 정도가 아니었고, 선예는 무릎 살짝 위까지 오는 검정색 치마와 하얀색의 얇은 티셔츠를 입고 있었다.

'예쁘네.'

솔직한 심정을 마음으로 말하는 진하.

객관적으로 선예의 미모는 은진보다 뛰어난 편이었다. 하지만 그보다 더 중요한 것은 마음이며 정이기에 선예를 받아들이지 못하는 것이다.

"오빠!"

선예가 밝은 얼굴로 진하에게 말을 건네며 다가와 맞은편 의자에 앉았다.

이제는 진하와 만나도 더 이상 쑥쓰러워하지 않았다.

"언제 오셨어요? 오래 기다리신 거예요?"

자신보다 일찍 올 것이라고는 생각하지 못한 듯 선예는 조심스럽게 물었다. 그러자 고개를 젓는 진하.

"일찍 일어났는데 할 일도 없어서 먼저 나온 거야. 아직 약속 시간도 안 됐잖아?"

진하의 말처럼 선예 역시 늦은 것이 아니었다.

원래 둘이 만나기로 한 시간은 낮 12시. 그런데 지금은 11시 40분이었다.

"뭐라도 마셔야지?"

"네? 으음… 저는 마즙 마실래요."

'거참, 나이에 안 맞게.'

진하는 실소를 흘렸다.

이제 19살의 소녀였다. 그런데 마즙을 좋아하다니… 물론, 마즙이 맛없는 것은 아니다. 진하 역시 좋아하는 것 중 하나였다. 맛도 있고 건강에도 좋기 때문이다.

"여기 있네."

진하는 마즙 버튼을 찾은 뒤 돈을 넣고 두 잔을 클릭했다.

그러자 잠시 후 마와 우유, 꿀과 얼음이 잘 조화된 마즙이 나왔고, 진하와 선예는 한 잔씩 시원하게 마신 다음 밖으로 나왔다. 얘기를 하면서 둘 다 식전이라는 것을 알았기 때문이다.

"먹고 싶은 음식 있어?"

진하가 거리를 걸으며 말을 꺼내자 선예가 웃으며 되물었다.

"오빠는 뭐 드시고 싶으세요?"

"나? 으음, 국밥!"

"저도 좋아요."

"그래? 알았어. 가자."

진하는 한식을 좋아하는 편이지만 선예 때문에 패스트 푸드를 먹을까 생각하고 있었다. 그런데 국밥을 좋아한다니! 진하는 망설임없이 자신이 자주 가는 국밥집으로 선예를 안내했고, 그 모습을 지켜보는 선예의 표정이 밝아졌다.

사실 선예는 국밥 종류를 그렇게 좋아하진 않았지만 진하가 좋아한다면 그걸로 만족했다.

음식이란 종류보다 누구와 함께 먹는지를 더 중요하게 생각하는 선예였다.

후르르릅! 쩝쩝!

진하는 따끈한 순대국밥과 눈앞에 놓인 모듬 순대를 맛있게 먹었다. 시간을 최대한 절약하기 위해 항상 알약 위주로 배를 채우는 진하였기에 오랜만에 먹는 음식 맛은 꿀맛이었고, 그 모습을 지켜보던 선예 역시 이전에 먹을 때보다 더욱 맛있다고 느끼며 국물을 후르륵 삼켰다.

"그런데 오빠, 레벨 업은 많이 했어요?"

"응. 덕분에!"

미소를 씨익 짓는 진하.

게임 시간으로 며칠 동안 선예가 많이 도와준 것이다. 파티를 할 수 없고, 자신은 레벨 업이 되지 않음에도 불구하고 진하에게 버프와 힐을 해주며 함께 다녔다.

비록 진하의 성향 때문에 신성력을 사용할 수 없어 자신이 발휘할 수 있는 최대치보다 낮은 버프와 힐만 썼지만, 그것만으로도 진하에게는 큰 힘이 되었다.

"오빠 직업은 퀘스트가 이상한 것 같아요……."

진하가 얼마나 레벨 업을 원하는지 잘 알기에 선예는 살짝 불만스러운 목소리로 말했다.

사실 다른 유저들보다 진하의 퀘스트는 보상이 좋지만, 그만큼 어려웠다. 그리고 가장 큰 문제점은 경험치를 얻지 못하는 퀘스트가 많다는 것이다.

전직으로 인해 시간을 많이 허비했다 할지라도 진하가 아직도 100대에 머무르고 있는 것도 퀘스트의 영향이 컸다.

그나마 기사의 건틀렛 퀘스트에서 경험치를 얻을 수 있었기에 160을 넘긴 것이지, 만약 그것도 경험치를 주지 않았다면 한숨만 나왔을 것이다.

"어쩌겠어. 그것이 내 직업의 단점이라면 받아들여야지. 그래도 단점보다는 장점이 많잖아."

선예의 머리를 쓰다듬어 주며 진하는 밝은 표정을 지었다.

본인 역시 그 점이 불만이었지만 어쩔 수 없는 노릇이지 않은가. 그리고 원하는 경험치를 대부분 얻지 못했지만, 랜덤 스텟은 꾸준히 얻었으며, 고생한 만큼의 보상은 언제나 받는다고 생각했다.

물론 가끔… 아니, 자주 욕이 나올 때도 있었지만.

"알겠어요… 그러면 200까지는 제가 도와줄게요."

"아냐, 괜찮아."

진하는 순대를 입에 넣으며 고개를 저었다.

선예의 마음은 알지만 자신으로 인해 피해를 줄 수는 없었다.

"오빠랑 빨리 같은 급이 되고 싶어서 그래요."

"으음."

"길드 퀘스트 말고는 파티도 못해봤잖아요. 그러니 허락해 주세요. 제가 도와줄게요. 많이 안 걸리잖아요."

"미안해서 그러지."

"헤헤, 괜찮아요. 대신 저 잘 챙겨주세요."

천사 같은 얼굴로 환하게 웃는 선예.

결국 진하는 승낙의 의미로 고개를 끄덕였다.

자신에게는 너무나 좋은 일이었고, 선예 역시 뜻을 굽히지 않으니 더 이상 거절할 이유가 없었다.

"알겠어. 빨리 200 찍을게."

엄지손가락을 세우며 진하는 자신있게 말했다.

자신 역시 선예나 길드원들과 함께 파티 사냥을 하고 싶었다.

“그럼 이만 일어나자.”

그렇게 대화를 나누다 보니 어느덧 음식을 다 먹었고, 진하와 선예는 밖으로 나갔다.

“너, 호러 좋아하냐?”

식당을 나와 영화관에 온 진하는 살짝 떨리는 음성으로 물었다.

진하가 세상에서 유일하게 무서워하는 두 가지! 바로 귀신과 놀이기구였으며, 이미 놀이기구로는 꼴사나운 모습을 보인 화려한 전적이 있었다.

“네. 오빠, 혹시 싫어하세요?”

“어? 아, 아니!!”

“네? 네…….”

자신도 모르게 큰 목소리로 대답한 진하. 그러자 선예는 깜짝 놀라며 한 걸음 뒤로 물러섰고, 진하는 속으로 자책했다.

‘이 바보, 무서워한다고 했어야지! 지난번처럼 또 그럴 거냐!!’

하지만 이미 엎드린 물은 엎은 상황.

귀신으로 인해 공포영화도 너무나 무서워하는 진하였지만, 차마 선예 앞에서 약한 척을 하지 못한 채 군것질거리와 음료수를 사 들고 안으로 들어갔다.

‘ㅇㅇㅇㅇ.’

어둠컴컴한 내부.

그 속에서 예고편을 보며 선예 몰래 벌벌 떠는 진하였다.

평소라면 어둡다고 무서워하지는 않지만, 귀신 영화를 본다는 사실로 인해 그마저 공포의 하나가 되어버린 것이다.

"오빠… 음료수 좀 드세요."

선예가 콜라가 가득 담긴 커다란 통을 내밀었다.

콜라는 둘이서 충분히 먹을 수 있는 양이 담겨 있었고, 한 통에 빨대가 두 개 꽂혀 있었다.

"어, 어."

곧 영화가 시작하기에 진하 역시 선예처럼 작은 목소리로 대답하며 빨대로 콜라를 빨아 마셨고, 곧 극장용 안경을 착용했다.

몇 년 전 개발된 극장용 안경은 실사처럼 느끼게 하는 효과가 있었다.

마치 자신이 주인공이 된 것 같은 느낌! 그리고 바로 눈앞에서 나타나는 귀신들! 영화의 전체적인 틀을 해치지 않으면서 공포를 극대화시켜 주는 장치였고, 안경마저 착용하자 더욱 심하게 떨리는 진하의 몸이었다.

덜덜덜덜.

영화가 상영되면 될수록 진하는 몸 전체에 수전증이 걸린 듯 벌벌 떨었고, 결국 선예가 눈치를 채버리고 말았다.

'바보……'

놀이기구를 탈 때도 강한 척하다가 기절까지 해버렸지 않은가.

‘나에게는 솔직해도 되는데……’

왠지 이해가 되면서도 속상한 마음이 든 선예는 조심스럽게 손을 움직였다.

‘어?’

진하는 안경을 잠시 벗은 뒤 선예를 쳐다보았다.

하지만 무슨 일이 있느냐는 듯 안경을 쓴 채 영화에만 집중하고 있는 선예.

진하의 얼굴에 따스한 미소가 어렸다.

따스한 선예의 손으로 인해 왠지 공포가 사라지는 것 같았기 때문이다.

그렇게 선예의 손을 느끼며 진하는 한껏 편해진 마음으로 안경을 착용했고… 영화가 끝난 다음 기절한 진하를 선예가 깨워야 했다.

아무리 편안해도 역시 무서운 것은 무서운 것이었다.

차아악.

시원한 얼음주머니가 이마에 올려지자 진하는 선예의 시선을 피했다.

창피하고 부끄러웠다. 정말 쥐구멍이라도 있으면 숨고 싶은 심정이다.

두 번이나 선예 앞에서 기절을 해버리다니……

‘하아, 그 여자 뭐야!’

결국 귀신을 탓하는 진하였다.

“뭐……”

얼음주머니로 이마를 매만지던 진하는 요상한 시선을 느끼며 말문을 열었다.

"아, 아니에요."

그러자 고개를 젓는 선예.

하지만 왠지 낯익은 표정이었으니…….

"선예야, 웃으려면 그냥 웃어……."

바로 자신이 마법 방어 세트를 받았을 때 TV에서도 나왔던 흐물흐물한 표정이었다!

"오, 오빠, 죄송해요… 푸읍."

끝내 웃음을 참지 못하고 고개를 돌리는 선예. 하나 덜덜 떨리는 어깨만 봐도 얼마나 웃고 있는지 알 수 있었다.

'젠장…….'

그 착한 선예가 웃을 정도라니! 정말 울고 싶은 진하였다.

"다 왔어요."

오늘의 마지막 코스인 부산에 도착하자 선예가 진하를 흔들어 깨웠다.

그러자 부스스한 눈빛으로 정말 자다 일어난 것처럼 연기하는 진하.

사실 진하는 기절했다는 창피함으로 인해 차에 올라타자마자 자는 척을 하며 생각에 잠겨 있었던 것이다.

선예는 신경 쓰지 않았지만 진하의 입장에서는 무척이나 창피했기 때문이다.

“으음, 그러네. 내리자.”

진하는 침까지 닦는 흉내를 내며 차에서 내렸다.

“택시.”

차에서 내리자마자 택시를 잡고 기사에게 광안리 해수욕장으로 가자고 말한 뒤 진하는 시계를 바라보았다. 아직 여유가 있었다.

과학이 발달하면서 서울에서 부산까지는 한 시간밖에 걸리지 않았고, 몇 시간 놀다가 저녁 차를 타고 올라가면 될 것 같았다.

“바다가 그렇게 보고 싶었어?”

택시 안에서 진하가 들뜬 선예를 보며 묻자 빠르게 고개를 끄덕였다.

“네, 오빠랑 같이 보고 싶었어요.”

살짝 쑥스러운 표정으로 말을 꺼내는 선예. 진하는 괜히 헛기침을 하며 창문 밖으로 시선을 돌렸다.

끼이이익.

택시가 멈추자 돈을 내고 내린 진하의 얼굴이 밝아졌다.

보기만 해도 시원해지는 바다가 끝없이 펼쳐져 있었으며, 모든 걱정이 사라지는 것 같았다.

그것은 선예 역시 마찬가지인 듯 진하의 곁에서 크게 심호흡을 하고 있었다.

“하아, 시원해.”

바다의 향기를 몸 깊숙이 들이마신 선예.

그 모습에 안타깝다는 듯 말하는 진하.

"네 발밑에 개똥 있다."

"……."

진하는 백사장에 앉아 바다를 쳐다보았다. 그 곁에는 선예가 함께 앉아 있었고, 둘은 한참이나 침묵을 지켰다.

'그때도 이랬지.'

문득 어머니가 떠오르는 진하.

자신이 어리고 어머니가 아프기 전, 바다에 자주 왔던 기억이 떠올랐다.

진하의 어머니는 바다를 좋아했다.

언제나 근심이 있거나 마음이 지치고 힘들 때면 바다를 가장 먼저 찾았다. 그래서인지 진하 역시 바다를 좋아했다.

하지만 올 기회가 많지 않았고, 오랜만에 찾은 바다를 쳐다보며 감상에 젖어든 진하는 생각에 잠겼다.

어쩌면 선예와 함께 와서 더욱 그런 것인지도 모른다.

은진이라는 다신 열리지 않을 문을 잡고 있는 자신의 마음과 그런 헤어날 수 없는 늪에 빠진 자신의 마음을 두드리는 선예.

그래서 많은 생각이 교차하는 것인지도 모른다.

스으으윽.

진하의 손이 선예의 손을 덮자 선예는 말없이 진하의 어깨에 머리를 기대었다.

둘 다 잘 알고 있었다.

　진하가 마음을 정리하지 않는 이상 둘 다 힘들어질 것이라는 사실을.

　선예가 마음을 정리하지 않는 이상 둘 다 힘들어질 것이라는 사실을.

　알고 있지만… 너무나 잘 알고 있지만… 마음은 쉽게 변하지 않는다는 사실도 잘 알고 있었다.

　"으하!"

　그렇게 한참이나 이어진 침묵을 먼저 깬 것은 진하였다.

　갑작스럽게 파도가 거세게 몰아치며 자신들이 있는 곳까지 물이 닿았기 때문이었다.

　"헤헤."

　그런 파도를 구경하던 선예가 진하를 향해 한 번 웃더니 구두를 벗었다. 그러자 새하얀 맨발이 드러나며 물 안에 발을 담갔다.

　"오빠도 들어오세요. 시원해요!"

　"그래?"

　선예의 좋아하는 모습에 진하 역시 운동화와 양말을 벗고 바지를 걷은 다음 물속으로 들어갔다.

　그러자 차가움이 밀려들며 문득 장난기가 솟았다.

　차아악!

　진하는 손으로 물을 모아 선예에게 뿌렸다.

　"아이! 오빠도!"

　선예 역시 물로 공격했다. 그 결과 진하의 남방 일부가 물에 젖었다.

"으으, 이리 와!"

혓바닥을 살짝 내밀고 도망치는 선예를 부르며 쫓아가는 진하.

서로가 서로에게 미안하며 가슴도 아프지만… 지금 이 순간만은 아무런 생각도 하지 않고 단지 웃고 싶은 둘이었다.

"어두워지네."

꽤 오랜 시간을 보냈다고 느껴질 때였다.

어느덧 하늘이 어둠에 물들어 가기 시작하자 진하는 출출함을 느꼈다.

선예와 장난을 친다고 많이 뛰어다닌 탓이었다.

"우리 꼼장어 먹고 올라가자."

진하의 말에 선예가 고개를 끄덕였다.

아직 꼼장어를 먹어본 적이 없지만 부산에서 유명하다는 말을 들어봤기에 한번 먹어보고 싶던 참이었다.

선예의 동의와 함께 저녁 메뉴가 결정되자 둘은 도로를 향해 움직였다. 택시를 타고 맛있는 집으로 갈 생각으로.

"오빠?"

선예가 의아한 표정으로 진하를 불렀다.

도로 가에 도착한 진하와 선예는 택시를 잡기 위해 서 있었다.

그런데 주변을 두리번거리며 차를 기다리던 진하의 표정이 한순간에 굳어버린 것이었다.

"오빠… 왜 그래요?"

이제는 진하의 팔을 살짝 흔들며 물었지만 진하는 여전히 아무런 대답도 하지 않은 채 한곳을 쳐다볼 뿐이었다.

"선예야, 너 잠깐만 여기 있어."

"네?"

"절대 어디 가지 마! 여기서 기다려!"

"오, 오빠!!"

선예의 애타는 목소리.

하지만 진하는 아무런 대답도 하지 않은 채 무작정 달렸다.

도로를 가로질러서 갈 수도 있었지만 바로 옆에 있던 횡단보도가 파란 불이 되었기에 횡단보도를 향해 빠르게 뛰었다.

'분명……'

진하는 제발 자신의 착각이기를 바랐다.

지금 이 순간 미친놈처럼 달리고 있지만… 그래도 착각이기를 바랐다.

하지만 왠지 낯익은 모습들, 너무나 또렷하게 매치되는 두 사람.

'찬성과 은진!'

그들을 만나서 무슨 말을 해야 할지도 모른다.

아니, 말은 고사하고 주먹이 먼저 나갈지도 몰랐다.

그러면서도 은진 앞에서 그럴 수는 없을 거란 생각이 들었다.

복잡했다. 아주 잠깐의 시간이지만 머릿속이 미로처럼 복잡하게 흐트러졌다.

지금 왜 뛰고 있는지, 무엇을 바라는지… 이유조차 희미해질 만큼 아무런 생각이 들지 않았다.

하지만 달려야 했다.

그래, 몸이 뛰고 있지 않은가. 심장이 외치고 있지 않은가.

달리라고! 둘을 만나라고! 바보처럼 화를 내든, 눈물을 흘리든, 아무 말도 못하든! 일단 달리라고 말이다!

"허억, 허억!"

맞은편 도로에 도착한 진하는 다급히 두리번거렸다.

분명 걸어가던 찬성과 은진의 모습을 봤다. 그런데 지금은 없어졌다.

"… 머, 멈춰!"

그때였다. 시야가 닿는 위치에서 버스에 올라타는 찬성과 은진의 모습이 보였다.

분명 둘이였다.

무슨 이유로 부산에 왔는지는 모르겠지만 찬성과 은진이 확실했다.

하지만 자신의 목소리를 듣지 못한 듯 둘은 버스에 올라탔고, 진하는 이를 악물며 다시 뛰었다.

버스가 출발하기 전에… 버스가 출발하기 전에…….

부르르르릉.

하나, 진하가 버스 끝의 좌석 옆에 도달한 순간, 버스는 움직였다.

그러나 진하는 볼 수 있었다. 끝자리에서 자신과 눈이 마주친 찬성을.

“찬성!!”

자신도 모르게 큰 목소리로 외쳐 버린 진하.

그와 함께 버스는 멀어졌고, 진하는 멍하니 바닥에 주저앉았다.

그런 자신을 주변 사람들이 미친놈 보듯 쳐다봤지만 상관하지 않았다.

“크크큭.”

입에서 웃음이 새어 나왔다.

왜? 스스로에게 묻는 진하.

하지만 마음은 아무런 대답을 하지 못했다.

아니, 너무나 잘 알고 있기에 대답할 이유를 느끼지 못한 것이다.

스으윽.

그런 진하가 자리에서 일어선 것은 10분이 지나서였다.

뒤늦게 선예가 머릿속에 떠올라 진하는 재차 선예가 있는 곳으로 달렸다.

하지만 선예의 모습은 어디에도 보이지 않았다.

“선예야! 선예야!”

소리를 치며 주변을 둘러봐도 보이지 않았고, 결국 진하는 휴대폰을 꺼내 전화를 했다.

“여보세요? 어디야?”

“…….”

아무런 대답이 없는 선예.

하지만 희미하게 파도 소리가 들렸다.

"곧 갈게."

그 말과 함께 진하는 휴대폰을 끊지 않은 채 조금 전 자신들이 있었던 곳으로 향했다. 그리고 바다를 바라보며 백사장에 앉아 있는 선예를 발견할 수 있었다.

"선예야."

진하가 몇 걸음 다가섰다.

그때 선예의 목소리가 잔잔하고 애절한 멜로디가 되어 진하의 귓속을 파고들었다.

"왜 그랬어요……."

떨리는 선예의 목소리.

꼭 봐야만 알 수 있는 것이 아니다.

사람에게는 느낌이라는 것이 있었고, 선예가 알기로는 진하가 저렇게 흥분할 이유는 단 하나밖에 없었다.

"아무런 이유가 없다……."

진하가 쓰게 웃으며 대답하자 눈물이 핑 도는 선예다.

자신의 마음이 아팠다. 숨도 쉬기 힘들었다.

그런데 진하가 더욱 상처받은 것 같았다. 진하가 더 슬픈 것 같았다.

그런 생각이 들자 더욱 심장이 저려왔다.

마치 날카로운 메스를 박은 것처럼…….

"오빠는 정말 바보예요. 알아요? 정말 바보라고요……."

결국 선예는 눈물을 참지 못하고 흐느꼈다.

안타까웠다. 무참히 잘려 버린 사랑의 실을 혼자서 놓지 못하고 있는 진하도… 진하를 향해 닿지도 않는데 엮으려고 노력하는 자신도… 너무나 가여웠다.

"오빠……."

잠시 시간이 흐르고 울음을 그친 선예가 힘겹게 말문을 열었다.

"어."

그러자 역시 침묵을 깨며 대답하는 진하.

"꼭 만나야 하나요?"

선예의 질문에 진하는 고개를 끄덕였다.

찬성과 은진. 자신이 게임을 시작한 이유였다.

끝없는 배신감과 함께 그리움이 교차했고, 이유를 듣고 싶었다.

믿음! 누구보다 믿었던 둘이기에 그 믿음을 깨버린 대가를 치러주고 싶었다.

소심하다는 소리를 들어도 좋다. 멍청하고 병신이라는 말을 들어도 상관없다.

하지만 만나야 했다. 만나서, 꼭 한 번 만나서!! 남이 아닌 그들의 입을 통해 직접 듣고 싶었다.

아니, 어쩌면 이 모든 것이 보고 싶은 마음을 감추기 위한 핑계일지도 모른다.

"그럼……."

선예가 재차 말문을 열었다.

"두 분을 만나고 모든 것을 풀게 된다면 떠나실 건가요?"

찬성과 은진으로 인해 시작한 라스트 월드. 목표가 사라지면 게임을 하지 않을 것이냐는 질문이었다.

그러자 고개를 젓는 진하.

비록 둘이 시작의 발판을 만들었고, 가장 큰 목표이지만… 그렇다고 게임을 떠날 생각은 하지 않고 있었다.

일단 목표 중에 높은 레벨이 되어서 돈을 벌자는 것도 있었지만, 라스트 월드라는 게임에 재미를 느끼고 있었고, 선예를 비롯해 좋은 인연들과 이어지게 되었다.

물론, 찬성과 은진을 떠올리며 모든 힘든 것을 이겨내는 지금보다 열정이 많이 줄어들겠지만… 그것이 전부는 아니었다.

"마지막으로 하나만 더 물을게요."

무릎에 얼굴을 묻고 있던 선예가 고개를 들었다.

"두 분을 만나고 모든 것이 정리된다면… 저를 받아줄 수 있나요?"

차마 아무런 대답을 하지 못하는 진하.

그러자 선예가 진하를 향해 시선을 던지며 다짐하듯 말한다.

"저… 기다릴래요. 아프고 힘들지만 그래도 기다릴래요. 저만큼, 아니, 저 이상으로 오빠도 아프니까… 오빠도 힘드니까… 저 힘내서 기다릴래요. 오빠가 그분들을 만나는 그때까지, 오빠가 모든 마음이 정리될 때까지, 오빠가 저를 받아줄 수 있을 때까지… 저 기다릴래요."

세상을 살아가는 많은 이들이 바보다.
아니, 그들은 스스로 바보가 되기 위해 노력한다.
비록 남들은 어리석다고 말하며 비웃을지 몰라도,
아프고 아파서 피 맺힌 눈물이 가슴을 적셔도,
그들은 그 속에서 행복을 얻기 때문이다.

그래서 눈류와 선예 역시 바보라는 가시밭 줄을 놓지 않는
것인지도 모른다.

Part 9

눈류, 그리고 월하

"왜 그래?"

은진은 날이 잘 선 나이프로 스테이크를 자르다 말고 찬성을 향해 말문을 열었다. 조금 전부터 자꾸 신경이 쓰였다.

찬성은 무엇인가를 생각하는 듯 자신의 말에도 건성으로 대답을 했고 안색도 어두웠다.

"어? 아니야. 고기 맛있어?"

하지만 찬성은 말을 돌리며 재차 생각에 잠겼다.

분명히 진하였다.

처음에는 착각이라 믿고 싶었지만 창가 바로 옆에 앉았기에 똑똑히 들었고 볼 수 있었다.

자신의 이름을 크게 외치던 진하를……

다행히 은진은 정확하게 듣지 못했고, 단지 누군가가 고함을 지른다고 생각하며 창가로 시선을 돌리려는 사이 자신이 막아섰으며, 차는 진하와 멀어졌다.

그때부터 찬성은 더 이상 즐겁게 데이트를 할 수 없었다. 가슴속에 큰 돌이 내려앉은 것 같았고, 내내 마음이 무거웠다.

그렇게 만나서 사과를 하고 싶었던 진하와의 대면은 찰나였지만, 찬성은 많은 생각을 하게 되었다.

"야!!"

"어?"

은진의 외침과 함께 생각에서 깨어난 찬성. 화난 은진의 모습이 시야에 들어왔다.

"너, 왜 그러냐고!"

은진은 상한 감정을 그대로 드러내며 따지듯 물었다.

오랜만에 데이트를 하러 부산까지 내려왔다. 그런데 따로따로 노는 것과 다름없으니 기분이 좋을 리가 없었다.

그러자 찬성의 표정이 심각해졌다. 고민을 하는 것이다.

벌컥벌컥.

그러나 쉽게 결정을 내리지 못하고 와인을 단숨에 마셔 버렸다.

이것이 문제였다.

유독 은진 앞에서만 너무나 약해지는 자신이었다.

"야……."

그 모습에 은진은 살짝 놀라며 찬성을 불렀다.

자신이 화를 내면 언제나 저자세로 나오며 모든 것을 말하던 찬성이 오늘따라 다른 행동을 보이기에 당황한 것이다.

"잠깐 술 좀 마실게……."

찬성은 그 말과 함께 하염없이 술을 마셨다.

맨정신으로는 도저히 말하기가 힘들었다. 아니, 맨정신에는 자신의 주장을 펼칠 수 없다고 판단했다.

힘겹게 말을 꺼낸다 할지라도 은진이 부탁하면 언제나 무너지지 않았던가.

하지만 오늘은 꼭 말하고 싶었다. 그리고 자신의 뜻을 은진이 들어줄 때까지 고집을 굽히고 싶지 않았다.

결국 찬성은 한참이나 술을 마셨고, 은진은 말없이 그 모습을 지켜봤다.

"으으음."

비틀거리며 침대에 쓰러지듯 눕는 찬성.

그러자 은진은 한숨을 내쉬며 곁에 앉았다.

찬성이 이러는 것은 분명 무슨 일이 있다는 뜻이었기에 살살 달래듯 묻는 은진이었다.

"도대체 무슨 일이야? 응?"

"은진아……."

찬성이 풀린 눈에 힘겹게 초점을 맞추며 은진의 손을 잡았다.

"응, 말해."

"우리, 진하 만나러 가자."

“뭐?”

날카로워지는 은진의 목소리.

“진하 만나서 사과하자… 어? 우리가 잘못했고, 진하가 괴로워하고 있잖아… 그러니 진하 만나서 사과라도 하자. 아무리 인연을 끊었다고 하지만 한때 나의 소중한 친구였고… 그리고 너에게는…….”

말끝을 흐리는 찬성.

그 모습에 은진은 한숨을 내쉬었다.

진하와의 일이 마음에 많이 남아 있다는 것을 잘 알고 있었다.

다른 사람들은 찬성을 차가운 성격이라 하지만 은진은 다르다고 생각했다.

찬성은 본래 성격이 차가운 것이 아닌, 오히려 정이 많은 타입이다. 그렇지만 그 부분을 잘 표현하지 못하는 것이다.

그래서 진하와의 일을 쉽게 정리하지 못하며 이미 몇 번이나 자신에게 부탁을 했다.

‘그렇게 진하를 친구로 좋아했니?’

실소가 흘러나온다.

남자들의 우정이 돌처럼 단단하다고 하지만 자신이 봤을 때는 그렇지 않았다.

오히려 여자 하나로도 쉽게 깨어지는… 순두부처럼 물렁한 우정도 적지 않았기 때문이다. 그것은 남자를 비롯해 여자도 마찬가지겠지만, 자신을 차지하기 위해서… 아무리 헤어졌다

하지만 친구의 여자를 가져 놓고도 우정으로 인해 힘들어하는 모습이 우스운 은진이었다.

'하긴, 내가 유혹하는데 넘어오는 것이 당연하지.'

은진은 재차 진하를 만나자고 자신을 설득하는 찬성을 쳐다보며 고개를 저었다. 이제는 더 이상 봐주기 힘든 수준이었다.

자신이 강하게 나가야 한다. 그래야 다시는 이런 말을 꺼내지 못할 것이다.

"찬성아."

"어……."

술기운에 정신마저 몽롱한 찬성이 힘겹게 대답했다.

"확실히 말하겠는데… 다시는 내 앞에서 진하 얘기 꺼내지 마. 그럼 난 너와 헤어질 테니."

"뭐?!"

번쩍! 술이 깨는 것 같은 찬성이다.

"장난 아니고, 겁주려는 것도 아니야. 진심으로 말하는 것이니 잘 생각해. 네가 힘든 만큼 나 역시 지쳐 가. 더 이상 진하 얘기는 듣고 싶지 않아."

찬성은 잠시 은진을 바라보다 힘없이 눈을 감았다.

자신의 기억에 은진은 헛된 말을 하지 않았다. 그렇다는 것은 정말 진심이라는 것이다.

'하하…….'

속으로 웃음을 터뜨리는 찬성.

스스로에게 너무나 화가 나서 웃음이 나왔다.

은진과 헤어지기 싫어서 진하의 얘기를 다시는 하지 않을 자신의 모습이 보이기에…….

"이리 와."

조금 전 냉혹하던 표정은 사라지고, 어느새 어머니처럼 온화한 얼굴로 변한 은진이 찬성을 부른다.

그녀는 잘 알고 있었다.

어떻게 하면 남자가 자신의 말을 잘 듣는지.

그리고 화를 낼 경우, 어린 아이를 혼내고 사탕을 주며 달래듯 풀어줘야 한다는 사실도…….

자신의 품에 안긴 찬성의 입술에 입술을 포개며 만족의 미소를 짓는 은진이었다.

시간은 빠르게 흘렀다.

진하와 선예가 부산 바닷가에서 돌아온 지 어느덧 게임 시간으로 20일이 지났고, 눈류는 쉬지 않고 레벨 업을 위해 노력했다.

"하아아압!!"

눈류의 검이 빛나는 돌로 이루어진 골렘의 몸을 내려쳤다.

콰아아앙! 트르르르륵!!

그러자 생명이 얼마 남지 않았던 골렘은 부스러기가 되어 무너졌고, 눈류는 쉬지 않고 재차 검을 휘둘었다.

그런 눈류에게 라일라가 뒤에서 힘을 주고 있었다.

처음에는 눈류가 라일라의 도움을 거절하려고 했다. 그날

이후 혼자의 생각일지 모르지만 왠지 어색했기 때문이다.

하지만 라일라의 마음은 변하지 않았고, 결국 도움을 받으며 사냥을 하게 되었다.

그 결과 눈류의 레벨은 현재 199.

200을 코앞에 두고 있는 실정이었다.

위이이이잉!!

눈류는 온몸에 힘이 솟구치는 것을 느꼈다.

버프가 떨어지자마자 라일라가 새로 버프를 시작했기 때문이다.

당연히 눈류의 성향 때문에 신성력이 없는 버프만 시전하였고, 그로 인해 그 수는 많지 않았으며, 상승되는 능력치도 레벨에 비해 높지 않았다.

하지만 그것만으로도 눈류가 대단히 빠른 레벨 업을 할 수 있는 밑바탕이 되었다.

"다크 스톰!!"

마나의 폭풍이 홀 안을 휩쓸었다.

쿼어어어어!

쿠아아아아아!!

비명과 함께 빛나는 골렘들이 바닥에 떨어졌다.

현재 눈류가 있는 곳은 던전의 작은 방.

이전 경험으로 인해 사람들이 많은 곳에서는 사냥을 하지 않겠다고 다짐한 눈류가 일부러 찾은 곳이었다.

이런 작은 방은 소규모 파티 한 팀이 차지하거나 솔로잉을 하는 장소였기에 다른 유저들을 신경 쓸 필요가 없었으며, 몬스터들의 레벨이 높아서 눈류에게는 딱 좋은 장소였다.

만약 혼자였다면 포션의 낭비가 심했겠지만 라일라의 버프, 그리고 힐로 인해 포션의 사용 역시 많지 않으니 눈류는 대단히 만족스러웠고, 좋은 아이템들이 드랍되어 돈도 많이 모은 상황이었다.

"라일라!!"

막 몬스터를 해치운 뒤, 고개를 돌리던 눈류가 큰 소리로 외치며 다크 쉐도우를 시전했다.

라일라의 뒤에서 빛나는 골렘이 리젠되었기 때문이다.

우우우웅!!

골렘의 몸으로 모이는 빛들!

파아아앙!!

"크흐윽!!"

빛은 대포처럼 라일라를 향해 뻗어 나갔고, 그 사이를 파고든 눈류는 라일라 대신 빛의 공격을 몸으로 막으며 신음을 흘렸다.

"힐!"

외침과 함께 다크 소드를 시전하며 골렘을 향해 달려드는 눈류.

아무리 마법 방어력이 높다고 하지만 레벨의 차이로 인해 생명이 상당히 줄어든 상황. 라일라는 고개를 끄덕이며 힐을 시전하였다.

그러나 한 번으로는 눈류의 생명을 100% 회복시킬 수는 없었다.

눈류의 생명이 워낙 많은 것도 이유였지만, 신성력이 가미된 스킬을 사용하지 못하는 이유가 가장 컸다.

결국 신성력이 전혀 없는 일반 힐을 연속으로 사용한 다음 자리에 주저앉는 라일라.

버프와 계속되는 힐로 인해 마나가 많이 소비된 상황이었고, 눈류의 생명력이 가득 차 있었기에 버프의 시간이 많이 남은 지금 회복을 해야 했다.

쿼쿼쿼쿼!!

검은 마나의 폭풍이 재차 던전의 방 안을 휩쓸었다.

"타하아아압!!"

지치지도 않는지 눈류는 쉬지 않고 검을 휘둘렀다.

그 모습에 혀를 내두르는 라일라.

오랜 시간 눈류를 도와주면서 놀라움을 금치 못했다.

어쩜 저렇게 쉬지도 않고 사냥을 하며, 현실에서 잠을 조금밖에 자지 않는 것인지… 라일라의 입장에서는 정말 경악할 수준이었고, 가신 여시 눈류를 생각하며 누력했음에도 불구하고 눈류가 솔로잉을 할 때도 여러 번이었다.

그 정도로 눈류가 많은 시간을 접속한다는 뜻이었으며, 라스트 월드 안에서는 절대 쉬지를 않았다.

'배고프네.'

눈류의 전투를 지켜보던 라일라는 식욕과 배고픔, 피로도를 느끼며 자리에서 일어나 눈류에게 힐을 준 뒤 재차 앉았다.

자신은 눈류처럼 싸우면서 빵을 먹는 재주가 없기 때문이었다.

우물우물.

라일라가 빵과 물을 마시며 회복을 하는 사이 근처에 몬스터들이 나타나면 눈류가 어느새 다가와 다크 스톰을 발휘해 시선을 자신에게로 이끌었고, 둘은 그렇게 레벨 200을 향해 달려갔다.

"돌격!!"

그 시각, 절망의 대지라는 사냥터 북쪽에서 한 중년인의 목소리가 울려 퍼졌다.

그는 바로 레전드 길드의 높은 평균 연령을 책임지고 있는 박하다였고, 외침과 함께 기적이 몬스터를 향해 달려들었다.

키에에에엑!!

커다란 지네를 닮은 몬스터의 입에서 독극물이 뿜어져 나왔다.

차아아악!!

"으으윽!! 이놈!!"

퍼퍼펑! 파파팡! 콰쾅! 콰직! 콰직!!

하지만 그것이 지네의 마지막 공격이었다.

정말 순식간이라고밖에 표현할 수 없었으며, 마치 몬스터가 녹아버릴 듯한 화력이었다.

지네의 레벨은 300대 초반임에도 불구하고 말이다.

"으하하하하!!"

박하다가 만족스러운 웃음을 터뜨렸다.

오랜만에 레전드 길드원 대부분이 함께 사냥을 하기 때문이며, 그것이 지네를 쉽게 처치할 수 있는 이유였다.

10명으로 이루어진 대규모 파티!

몸빵인 기적이 한 대 맞는 순간 라렐과 아린, 일리아를 제외한 박하다와 에시, 기적과 레몬, 카르마와 샤인, 그리고 루크까지 총 일곱 명이 동시에 공격을 가한다.

그러니 300대 초반의 몬스터라 해도 버티지 못하는 것이 당연했다.

"다 같이 했다면 더욱 좋았을 것을!!"

길드원들을 쳐다보며 박하다가 아쉽다는 표정으로 말했다.

아직까지 단 한 번도 길드원 모두가 함께 파티 사냥을 해본 적이 없었다. 어차피 파티 최대 인원이 10명인 것도 이유였지만, 같은 시간에 다 같이 접속을 하는 경우가 희박했기 때문이다.

현재 만파와 진석, 페르탄은 개인 사정으로 접속을 하지 못한 상황이며, 뉴류와 라일라는 빠른 레벤 업을 위해 따로 사냥을 하고 있는 중이었다.

'언젠가는 꼭 시간을 내서 두 파로 나눈 다음 같은 곳에서 사냥하리라!'

그다지 중요하지 않은 일에 열정을 불태우는 박하다였다.

"으하하! 다 베어버려라!!"

장군이라도 된 듯한 박하다의 외침이 끊이지 않고 절망의 평원에 울려 퍼졌고, 온통 갈색으로 이루어진 지면에 몬스터의 피와 살점이 떨어졌다.

"으흐흐흐흐!!"

풀 파티이지만 고레벨 몬스터를 쉬지 않고 사냥하기에 경험치도 괜찮았고, 장비템 역시 나왔다 하면 고가의 물건들이었다.

그 결과 기분이 좋아졌으며, 술기운과 함께 짐승 모드로 돌변하는 박하다.

"우리 저곳으로 가자!!"

그때 박하다가 눈앞에 나타난 경계선을 향해 손가락을 가리켰다.

경계선이란 절망의 대지 안에서 레벨 구역이었다.

현재 레전드 길드원들이 있는 곳은 300대 초반의 몬스터들이 출몰하는 곳이었고, 반대편에는 300대 중반의 몬스터들이 나타난다.

이 두 구역은 높고, 넓은 갈대숲을 중심으로 나뉘어져 있는데, 300대 초반의 몬스터들이 출몰하는 곳은 대지가 갈색이었고, 300대 중반의 몬스터들이 나타나는 곳은 땅의 색이 붉었다.

"아빠!!"

결국 술에 취한 박하다를 샤인이 말리기 시작했다.

레벨이 높을수록 유저들보다 더 강해지는 것이 몬스터였다.

200대 초, 중반으로 뭉친 자신들이 300대 초반 몬스터는 이길 수 있지만, 300대 초, 중반으로 뭉친 풀 파티가 400대 초반 몬스터를 잡는 것은 쉽지 않은 일이었다.

그런데 300대 중반의 몬스터들을 사냥하러 가자니.

물론 해치울 수는 있었다. 하지만 사냥 효율면에서 좋지 않다는 것이 문제였다.

300대 중반이라면 지금처럼 쉬지 않고 사냥하는 일은 꿈에서나 가능하기 때문이다.

"으하하!! 나를 따르라!!"

하지만 이미 술에 취한 박하다는 벌써 갈대숲 안으로 들어갔고, 샤인을 비롯해 레전드 길드원들은 서로를 쳐다보다 한숨을 내쉬고는 그 뒤를 따랐다.

그리고 라렐과 아린, 에시는 오늘 술을 마시지 않은 것을 진심으로 다행이라 생각했다.

만약 자신들도 술을 마시고 취했다면 그동안의 경험으로 보아 분명 박하다의 옆에서 함께 돌진을 외치고 있을 것이 분명했기 때문이다.

부스럭, 부스럭!

"하아아압!! 죽어!"

"야야! 힐 내놔!!"

"아… 그만 몰아와! 지금도 죽게 생겼구만!"

"저놈은 왜 시비야? 하하, 죽으면 죽는 것이지!"

5분 정도 걸어서 갈대숲 끝에 도착한 박하다와 길드원들.

그들의 귀로 다른 유저들의 목소리가 들렸고, 가장 선두에 선 박하다는 숲에서 고개를 내밀어 한참 사냥 중인 파티들을 쳐다봤다.

20명으로 이루어진 두 개의 파티는 서로가 아는 사이인 듯 장난도 치며 몬스터를 사냥하고 있었는데… 박하다는 자신도 모르게 고개를 갸웃거렸다.

왠지 낯익은 사람들이었기 때문이다.

"누구지?"

일단 갈대숲 안쪽으로 몸을 돌리며 중얼거리는 박하다.

아무리 생각하려 해도 가물가물했고 기억을 뿌옇게 가린 안 개가 사라지지 않았다.

"아저씨, 왜요?"

그때 아린이 의아한 표정으로 묻자 박하다는 재차 고개를 갸웃거리며 대답했다.

"어디서 본 놈들 같은데… 자꾸 기억이 안 나네."

"아빠가 만날 술 먹고 다녀서 그렇잖아."

"그런가? 으음… 그렇군!!"

샤인의 말이 좋은 뜻도 아님에도 불구하고 손뼉을 치며 좋아하는 박하다. 그 모습에 일행들은 체념의 미소를 지었고, 아린이 호기심에 조금 더 전진해서 갈대숲 밖을 쳐다봤다.

20명으로 보이는 두 파티가 조금 떨어진 곳에서 열심히 사냥을 하고 있었는데, 자신 역시 왠지 낯익었다.

'잠깐… 저 붉은빛은!!'

박하다와는 달리 술에 취하지 않은 아린의 표정이 굳어졌다.

그들에게는 공통점이 있었다.

바로 이마에서 진하게 뿜어져 나오는 붉은빛!

즉, 그들 모두가 카오라는 뜻이었으며, 자신이 아는 카오라면…….

'길드 인마!!'

죽임을 당하고 아이템마저 떨어뜨렸기에 아린은 그날의 일을 잊을 수 없었다.

"아저씨, 그때 저희를 죽인 카오 길드예요!"

정체를 알게 되자마자 길드 채팅으로 외치는 아린.

혹시나 그들이 들을까 하는 걱정 때문이었다. 하지만 아린이 잊고 있었던 점이 있었으니, 바로 박하다가 술에 취하면 무개념의 절정을 보여준다는 것!!

"그, 그 싸가지 없는 놈들이란 말이냐!!"

그날의 일이 떠오르자마자 분노가 치솟았고, 결국 아주 큰 소리로 외쳐 버린 박하다! 그것도 길드 채팅이 아니라 그냥 말한 것이었다

"헉! 아, 아저씨, 살살 말하세요. 수적으로도 저희가 너무 부족하고……."

아린은 정말 박하다를 말리고 싶었다.

만약 이런 상황에서 싸움이 붙는다면 또다시 자신들의 죽음이 뻔히 보이기 때문이었다.

20:10. 전투 자체가 성립하기 힘든 수의 차이였다.

그러나 말을 끝내지 못한 아린은 멍한 눈으로 시선을 돌려 쳐다봤다. 이미 그들을 향해 달려가고 있는 박하다를……

"나를 따르라!!"

정말 오늘따라 술이 원수처럼 느껴지는 길드원들이었다.

우물, 우물.

"다크으 스토홈!!"

입 안 가득 빵을 씹기에 발음조차 제대로 되지 않았지만 눈류는 쉬지 않고 스킬을 발휘했고, 라일라는 감탄의 눈길을 보내며 힐을 선사하였다.

"다크으 소오드!!"

빵 파편까지 튀겨가며 몬스터를 베어버리는 눈류. 그 순간, 그렇게 기다리고 기다리던 반가운 소리가 귓속을 파고들었다.

—레벨이 오르셨습니다.

—고정 스텟 근력 4가 상승하였습니다.

—3,300라르크를 습득하셨습니다.

—전체 패시브 스킬이 1 상승하였습니다.

'좋아!!'

[가면의 기사 3차 전직 퀘스트]

어둠과 빛을 한 육체에 받아들이는 순간 인간의 한계를 벗어날 것이다.

세 번째 결계는 망혼의 섬에 있다는 것이 확인되었다.

망혼의 섬 어딘가에 갇혀 있는 레이첼 황녀를 찾아 구출한 뒤 증표를 받아라.

3차 전직 퀘스트 알림까지 떴고, 눈류는 라일라에게 고개를 끄덕인 뒤 함께 던전의 방에서 빠져나왔다.

이제 전직 퀘스트를 하러 가야 했기 때문이다.

"정보."

생명:20,020 마나:16,350

이름:눈류 레벨:200 성향:어둠 길드:레전드

칭호:없음 명성:825 직업:가면의 기사

근력 : 2,093(+759) 체력:419(+508) 민첩 : 315(+508) 지식 : 17(+500)

재치 : 37(+503) 정신 : 560(+507) 예술 : 12(+503) 상술 : 16(+505)

검폭 : 190(+500) 신속 : 255(+500) 투혼 : 315(+450) 가호 : 197(+450)

심안 : 165(+420) 마나 : 181(+420) 가면 : 193(+420) 암흑 : 110(+170)

저항 : 114(+170)

공격력:8,556(+401) 방어력:1,854(+600)

마공력:1,551(+270) 마방력:2,134(+360)

스텟 포인트:0 스킬 포인트:0 전투 숙련치:19.64%

"흐흐."

언제나 레벨에 비해 높은 스텟을 확인하면 기쁨을 금할 수 없었고, 역시 살짝 짐승 모드 기운을 발휘하며 웃음을 흘렸다.

그 모습에 라일라가 움찔하는 것도 모른 채.

"이제 전직 퀘스트 하러 가실 거죠?"

"어, 그래야지. 정말 고생 많았다."

눈류는 진정 고마움을 담아 말했다. 만약 라일라가 없었다면 벌써 200이 되지는 못했을 것이다.

"너도 이제 좀 쉬… 잠깐만."

라일라에게 하던 말을 멈춘 눈류는 샤인의 음성 채팅을 수락하였다. 그러자 다급한 목소리가 들려왔다.

"오빠! 길드 채팅 못 들었어?"

"어? 나 사냥한다고 꺼놨는데."

"에휴, 하여튼 빨리 이리로 와줘."

"왜? 어딘데?"

"설명할 시간 없어. 다 죽게 생겼단 말이야! 여기 절망의 대지, 붉은 땅이야. 갈대숲으로 마법진 타고 와서 아래로 조금만 내려오면 돼."

"야, 야!"

눈류는 샤인을 소리쳐 불렀지만 더 이상 대답이 들려오지 않았다.

"라일라, 귀환."

그 말과 함께 바로 귀환서를 사용하는 눈류. 상황이 긴박하다는 것을 깨달았기 때문이다. 그런 눈류의 행동으로 인해 라일라 역시 서둘렀다.

"크흐윽!!"

박하다의 입에서 고통에 가득 찬 신음이 터져 나왔다. 그것은 레전드 길드원 모두가 마찬가지였다.

파파파팡!! 쩌저저적! 콰아앙!!

온통 스킬과 마법이 난무했으며, 양쪽 진영에서 비명이 끊이지를 않았다.

"힐 윈드!!"

파티원들의 생명이 줄어드는 것을 쳐다보며 다급히 아린이 마법을 시전했지만 큰 효과는 없었다.

"피워 샷!!"

"어둠의 탄성!!"

"아이스 포그!"

"화이어 필드!!"

셀 수 없는 수많은 스킬이 서로의 목숨을 노렸고, 근접전 위주인 유저들은 마법사들을 보호하기 위해 앞으로 나선 상태였다.

"으아아악! 다 덤비라!!"

분노로 인해 이성을 잃어가는 기적의 외침! 바로 눈앞에서 레몬이 작지 않은 부상을 입었기 때문이다. 아린이 그런 레몬을 서둘러 치료하였다.

현재 파티 대 파티가 싸움을 하고 있기에 상대 파티원들 모두가 적으로 인지되고 있는 상황이었고, 마법사 중 유일하게 공격을 맡은 샤인이 뒤에서 범위 마법으로 지원을 하였으며, 라렐은 버프를 끝낸 다음 아린과 일리아를 도와 치료를 맡고 있었다.

하지만 너무나 수적으로 불리했기에 현재 레전드 길드원들은 마나는 물론, 생명까지 거의 사라져 가고 있는 중이었다.

말 그대로 이제 죽는 일만 남은 상황이었다.

"크크큭, 감히 우리에게 개겨?"

그 모습을 지켜보던 금발의 남자, 크로우가 차갑게 비웃었다.

갑자기 낯익은 중년인이 달려들어서 사실 긴장했다.

20명이나 되는 자신들을 공격한다는 것은 그 이상의 인원이나 능력을 갖추었기 때문이 아니겠는가?

그러나 그 행동이 단순히 술에 취해서 나타난 객기라는 것을 알게 되자 제일라와 함께 뒤로 빠져서 구경만 하는 중이었다.

"지난번보다 인원은 많아졌지만 겨우 10명으로 20명인 우리에게 덤비다니… 쯔쯔, 가여운 것들."

크로우의 말에 제일라가 고개를 끄덕이며 말했다.

"분명 저 아저씨 때문에 어쩔 수 없이 싸우는 것이겠지. 질
줄 알면서도 말이야."

"나라면 도망갔을 텐데. 크크큭."

"하긴, 너는 그런 놈이지. 히히."

둘은 무엇이 그렇게 즐거운지 연신 웃음을 터뜨렸고, 어느
덧 싸움은 종료가 된 상황이었다.

압도둑인 수의 차이. 더군다나 레벨도 인마 길드가 더 높았
다.

"잘했어."

크로우가 사악한 미소를 지으며 레전드 길드원들에게 다가
갔다. 싸움 도중 길드 채팅으로 명을 내렸다. 단 한 명도 죽이
지 말라고.

그리고 길드원들은 자신의 명을 제대로 이행하였다.

모든 것이 너무나 큰 힘의 차이 때문에 가능했다.

만약 인마 길드가 약간 더 강했다면 몇은 죽었을 것이다. 하
지만 한 명당 두 명씩 붙어서 싸웠기에 치명상을 입히거나 주
이지 않고도 무너뜨릴 수 있었고, 생명이 거의 남지 않은 레전
드 길드원들은 분했지만 몸을 일으키지 못했다.

자신들을 열 명의 유저가 빙 둘러싸고 있었기 때문이다. 만
약 조금이라도 움직인다면 공격을 받아 죽을 것이다.

"이봐, 영감. 지난번에 죽은 것이 그렇게 분했나?"

박하다의 심기를 건드리는 크로우.

"감히!!"

박하다의 노한 음성이 터져 나왔다. 만약 현실이었다면 고개도 못 들 크로우였지만 이곳은 라스트 월드였고, 자신이 강자였다.

"감히? 당신이 지금 그런 말할 처지가 아닌 것 같은데?"

"너무하신 것 아닙니까!!"

"어디서 어른한티 그따위로 대하노!!"

그 모습에 루크와 기적마저 화를 참지 못하고 말문을 열었다. 그러나 크로우는 귀를 후비며 대답하지 않았고, 실실 웃으며 제일라에게 물었다.

"월하는 언제 온대?"

"조금 전에 갈대숲에 도착했다고 했으니 곧 올 거야."

"그래? 크큭."

크로우는 느긋하게 팔짱을 끼며 레전드 길드원들을 쳐다보았다. 자신이 살려두라고 시킨 것도 월하 때문이었다.

전투를 하는 도중 음성 채팅으로 월하가 죽이지 말라고 했기에 바로 명을 내린 것이며, 마을에서 갈대숲으로 이동할 수 있는 마법진이 있는 데다 현재 자신들의 위치가 그 근처이기에 금방 올 것이었다.

스팟!!

그때였다.

블링크와 함께 크로우와 길드원들 사이로 한 여자가 나타났다.

회색 머리카락에 검은 날개! 이마에서 뿜어지는 진하고 진한 붉은빛! 바로 월하였다.

"눈류는 없나?"

월하의 차가운 목소리. 그 속에는 실망이 담겨져 있었다.

TV를 통해 자신에게 죽임을 당한 유저가 레전드 가면의 기사라는 것을 알았고, 대회를 시청하며 한층 발전된 실력을 확인했다. 그리고 자신과 길드원들에게 죽은 이들이 눈류의 동료라는 것을 알게 되자 다시 만나서 싸우고 싶었다.

게임 세상이지만 절대 강자 중 하나가 되면서 강자와 싸우고 싶은 호승심이 생겼기 때문이다.

그래서 길드원들을 살려두라고 한 것이었다.

만약 눈류가 없다면 협박을 하기 위해서 말이다.

"너무 많아. 몇 명은 죽여. 그럼 협박하지 않아도 알아서 찾아오겠지."

그 말과 함께 돌아서는 월하.

그러자 기다렸다는 듯 크로우가 스킬을 준비했고, 길드원들은 서로를 쳐다보며 고개를 끄덕였다.

저들의 손에 죽어 눈류를 위험에 처하게 할 바에는 차라리 스스로 죽기로 결심한 것이며, 길드 채팅으로 이미 모두가 동의했기 때문이다.

"크크크, 누구를 먼저 죽여줄까."

크로우가 혀를 날름거리며 말하는 그 순간,

"다크 소울!!"

쐐애애액!!

검은빛의 반월형 마나가 크로우의 허리를 노리며 쏜살같이 파고들었고, 순식간에 발휘된 월하의 실드에 부딪치며 폭발했다.

콰콰콰쾅!!

뿌연 먼지구름이 사방을 휩쓸었다.

그리고 잠시 후… 눈류와 월하는 서로를 바라봤다.

화염의 섬 이후, 두 번째 만남이었다.

『가면의 기사』 4권에 계속…

유행이 아닌 자유추구 -
WWW.chungeoram.com
Book Publishing CHUNGEORAM

Orc wizard
ORC
마법사

정민철 판타지 장편 소설
FANTASY FRONTIER SPIRIT

사상 최강의 오크마법사가 되어라!
과거의 영광이 깃든 오크학파의 마법사,
그들을 일컬어 오크마법사라 칭한다!

기사의 재능도 마법사의 재능도 없었던 아론
그에게 20년 만에 찾아든 마나를 인체
30살 늦은 나이에 드레이얼 마법 아카데미에 입학하다!
그리고 그곳에서 네크로맨서 계열 오크학파의 계승자가 되고 마는데…

위대하고 영광된 오크마법사의 위명을 되살리기 위한
그만의 독특한 학과 살리기 프로젝트는 시작되었다!!

Book Publishing CHUNGEORAM

이상혁 판타지 장편 소설

FANTASY FRONTIER SPIRIT

이상혁 판타지 장편 소설

Hymn to the Angel

천사를 위한 노래

"라휄, 사랑해. 너는 나야. 그리고 나는 너이고. 그렇지만…
아니 그래서야. 너와 나,
그리고 우리들 천 명의 아이들을 위해 죽어줘."

지하세계에 들어간 천 명의 아이들.
살아남은 것은 겁쟁이 파드셀과 라휄뿐.

네 자루 검을 찬 전투노예 라휄!
세상이 어떠한지, 노예가 무엇인지도 모르는 순진한 소년.
그가 펼쳐내는 광속의 검술에 압도당한다!

Book Publishing CHUNGEORAM

도서출판 청어람을 사랑해 주시는 독자 여러분들께 감사의 마음을 전하기 위해 이벤트를 마련했습니다. 설문에 응해주신 후 엽서를 보내주시면 매달 추첨을 통하여 청어람이 준비한 선물을 우송해 드립니다.
자세한 내용은 청어람 홈페이지(www.chungeoram.com)를 통해 확인해 주세요!

경기도 부천시 원미구 심곡1동
350-1번지 남성빌딩 3층
도서출판 청어람
420-011

관 제 엽 서

보내는 사람

· 구입하신 책 제목을 적어주세요.

· 이 책을 선택하게 된 동기는?

· 이 책을 읽고 느낀 소감은?

· 청어람 무협/판타지 소설에 바라는 점은?

이름

생년월일   성별

전화번호

이메일

청어람 독자님들을 위한 **Special EVENT!!**

3권을 잡아라!
로또가 부럽지 않다!!

읽는 만큼, 보내는 만큼 행운이 커진다!!
한달에 한 번씩 행운의 주인공 찾기!

청어람 엽서를 찾아라!

책을 읽고 느낀 점 등을 마구마구 써서 보내면 당신에게도 행운이!!

기간 : 2007년 6월~8월 말까지
상품 : 로또상 – 닌텐도 DSL 1명
　　　 행운상 – 작가 사인본 1질 5명(작품 선택 가능)
방법 : 6월~8월 중 출간된 청어람 도서 3권에 첨부된 엽서를 작성한 후 보내주시면
　　　 한 달에 한 번, 매월 말 추첨을 통해 행운의 주인공이 탄생됩니다.
　　　 (매월 말 홈페이지에 당첨자 공지 예정)

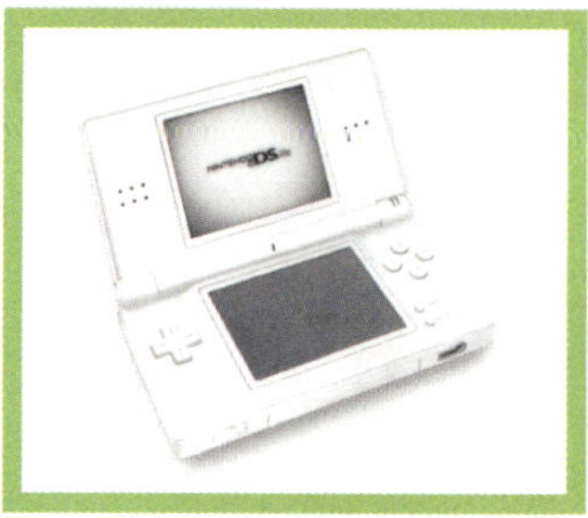

[로또상] 닌텐도 DSL

[행운상] 작가 사인본 서적